信者ゼロの女神サマと始める異世界攻略
Clear the world like a game with the zero believer goddess
光の勇者と人魔戦争
〈illust〉Tam-U
大崎アイル Isle Osaki
JN132179
「ねぇ、私の騎士。もっと大きい生き物が見たいわ」
フリアエ
「おーけー、姫。これはどう？」
マコト
俺は水魔法でクジラを作って飛ばした。
今日のフリアエさんは注文が多い。
ただ、魔法を見せているうちに
機嫌が直っていったのか声が明るくなった。

——全身が血まみれの桜井くんがそこに居た。
俺は、周りの魔物に気付かれるのも厭わず大声で叫んだ。
「桜井くん！」

桜井リョウスケ
横山サキ
「…………たか……つきくん？」

「こらー、何ですか。その態度はっ！」
ノア
イラ
エイル
「痛い痛いエイル姉さま！ヤメて、頭が割れちゃう！」

信者ゼロの女神サマと始める異世界攻略

8. 光の勇者と人魔戦争

大崎アイル

OVERLAP

Clear the world like a game with the zero believer goddess

登場人物

高月マコト

異世界に転移したゲームジャンキーの高校生。女神ノア唯一の信者として彼女を救うべく、異世界を攻略中。

〈マコトの仲間達〉

ルーシー

木の国出身のエルフで、火魔法を得意(?)とする。マコトの最初のパーティーメンバー。

佐々木アヤ

マコトのクラスメイト。転移時にラミアへ生まれ変わるが、水の国の大迷宮にてマコトと再会。

フリアエ

太陽の国に囚われていた月の女神の巫女。マコトと守護騎士の契約を結ぶ。

ふじやん

マコトのクラスメイト。水の街マッカレンにてフジワラ商会を設立する。

ニナ

獣人族の格闘家。奴隷落ちしていたところをふじやんに買われる。

木の国《スプリングローグ》

国の大部分が森林に覆われている。エルフや獣人族などが多く住む。

ロザリー

ルーシーの母。木の国の最高戦力で「紅蓮の魔女」の異名を持つ。

水の国《ローゼス》

水源が豊かで観光業が盛んな国。軍事力では他国に遅れを取る。

ソフィア

水の国の王女にして、水の女神の巫女。マコトに勇者の称号を与える。

レオナード

水の国の王子にして、水の女神に選ばれた「氷雪の勇者」。

太陽の国《ハイランド》

西大陸の盟主。人口、軍事力、財政力で大陸一の規模を誇る。

桜井リョウスケ

マコトのクラスメイト。正義感が強く、「光の勇者」として魔王討伐を目指す。

ノエル

太陽の国の王女にして、太陽の女神の巫女。桜井くんの正室。

大賢者

大陸一の魔法使い。千年前に救世主アベルと共に大魔王と戦った。

ジェラルド

五聖貴族・バランタイン家出身の「稲妻の勇者」。マコトをライバル視する。

ジャネット

ジェラルドの妹。ペガサス騎士団の隊長を務める。

横山サキ

マコトのクラスメイト。桜井くんの嫁兼副官で、太陽の騎士団に所属。

火の国《グレイトキース》

国土の半分が砂漠に覆われている。武術が盛んで、強力な傭兵を擁する。

オルガ

火の女神に選ばれた「灼熱の勇者」。好戦的な性格で、アヤをライバル視する。

タリスカー将軍

火の国の軍部における最高責任者。オルガの父親でもある。

商業の国《キャメロン》

交易が盛んな国。カジノの運営や金融業も活発に行われている。

エステル

運命の女神の巫女。未来を視通す力があり、絶大な人気を集める。

女神

異世界の神々。現在は神界戦争に勝利した『聖神族』が異世界を支配。太陽、月、火、水、木、運命、土の七大女神がその頂点に君臨する。

ノア

「聖神族」に追いやられた古い神の一柱。現在は「海底神殿」に幽閉中。

エイル

水の女神にして七大女神の一柱。華やかな見た目だが、計算高く腹黒い。

イラ

運命の女神にして七大女神の一柱。魔王討伐のため「北征計画」を提言する。

イラスト／ Tam-U

8. shining brave and the human-demon war

CONTENTS

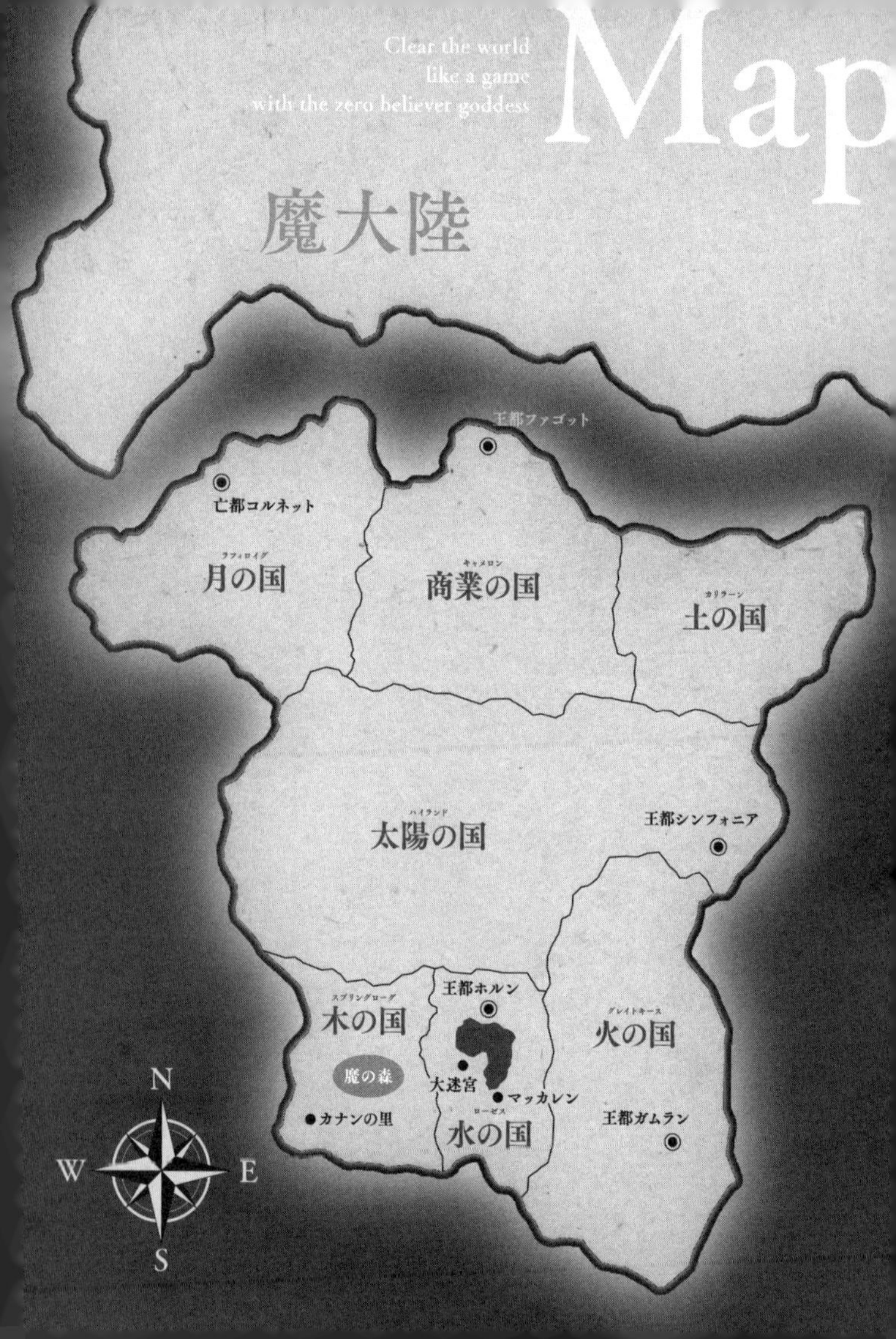
Map
Clear the world
like a game
with the zero believer goddess
魔大陸
王都ファゴット
亡都コルネット
月の国《ラフィロイグ》
商業の国《キャメロン》
土の国《カリラーン》
太陽の国《ハイランド》
王都シンフォニア
王都ホルン
木の国《スプリングローグ》
火の国《グレイトキース》
魔の森
大迷宮
マッカレン
カナンの里
水の国《ローゼス》
王都ガムラン
N
W
E
S

プロローグ　ルーシーの魔法修行

……頭が痛い。昨日は飲み過ぎた。

火の国《グレイトキース》に来てから宴会が多い。やはり熱帯気候が陽気にさせるのだろうか。

昨日は河北《かわきた》さんが、ふじやんに「嫁二人ってどんな女なのよ！　今度会わせなさい！」と言って絡んでいた。ふじやんがタジタジになっていて面白かった。

前の世界では河北さんと全然話したことなかったけど、今では普通に会話できる。意外と話しやすかった。そういえば他のクラスメイトたちは元気だろうか？

桜井《さくらい》くんと久しく会っていない。一回くらい太陽の国《ハイランド》に遊びに行こうかなぁ、なんて思いながら宿の窓から外を眺めた。

雨粒が窓を叩《たた》いている。火の国《グレイトキース》は雨が少ないのだが、先日の俺の精霊魔法で少し天候が狂ったらしく、最近はよく雨が降る。雨のおかげで水の精霊が多い。

ふと外を見ると、赤い服の魔法使いの姿が目に入ったので、俺は窓から外に出た。

「ルーシー、こんなところで何してんの？」

雨の中、ルーシーは身体《からだ》を濡《ぬ》らしながら杖《つえ》を構えていた。

「魔法の練習よ。ママに毎日するように言われてるの」

「雨なんだし、建物の中でやればいいだろ？」

「失敗したら、周りを吹き飛ばしちゃうのよ」

「そ、そっかぁ……」そりゃダメだ。

泊まっている宿は、ローゼス王家の御用達《ごようたし》。壊した時の弁済額は計り知れない。

「でも、雨が止《や》んでからでもいいんじゃないか？　晴れさせようか？」

俺は右手を空に掲げた。ルーシーが怪訝《けげん》な顔をする。

「天気を変えるなんて、大賢者様じゃなきゃ無理でしょ？」

「そっかなぁ、なんかできそうな気がするんだけど」

一度ノア様に見せてもらった。今の『精霊の右手』に宿る魔力《マナ》なら、なんとかなりそうな気がする。

「うー……、マコトならやりかねないから怖いんだけど……。アヤは勇者になっちゃうし。やっぱり私だけ取り残されてる……」

ルーシーがしょんぼりと俯《うつむ》き、うじうじとつま先で地面をいじっている。

「ルーシー？　何か元気が無い？」

「ねぇ、私って役に立ってる？」

不安気にこちらを見つめる。……おいおい、アホなことを聞くなよ。

「ルーシーが居ないと俺は今ここに居ないよ」

「ほ、本当にそう思う……？」

木の国《スプリングローグ》で、上手《うま》くいったのはルーシーのおかげだ。紅蓮の魔女《ロザリー》さんや木の女神《フレイア》様の勇者マキシミリアンさんと面識ができた。ルーシーは、救世主アベルの仲間であった伝説の魔法弓士ジョニィの曽孫《ひまご》。そして、現役の英雄であるロザリーさんの娘でもある。

木の女神《フレイア》の勇者さんとは、学校の先輩後輩の間柄。木の巫女《フローナ》は、義理の姉。

太陽の国《ハイランド》では、大賢者様に弟子入りまでしている。

（よく考えると、とんでもないエリート家系だよなぁ）

正直、水の街《マッカレン》で仲間探しに苦労してたとは思えない。でも、ルーシーは自己評価が低いのと、家族のことをアピールに使わないからなぁ。不器用さんめ。

（仲間が落ち込んでいるなら、励ますのが俺の役目だ）

「ルーシーならロザリーさんみたいな魔法使いになれるよ。で、何の修行してたの？」

「空間転移《テレポート》の練習をしてるけど全然上手くいかないの……」

おお！　空間転移《テレポート》！　でも確か……。

「今の成功率は10％くらいだっけ？」

「うん……、もう少し成功率上げないと実戦じゃ使えないから……」

しょんぼりとルーシーがうな垂れている。もともと高難易度の魔法だ。すぐ出来なくて当たり前だと思う。何か気分転換をさせたほうがいいかな。

「じゃあ、俺と一緒にやってみよう。ルーシーの空間転移《テレポート》が見てみたいし」

俺はルーシーの手を握った。

「二人で？　一人でも上手くいかないのよ？」

と言いつつ、握り返してくる。

「行き詰まった時は、気分を変えて色々試したほうがいいだろ」

「うーん、そうかしら……でも、そうね」

ルーシーは首を捻《ひね》っているが、やる気にはなったらしい。

「じゃ、いくわね」

ルーシーが右手に杖を、左手に俺の手を握る。

運命魔法――空間転移《テレポート》の呪文を唱えている。

同時に、恐ろしいほどの魔力《マナ》が集まる。空間転移《テレポート》は有名な魔法で、覚えようとする魔法使いは多い。が、使い手は多くない。理由の一つが、燃費の悪さだ。とにかくバカみたいに魔力《マナ》を消費する。だから、生まれつき莫大《ばくだい》な魔力《マナ》を持つエルフ族とは相性がいいそうだ。

ルーシーが呪文を唱え終わった。俺たちの周りに、巨大な魔法陣が何個も浮かんでいる。

（相変わらずルーシーの魔力《マナ》って底なしだよなぁ……）

一緒に冒険して、魔力《マナ》切れを起こしたところを見たことが無い。

「マコト、行くわよ！」

「ああ、きっと上手くいくよ」

「空間転移《テレポート》！」

俺たちは、光に包まれた。


――次の瞬間、目の前の景色が一変し、顔面に強風がぶつかった。


「ルーシー！　上手くいっ……あれ？」

「ま、マコト！　なんか私たち落ちてない!?」

転移先は空中だった。しかもとんでもなく高い。地上から（多分）千メートル以上。雲の上に跳んでいた。みるみる地面に近づいていく。おお、スカイダイビングだ。

「きゃあああ！　どうしよう、どうしよう、マコト！　マコトぉ！」

ルーシーの悲鳴と焦り声が、風の音に交じって聞こえる。

「ルーシーって飛行魔法使えなかったっけ？」

ポピュラーな中級魔法。比較的誰でも使える。魔法使い見習いの俺には無理だけど。

「れ、練習中だけど、上手く飛べない！」

「そっかぁ」

そっちを先に覚えたほうがいい気がする。

「ま、マコト！　落ちちゃう！　落ちちゃう！」

ルーシーの声が泣き声になった。いかん。俺だけ『明鏡止水』スキルで落ち着き過ぎた。

「××××××××（へい、精霊さん）」

俺は右手を前に突き出し「水魔法・不死鳥《フェニックス》」を放った。瞬く間に、巨大な水魔法の巨鳥が姿を現す。俺はルーシーの手を引きその巨大な水の鳥の背中にダイブした。

落下の衝撃を、水魔法で分散する。

「え？　ええっ！　えええええ！」

「悪い、ルーシー。さっさと魔法使えばよかった」

「マコト！　これ王級魔法でしょ。なんで簡単に使えるの!?」

「こいつのおかげ」

俺は『精霊の右手』を見せた。右手を通して、精霊の魔力《マナ》をすぐに引き出せる。俺とルーシーは、水の不死鳥《フェニックス》の背に乗ってゆったりと火の国の王都《グレイトキース》ガムランの上空を飛んだ。

宿屋の場所を上空から探す。が、急にがくんと、水の不死鳥《フェニックス》がバランスを崩した。

「おっと！」「きゃ！」

高度が下がり、一瞬落ちそうになる。

「も、戻れ！」

それを制御して、落下を回避する。危な。まだ上手く扱えないなぁ。

「悪い、ルーシー。大丈夫？」

「だ、大丈夫。珍しいわね、マコトが水魔法の制御をミスるなんて」

「この精霊の右手の扱いが、思ったより難しくてさ」

青く光る腕を見せた。それを見て、ルーシーが顔をしかめる。

「マコト、痛くないの？」

「痛くない、というか、感覚が無いよ」

「ええ……、それはそれで心配なんだけど」

「おかげで細かい制御をたまにミスるんだよね……、まあ、でもこんなこともできるし」

俺は上を見上げた。空には灰色雲が広がり、パラパラと雨が降っている。

俺は右手を空に向けて伸ばす。

「××××××××××××（精霊さん、雲を散らせて）」

ズズズズ……、と雲が渦巻き上に広がりながら拡散していく。ちょうど、俺たちが居る真上には太陽が顔を見せた。

「……ま、マコトがやった……の？」

「ああ、便利だろ？　水の精霊が多い、雨の時しかできないけどね」

「…………………」

「ルーシー？」

絶句された。宿に到着して、じゃあもう一回空間転移《テレポート》の練習しようぜ、と言ったらダメと言われた。どうも一緒に跳ぶ人の魔力《マナ》によって、空間転移《テレポート》先に影響が出るらしい。

俺の精霊の右手のせいで、雨雲に引き寄せられ上空高くに跳んだ可能性があるとか。

やっかいな魔法だ、空間転移《テレポート》。ルーシーは修行を頑張っているので、邪魔しちゃ悪いと思い、俺は別の場所に行くことにした。

「マコト！　すぐ追いつくから！」

去り際。やけくそ気味に宣言された。

「あんまり、無理するなよ」

「マコトは無理ばっかりしてるでしょ！」

……そうかな？　元気づけるのが成功したかどうか、イマイチわからなかった。


朝早く目が覚めた。朝食前に修行しようかなと、俺は右腕の包帯を解いた。

——青く光る右手を眺める。

精霊化して以来、戻っていない腕。

自分の腕なのに、自由に動かせず……どこか遠くに繋《つな》がっているようなおかしな感覚。

ドクドクと血管のように魔力《マナ》が脈打っている。そして、肘の少し上あたり。薄ぼんやりと赤いアザが光っている。チカチカと電池切れの電球のような光なのは、ノア様が海底神殿に封印されているからだろうか。

水の女神様《エイル》曰《いわ》く、これは『神気《アニマ》』というものらしい。俺はまだ、精霊の右手も、ノア様の『神気《アニマ》』も制御できていない。だけど……。

(最近、俺強くなった?)

昨日は、天気も少しだけ操れたし。口元がニヤける。今日は何をしようかな、と考えていると。

「勇者マコト! 起きていますか!?」

誰かが部屋に入ってきた。その呼び方をする人は只《ただ》一人だけ――

「そ、ソフィア。おはよう」

王女様だった。俺は、慌てて表情を戻した。

「あら、修行中だったのですね」

ソフィア王女は、俺を見て微笑《ほほえ》み、すぐに真剣な表情を浮かべた。何か事件だろうか?

「北征計画の決行日が確定しました」

ソフィア王女が静かに告げた。

「北征計画……魔大陸へ向けて魔王討伐に向かう計画ですね。いつですか?」

前々から言われていた話だ。

「いまから約一ヶ月後。獅子《しし》の月の最初の日に作戦を開始します」

「一ヶ月後……、そんなに時間がありませんね」

少なくとも三ヶ月は先かと思っていた。大がかりな軍事作戦にしては、予定が急過ぎじゃなかろうか。俺の言葉に、ソフィア王女も小さく頷《うなず》いた。

「私もそう思います。何か不測の事態が起きたのではないかと……。そのため太陽《ハイランド》の国の王都シンフォニアへ、全勇者と巫女《みこ》は集合するよう連絡がありました」

「マコト、私たちあれに乗るの？」

「うわー、凄《すご》いおっきいー」

　ルーシーとさーさんが指さす方向には、十数隻の飛空戦艦の姿があった。火の国《グレイトキース》が誇る空軍の主力──『紅の翼』。それらがずらりと王都の上空に並んでいる。壮観だ。

「では、行きましょうか。勇者マコト殿」

「あの～タリスカー将軍。俺たちは仲間の飛空船で太陽の国《ハイランド》へ向かえるのですが……」

　大勢の部下を引き連れ、わざわざ宿まで迎えに来てくれたタリスカー将軍。なんだろう、この逃げられない感じ。

「目的地は同じ。そのうえ勇者マコト殿だけでなく、火の国《グレイトキース》の勇者アヤ殿まで居るのです。であれば我々が同行するのは当然でしょう」

「勇者マコト。ここは将軍の言葉に甘えましょう」

　耳元でソフィア王女が囁《ささや》いた。そちらに目を向けると「諦めましょう」と目が語っていた。

「ここは暑いわ。さっさと乗るわよ、私の騎士」

フリアエさんが、日よけ用の傘を持っている。それでも暑いらしく、忌々しそうに日差しを睨《にら》んでいる。黒猫《ツイ》は、日傘の上で寝ている。よく落ちないな、アレ。

「わかったよ、姫。みんな行こう」

俺は観念して、火の国《グレイトキース》の飛空戦艦に乗り込んだ。


――出発から数時間後。

俺はタリスカー将軍たちと共に、戦艦内の大きな会議室の椅子に座っている。ソフィア王女、レオナード王子、ルーシー、さーさん、フリアエさんも一緒だ。部屋の周りには、火の国《グレイトキース》の軍人さんたちがずらりと並んでいる。

（落ち着かないなぁ……）

正直ふじやんの飛空船がよかった。しかし、現在ふじやんは水の街《マッカレン》へ戻っている。河北《かわきた》さんを、クリスさんに任せるためだ。住所不定無職の河北さんにとって水の街《マッカレン》が一番安全だろう。ふじやんは、あとで俺たちを追ってくると言っていた。

「では、皆さんへお伝えすることがある」

タリスカー将軍が巨大な円卓の中央で、俺たちを見回した。

「火の国《グレイトキース》では、常に多くの戦士を魔大陸に送り込み魔王軍の情報を収集している」

へえ、そうなんだ。水の国《ローゼス》は、やってないんだろうか？　ちらっとソフィア王女に視線を向けた。

（うちには、その人材が居ませんので……）

（そうですか……）弱小国の悲しみ。

「報告では魔大陸の魔王軍に変化があったらしい。魔王『獣の王《ザガン》』と魔王『海魔の王《フォルネウス》』。その手下たちが集結しつつあるとの報告が入った」

タリスカー将軍の言葉に、一同が息を呑《の》む。

『獣の王《ザガン》』は、魔大陸の『灰の毒湖』や『幻影砂漠』を含む広大な平原地帯を支配している。

『海魔の王《フォルネウス》』は、海の魔物のため魔大陸の沿岸部一帯が縄張りだ。

普段は、ほとんど行動を共にしない二つの魔王軍が集結する意味は……。

「軍事行動でしょうか？」

レオナード王子がタリスカー将軍に尋ねた。

「おそらく」将軍が重々しく頷く。

「魔王軍の幹部が行動を起こすことは、これまでもありました。しかし、今回は魔王自らが号令を出しているとの情報もあります。これは百年前の大戦以来のことです」

火の国の騎士《グレイトキース》の一人から説明された。

「百年前……ロザリーさんが、英雄になった戦いだっけ？」

「そうよ。ママがハイランドの勇者と一緒に魔王『蟲の王《ヴァラク》』と戦った戦争」

ルーシーと小声で会話する。百年ぶりに魔王自らが動く。たしかにこれは事件だろう。

俺は、ふと水の神殿で習った西の大陸における歴史を思い出した。千年前の暗黒期、世界には、大魔王を頂点に十人の魔王が居た。

筆頭が『大魔王イヴリース』。

『古竜の王アシュタロト』『獣の王ザガン』『海魔の王フォルネウス』

『巨人の王ゴリアテ』『不死の王ビフロンス』『蟲《むし》の王ヴァラク』

『堕天の王エリーニュス』『悪魔の王バルバトス』

そして、ノア様の使徒でもある『黒騎士カイン』。

奴《やつ》らは全世界を支配していた。東西南北全ての大陸と中《なか》つの大海、それから浮遊大陸、全てである。世界は晴れない黒雲に覆われ、地上の民は、余すところなく、魔族の奴隷であった暗黒時代。それが救世主アベルによって大魔王《イヴリース》が討たれ、魔王は散り散りになった。

現在は魔大陸に三体の魔王が居座るのみ。その魔王たちが、再び世界を支配しようと動き出している。

特に『最古の竜』、『最強の魔王』と言われるアシュタロトを筆頭に、残っている三魔王はいずれも九魔王の中でも上位の存在である。その戦力は未知数だ。

「とはいえ」

将軍は、空気を変えるように言った。

「火の女神様《ソール》のお告げでは、大魔王《イヴリース》の復活には猶予がある。そうだな、巫女ダリア」

「はい、その通りです。だからこそ我々から先手を打つべきでしょう」

火の巫女ダリアさんも、当然会議に参加している。隣には灼熱《しゃくねつ》の勇者オルガの姿も見えるが、借りてきた猫のように大人しい。

「魔大陸の動きは気になる。本来、魔族たちは小細工をしない連中であるが……」

「魔王軍の中に、人類の裏切り者である魔人族の集団『蛇の教団』が紛れています。彼らが入れ知恵をしないとも限らない。彼らは謀略を得意とする」

俺は『人類の裏切り者である魔人族』というワードが気になって、『視点切替』で後ろを視《み》た。フリアエさんが、苦々しげな表情を浮かべている。

(何か言うべきかな？)

俺がフリアエさんに視線を送ると、

(……いいから、黙って聞いてなさい)

そんな視線を返された。もやもやするが、静かに聞いておくことにした。

「一ヶ月後の『北征計画』実行。これは大魔王《イヴリース》の復活には六十日以上の猶予があるという、運命の巫女殿《エステル》からの伝言を元にしている。詳しい作戦の内容は、太陽の国《ハイランド》に全ての勇者が集まってから話されるであろう。ここまでで、何か質問がある者は？」

「「「「……」」」」

静寂が会議室を覆った。

（早ければ二ヶ月後、大魔王《イヴリース》が復活……）

俺が異世界に来て約二年。個人的なピンチは多々あったものの、西の大陸は平和だった。

自ら迷宮《ダンジョン》に潜ったり、蛇の教団に喧嘩《けんか》を売ったりしなければ、のんびりした異世界ライフを楽しめただろう。でも、これから始まるのは戦争だ。魔大陸の魔族対西の大陸の人族、獣人族、エルフ族などの連合国の戦争。そこで疑問が浮かんだ。

（あれ……たしか、この世界には西の大陸以外にも人が住んでいるんだよな？）

「将軍、質問があります」

俺は学校でするように手を挙げた。全員の視線が俺のほうを振り向く。

「何でしょう、勇者殿」

「他の大陸の国々とは連携しないのですか？」

この世界には東の大陸、南の大陸があり、そこにも人族やその他の種族が住んでいるはずだ。あまり交流は無いようで、水の神殿でも大した情報は教えてもらえなかった。

「……そうですな。勇者マコト殿は異世界の出身。ご存じ無いのも無理はない。他の大陸にも使者を送り、助力の要請を行っております。ですが……」

まず、南の大陸には大きな国が三つある。西の大陸から代表して、太陽の国《ハイランド》が南の大陸で最大の規模を誇る帝国へ使者を送った。

が、南の大陸は北の大陸との距離が離れていることから『北征計画』への参加は、見送るとの回答だったらしい。

『大魔王《イヴリース》が復活すれば、協力は惜しまない』

そんな返事だったそうだ。残り二国もそれに倣っているとか。

東の大陸に至ってはさらに悪い状況だ。現在、多数の国が大陸の覇権を争って紛争中なのだ。どの国が勝つかも読めず、下手に一つの国へ使者を送っては西の大陸まで飛び火しかねない。そのため協力を仰げていない。

「大魔王《イヴリース》が復活すれば、西の大陸が最初に狙われると言われています。魔大陸と最も距離が近いこと、そして救世主アベルが西の大陸の出身だからです」

「……なるほど、理解しました。ありがとうございます」

西の大陸は、魔大陸の脅威を最も身近に感じている。また、大魔王《イヴリース》の恐怖は未《いま》だ根強い。だからこそ、人族の国同士での争いはほとんどなく、魔族との戦いに備えることができた。

だが、他の大陸は西の大陸の国々ほどの危機感が無い。あてにはできない。

(厳しい状況だな……)

その日の会議は終わった。

――数日後。

火の国《グレイトキース》の飛空戦艦部隊は、問題なく太陽の国《ハイランド》の王都シンフォニアに到着した。巨大なハイランド城が、遠目から徐々に大きくなっていく。火の国《グレイトキース》の王都ガムランも大きかったが、やっぱりこっちは規模が違う。巨大な城塞都市の正面には、救世主アベルの銅像が剣を掲げる姿勢で建っている。緑がかった銅像は、米国の自由の女神像を彷彿《ほうふつ》とさせる。

（…………あれ？）

強烈な違和感を覚えた。なんだ？

「見えてきたね、太陽の国《ハイランド》の王都。サキちゃん元気かな」

さーさんが飛空戦艦のデッキの手すりから身を乗り出している。危ないよ、と思ったが今のさーさんなら飛空戦艦から落ちても無傷だろう。

「ねぇ、さーさん」

「どうしたの？」

「救世主アベルの銅像ってあんな色だっけ？」

俺は疑問を口にした。

「え？　同じだと思うけど？」

「……前に見た時は、違う色だったような……」

俺の思い違いだろうか。

「流石《さすが》に急に色が変われば気付くんじゃないかな」

「うーん、それもそうか……」

さーさんの言う通りだ。きっと俺の記憶違いだろう。

「そろそろ着陸します。下には馬車を待たせてあります。それに乗ってハイランド城へ向かいましょう」

タリスカー将軍の部下が、案内をしてくれた。

「姫、桜井《さくらい》くん元気かな？」

「そりゃ元気でしょ。光の勇者なんだから」

フリアエさんはそっけない。俺は桜井くんと久しぶりに話したかった。でも、魔王軍が何か企《たくら》んでいる今の状況じゃ、光の勇者様は忙しそうだ。会いに行って話す時間あるかなー。そんなことを考えつつ、俺は馬車に揺られながら王都の風景を眺めた。相変わらず人が多い。しかし人族だけだ。

エルフ族や獣人族の姿は見えない。水の国《ローゼス》や火の国《グレイトキース》と異なり、種族別にはっきりと線が引かれた街——王都シンフォニア。マフィアの若頭、ピーターは元気だろうか？　スラム街である九区の教会の子供たちのことも気にかかる。

（でも、人のことを心配している場合じゃない。これから魔王軍との戦争が始まる……）

やがて馬車がハイランド城の巨大な城門前で、停車した。馬車から降りようとして、フリアエさんから声をかけられた。

「ねえ、私の騎士。汝《なんじ》に災いが降りかかる……かも？」

「姫？　突然どうしたの？」

「あー、なんか一瞬だけ未来視が発動したんだけど……よくわからなかったわ」

「なんか、不安だけ煽《あお》るのやめてもらえますかねぇ」

俺はフリアエさんに胡乱《うろん》な視線を向けながら、ハイランド城の正門をくぐった。整然と並んだ石畳を進む。

「高月《たかつき》くん、ストップ」

「え？」

突然、さーさんが俺の腕を引っ張った。どうしたの？　と言おうとして、

――カッ！！！　ドンッ！！！！

突然、閃光《せんこう》が走った。そして、一秒後に衝撃が地面を揺らした。そのあと、土埃《つちぼこり》が舞い上がり視界を奪う。爆弾テロ!?　蛇の教団か！

俺は慌てて右手の包帯を外し、戦闘に備えた。もくもくとした土埃が晴れた後に出てきたのは、金髪に黄金の鎧《よろい》という目に眩《まぶ》しい一人の剣士だった。鎧からはパチパチと雷の闘気《オーラ》がはじけている。……ああ、君かぁ。

「久しぶりだなぁ！　ローゼスの勇者高月マコトぉおおお！」

声量がでかい。そんなに怒鳴らなくても聞こえてるから。

「…………やあ、ジェラさん。お元気そうで」

「ちょっと、面貸《つら》せやぁ！！！」

「…………うわぁ」

思わず声が出た。相変わらず尊大かつ、素行《ガラ》が悪い。

――稲妻の勇者ジェラルド・バランタイン氏。

「何か御用ですか？」

ひとまず低姿勢で接してみる。

「てめぇ、何か御用だと……抜け駆けをしやがって」

「抜け駆け？」

ジェラさんが、険しい顔でこちらにずんずんと、近づいてくる。やばい、金髪のチンピラがこっちに来る。怖い。逃げたい。

「兄さん！」

金髪に黄金の鎧の細身な女性が慌てた様子で走ってきた。そしてジェラさんの腕を摑《つか》んで引っ張る。

「離せ、ジャネット！」

「離しません、なぜそのように喧嘩腰なのですか。木の国《スプリングローグ》の魔王討伐の話を聞きたいだけなのでしょう……!?」

「おまえっ、言うなって」

あー、そういうこと。

「あれは、たまたまの偶然ですよ。ラッキーでした」

「んなわけあるか！　『魔王の墓』は千年間、誰も近づけなかった災害指定の呪いの封印だぞ！　くそっ、何が先に魔王を倒したほうが勝ちだ。最初っから、そのつもりだったんだな」

ギリギリと歯ぎしりの音が聞こえそうな……聞こえてきた。

「もう、兄さんってば。高月マコトが困るだけでしょう。すいません、あなたに会いたがっていたはずなんですが、今日は興奮し過ぎているので日を改めますね」

ジャネットさんが、兄を引っ張っていった。

「おい引っ張るな！」と言いながらジェラさんが引きずられている。

「あ、そうそう」

去る直前、ジャネットさんがこちらへ微笑《ほほえ》んだ。

「高月マコト、今夜は空けておいてくださいね」

「え？」「あ？」

俺とジェラさんが、同時に間の抜けた声を発した。

「あの……ジャネットさん？　どのようなご用件で……？」

「おいジャネット、今夜ってのはどーいう意味だ？」

「兄さんには関係ありません。ではのちほど、高月マコト」

ジャネットさんは、兄貴を引きずって行ってしまった。本気を出せば、ジェラさんが妹に力負けするわけがない。察するに、妹のほうが立場的に強いのだろう。そして、ジャネットさんの今夜空けておけという意味深な言葉……。本当は、桜井くんの所に遊びに行きたかったんだけど。まあ、いっか。予想外の出迎えに戸惑ったけど、ハイランド城に入ろう。

「じゃあ、行こうか」と言いながら仲間たちのほうを振り返った。

「「「……」」」

「………あの、何か？」

振り返った先には、俺をじとーっと睨《にら》む三対の瞳があった。フリアエさんと黒猫《ツイ》が、はぁーとため息をついている。

「ねえ、アヤ。こいつハイランドに来てさっそく他の女にアポ入れられたわよ」

「あーあ、モテる勇者様は羨ましいですなー。ソフィーちゃん、ローゼスの勇者の女遊びが激しい件はどうしよっか？」

「由々《ゆゆ》しき問題ですね。ルーシーさんとアヤさんは、勇者マコトが他国の女に手を出さな

いよう見張っておいてください」

「「任せて！」」

ルーシー、さーさん、ソフィア王女が連携している。何か言うべきか。でも、下手に言い訳すると藪蛇《やぶへび》になりそうな。

「勇者殿、水の国《ローゼス》の女性はお強いですな」

ぼそっと、タリスカー将軍が耳打ちしてきた。

「火の国《グレイトキース》は、違うんですか？」

「いえ、似たようなものです。アレの母親も気が強くて……」

灼熱《しやくねつ》の勇者であり、将軍の娘であるオルガさんのほうにちらっと目を向けた。うん、最近は大人しいけど初対面での絡みを見る限り、相当我が強そう。

「どこに行っても同じですね」

「そう言えばそうですな」

はっはっは、とタリスカー将軍が笑っていた。特に何も解決してないんですが。

ルーシーとさーさんに両脇を固められ、俺はハイランド城へ入城した。

タリスカー将軍は、ハイランド国王と会談があるとのことだったので別行動になった。

「私たちはノエル王女に会いに行きましょう」

ソフィア王女は、親水の国《ローゼス》であるノエル王女の意向を最初に聞きたいらしい。俺としては、国同士の関係性はさっぱりわからないので頷《うなず》くだけだ。アポは入れてあるということだったので、約束している場所へ向かう。

「マコト殿ではないですか！」

途中で、巨漢の戦士から声をかけられた。戦士の外見は人族のそれではなく、爬虫類《はちゆうるい》を思わせる肌に顔——龍人族だった。

「マキシミリアンさん。お久しぶりです」

風樹の勇者マキシミリアンさんだった。

「噂《うわさ》は聞きましたよ。火の国《グレイトキース》でも大暴れされたとか」

厳《いか》つい印象と真逆の、人懐っこい笑顔を向けられた。

「なりゆきです。木の国《スプリングローグ》はその後、変わりないですか？」

「マコト殿のおかげで『魔王の墓』が無くなり、瘴気《しようき》の漂う『魔の森』が少しずつ縮小していきます。数十年後には、『魔の森』そのものが無くなっていることでしょう。そうすれば、木の国《スプリングローグ》がさらに発展する。里の長老たちは、みなマコト殿に感謝を述べておりました」

マキシミリアンさんが嬉《うれ》しそうに言った。

「へぇ……魔の森が」

魔王ビフロンスが滅んだ今、瘴気の元が無くなったわけで。不死者《アンデッド》が彷徨《さまよ》う迷宮《ダンジョン》が無くなってしまうらしい。さーさんと一緒に不死者《アンデッド》に『変化《へんげ》』して探索した記憶が蘇《よみがえ》る。

結局、一回しか冒険できなかった。

(もっと探索しておけば良かったな)

魔の森は期間限定ダンジョンだったよ……。もしかすると隠し財宝《トレジャー》とかあったのかなぁ。

「高月くん、またバカなことを考えてる顔してるね」

物思いにふけっていると、さーさんにツッコまれた。

「どーいうこと、アヤ?」

「きっとね、高月くんのことだからもっと『魔の森』を探索しておけばよかった、とか考えてるんだよ」

「勝手に人の心を読むのはヤメテくれません?」

何でそこまで正確にわかるんだよ。

「ええ～、魔の森なんてエルフ族は絶対近づくなって言われて育ってきたのに……。マコト、何考えてるのよ」

「木の国《スプリングローグ》の民は皆そうですな……。魔の森が無くなって残念に思うのはマコト殿くらいでしょう」

「いや、誤解ですよ。魔の森が無くなって残念とは思ってないデスヨ?」

ルーシーだけでなく、マキシミリアンさんにまで変人扱いされそうだ。馬鹿な考えがバレていた気まずさを、適当な言葉でごまかしていた時。

「邪魔だ。道を空けろ」

突然、怒鳴られた。ぱっと振り向くと身分の高そうな衣を纏《まと》った司祭らしき一団がこちらへ歩いてくるところだった。

「教皇様の前に立つなど不敬にも程がある」

「田舎者の水の国《ローゼス》と、野蛮な木の国《スプリングローグ》の勇者か」

「このような者たちの力、借りずとも良いものを」

口々にこちらを見下した発言をしてくる。つまり高い地位の方々なのだろう。俺たちは大人しく通路の端に寄った。一団の中心に居るのは、老人ながらも覇気を放つ人物。見覚えがあった。

――女神教会の教皇猊下《げいか》。

太陽の国《ハイランド》において、二番目に偉い人物である。教皇様は俺たちのほうを見もせず、静かに通り過ぎていく。いや、一瞬。ちらりとこちらに視線を向けた。

フ、フリアエさんと俺を見て、憎々しげに表情を歪《ゆが》めた。え？　俺？

「……………」

あ？　なんか文句あんのか？　という顔をフリアエさんがしている。やめなさい、美人が台無しですよ？

「何よ、あいつ」

フリアエさんが苛立《いらだ》たしげだ。確かにあの視線は何だったんだろうか？　女神教会の司祭の一団は、ハイランド城の外へ出ていった。

「今代の教皇様は、自国の人族の民以外には厳しいことで有名ですからな」

選民思想なんだそうだ。

「……なんか嫌な感じね」

雑談を続けるには少しおかしな空気になってしまった。

「では、またのちほど。マキシミリアンさん」

「ええ、マコト殿。時間があればゆっくり話しましょう」

俺たちは風樹の勇者マキシミリアンさんと別れ、ノエル王女の居るところを目指した。

ノエル王女との謁見の場所は、ハイランド城の訓練広場の近くだった。なぜ、そんな場所を指定されたのかは、近くにやってくるとわかった。

「ようこそ太陽の国《ハイランド》へ。光の勇者様がマコト殿をお待ちしていますよ」

「お久しぶりですね、オルトさん」

そこは婚約者である桜井《さくらい》くんの居る場所だった。

出迎えてくれたのは、太陽の騎士団・第一師団の団長オルトさん。王都シンフォニアを襲った魔物の暴走《スタンピード》で一緒に戦った人だ。ソフィア王女は、ノエル王女の居る訓練場の傍《そば》にある建物に入っていった。王女二人が話している間、俺たちは太陽の騎士団の人たちと話して下さいね、ということだ。

俺たちは、以前太陽《ハイランド》の国に来た時に太陽の騎士団の人たちと共闘した。さーさんやルーシーは、別の師団の人たちと再会して話している。フリアエさんは、さーさんとルーシーに引っ張られて行った。俺はオルト団長に案内され、広大なハイランド軍の訓練場の敷地を歩いた。案内されたのは、訓練場の中でも広い闘技場《リング》のような場所。

——そこには折り重なるようにおびただしい数の死体が横たわっていた。

嘘《うそ》だ。全員生きてる。しかしまるで死体のように全員が倒れ、虫の息だった。

「それまで！　光の勇者様の勝利！」

誰かが宣言する声が響いた。

「あれは模擬戦ですね。『光の勇者様対百人の騎士』という名前の訓練です」

団長のオルトさんが説明してくれた。

「……そのまんまな名前の訓練ですね」

非常に分かりやすい。だが、俺にはどうしても気になった点があった。

「対戦相手、百人以上いますよね？」

ざっと見ても二百人以上は倒れている。

「百人では足りなかったので」

「ああ……なるほど」察しました。

光の勇者の相手は、百人じゃ足りなかったかぁ。なら仕方がないね。改めて倒れている戦士たちを見ると、上級騎士や超級騎士までいる。しかも、全員が全身鎧《フルアーマー》でガチガチに固めた本気装備だ。対するは……。

「高月《たかつき》くん！」

対戦相手のイケメンが、俺を見て大きく手を振った。白いシャツを肩までまくり上げている。鎧《よろい》など一切着ておらず、昔体育の授業でサッカーをしていた時のような軽装だ。そしてふざけたことに右手に持っているのは木刀のような木製の剣だった。


——その木製の剣が、まるで伝説の聖剣のような輝きを放っている。


光を闘気《オーラ》に変える力。

光の勇者の闘気《オーラ》は、最強の剣であり、最強の盾。光の勇者の闘気《オーラ》で纏った武器は最強の聖剣と化す。光の勇者の闘気《オーラ》を纏った身体《からだ》を傷つけることは容易ではなく、たとえダメージを負っても一瞬で回復する。

それは時間制限のない、さーさんの『無敵時間《スーパースター》』スキルのようなものだ。

空に太陽がある限り『光の勇者』に勝てる者はいない。

彼は救世主アベルと同じ伝説のスキル所持者。笑顔で俺に手を振るのは数ヶ月ぶりに会う幼馴染《おさななじ》み、桜井リョウスケくんだった。

「久しぶりだね、高月くん」

「そっちも相変《チート》わらずな強《な》さで安心したよ、桜井くん」

俺たちは、再会を喜び合った。

「聞いたよ。木の国《スプリングローグ》で魔王を倒して、火の国《グレイトキース》の王都壊滅の危機を救ったって」

「俺一人で、みたいに言われると困るんだけどね」

木の国《スプリングローグ》はロザリーさんの、火の国《グレイトキース》はノア様の協力があってこそだ。

「北征計画も、高月くんが居るなら安心だよ」

「すみっこのほうで参加するよ」

女神様に選ばれた勇者である桜井くんや、ジェラさん、マキシミリアンさんが参加する軍事作戦だ。小国の勇者である俺が、でしゃばる必要もないだろう。

「周りがそれを許してくれない気がするけどね」

桜井くんが苦笑する。

「北征計画では、しんどい敵は全部桜井くんに回すからな」

俺は倒れている上級〜超級騎士の人たちを見渡しながら言った。

それを聞いて桜井くんが、意外そうな顔をした。

「一緒に戦ってくれるよね？」

「俺は貧弱な水魔法使いだよ」

「大迷宮《ラビユリントス》で助けられたよ」

「あの時は地底湖があったから水の精霊が使えた。ラッキーだよ」

「天気が雨の日だったら、高月くんの出番だろ？」

「その時は、晴れさせるから」

「……そんなことできるの？　天候を操るのは、大賢者様でも大変だと聞いてるけど」

「雨↓晴れはできるよ。逆は無理だけど」

「それ、詳しく教えてよ！」

「仕方ないなぁ」

しばし、俺は桜井くんと雑談を楽しんだ。

ちなみにハイランド城付近は、水の精霊が多い。これはローゼス城との大きな違いだ。

理由の一つとして、王都の裏手を流れる大河の存在はあるだろう。もう一つは、ハイランド城はローゼス城と異なり教会機能が無い。太陽の国《ハイランド》は政教分離国家のため、聖神族を祭っているのは『聖アンナ大聖堂』。

そのため、訓練場には沢山の水の精霊が漂っていたのだが、

（急に水の精霊が居なくなった……？）

潮が引くように、一瞬で水の精霊の姿が消えた。辺りを見回し、理由に気づいた。

「桜井くん、あそこにいる人は誰？」

俺の視線の先、百メートルくらい離れた位置に一人の大柄な戦士が立っていた。身の丈は、二メートル近いのではないだろうか。龍人族のマキシミリアンさんより大柄で、見た目は人族だ。金髪に白い肌をしているが貴族のような印象が無いのは、レスラーのような筋肉のせいだ。あいつがやって来てから、水の精霊が去ってしまった。

「彼はつい最近、太陽の国《ハイランド》の国家認定勇者になった……名前は『アレク』だったはず」

「話したことはある？」

「いや、それが彼は太陽の騎士団の所属ではなく、神殿騎士団《テンプルナイツ》の所属なんだ。訓練場はどちらに所属していても使えるから彼が居ても不思議じゃないんだけど……。ほとんど交流は無いね」

「ふーん……」

「気になるなら、話しに行く？」

「いや、そこまでじゃないかな」

俺はちらっと右腕を見た。

現在は、包帯で『精霊の右手』は隠している。俺が気になったのは精霊の魔力《マナ》ではなく、ノア様の神気《アニマ》。神殿騎士《テンプルナイト》のアレクという男が発しているのが、神気《アニマ》に似ているように感じた。思い違いかもしれないが。

（……あいつと同じ部隊には、配属されたくないなぁ）

精霊が居なくなってしまうのは困る。そんなことを考えていると、ノエル王女とソフィア王女が一緒にやってきた。

「お久しぶりです、マコトさん」

ニッコリと微笑《ほほえ》む太陽のようなノエル王女。相変わらず気品と可愛《かわい》さが合わさったお手本のような姫様だ。

「ノエル王女、ご無沙汰しております」

跪《ひざまず》こうとして止められた。

「堅苦しいのは無しですよ。マコトさんはソフィアさんの婚約者なのですから。それよりこれから全勇者と巫女《みこ》が集合するそうです。一緒に行きましょう」

「はい、わかりました」

到着して早々だが、集まらないといけないらしい。俺たちは、ルーシー、さーさん、フリアエさんと合流して、ノエル王女に案内された。巨大な会議室に、各国の巫女や勇者が集まっている。知っている顔と知らない顔がある。

ハイランドの王族や五聖貴族の面々の姿もある。タリスカー将軍の顔も見えた。

ただ、さっきの新人国家認定勇者『アレク』の姿は無かった。

「皆様、こちらを」

進行役らしき人が、壇上から声を発した。

「これから北征計画についてご説明します。が、その前に教皇猊下《げいか》より重要なお話があるそうです」

何だろう？　他の人たちも予定になかったことなのか、ざわついている。さきほど通路ですれ違った女神教会の教皇様が壇上に上がった。冷たい表情で、こちらを見下ろす。そのまま数秒、無言が続いた。そしてゆっくりと教皇様が口を開いた。

「この中に、邪神を信仰する者が居る」

教皇様が、粛々と告げた。

（え？）（あら？）

俺の心の声に、ノア様の声が被《かぶ》る。……ノア様、これマズくないですか？

二章　高月マコトは、邪神の使徒である

「千年前、多くの勇者を殺害した魔王カイン。かの男が信仰していたのは、世界の破滅を願《ねが》う悪しき邪神でした」

女神教会の教皇様が、滔々《とうとう》と周りの人間へ語りかける。

（……これはマズい）

頬を冷汗が流れる。

（う、うーん、困ったわねー。エイルのやつ教会関係者に根回ししてなかったのかしら）

ノア様の本気で戸惑った声が不安を煽《あお》る。そう言えば、水の女神《エイル》様はどちらに？

（それが最近は顔を見せないのよねー）

そんな！　頼みの綱が……。

「今は、大魔王《イヴリース》が復活を目論《もくろ》む終末の世。再び邪神の使徒が世界の混乱を企《たくら》んでいます。そしてその使徒は、我々の中に紛れているのです」

「何という恐ろしいことだ！　見過ごせぬ事態だ！」

ニヤニヤとした表情で追随するのは、ハイランドの第一王子（だった気がする）。名前は憶《おぼ》えていない。

「それは一体誰なのか教えてもらえますか？　教皇猊下」

誰かが、とどめとなる質問をする。水の女神様《エイル》は不在。頼れるのはソフィア王女……が見つめる先に居るノエル王女。ノエル王女は無表情で、何を考えているかは読み取れない。

「……水の国《ローゼス》の勇者高月マコト。貴方《あなた》の信仰する神の名前を言いなさい」

教皇様の言葉にその場に居た全員が俺の方を振り向く。

（………………さて、どうするかな？）

嘘《うそ》をつくか、黙秘を貫くか。だが教皇様は、俺がノア様の使徒であることを確信しているようだ。なによりノア様じゃない名前を言うのは抵抗があった。

（別にいいわよ？　エイルの名前でも言っておきなさい）

そーいう問題じゃないんですよ。

（でもこの場を乗り切れるの？）

そこなんだよなぁ……。俺の方を見ている人々の顔を見渡した。桜井《さくらい》くんが不安そうにこちらを見ている。ルーシー、さーさん、ソフィア王女は言うまでも無い。フリアエさんの表情が硬い。他の人も、緊張した面持ちで俺の回答を待っている。

「はぁ……」

俺はため息をつき、教皇様の顔を真《ま》っ直《す》ぐ見た。

「俺が信仰しているのは女神ノア様です」

俺は静かに、堂々と告げた。周囲がざわつく。

――ついに、邪神の使徒であることが公《おおやけ》にバレた。

「邪神ノア……神界戦争《ティタノマキア》に敗れた古い神にして邪悪なる女神……なんとおぞましい。今すぐ、勇者の称号を剝奪、奴《やつ》を斬首するべきだ！」

冗談だろ？　と思って教皇様の方を見ると、俺を狂信的な目で睨《にら》んでいる。邪神、絶対に許さないコロスと訴えた本気《マジ》の目だった。

「まあ、お待ちを教皇猊下。もともとそこの邪神の使徒を『北征計画』の中核に据えようとしていた者がいる。責任としては、その者こそ重い。なぁ、ノエルよ」

ハイランドの王子が、ニヤニヤとした表情でノエル王女に視線を向けた。

（んー……これは……）

どうやら王子の標的は、俺ではなくノエル王女のようだ。ノエル王女の失策を指摘して、第一位王位継承者から降ろす腹積もりだろうか。皆の視線が集まったノエル王女は、無表情――いや、俺の方を見て微笑んだ。そしてゆっくりこちらへやってくる。

「大丈夫ですよ、マコトさん」

ノエル王女が俺の近くにやってきた。

「何が、大丈夫か！　こいつは邪神を信仰しているのだぞ！」

「ええ、その通りです。そして、それは太陽の女神様《アルテナ》がお許しになっています」

「「「「なっ！」」」」

（え？）（アルテナが？）

沢山の驚きの声は、その場に居た人間が発したものだ。心の声は、俺とノア様だった。

（……何でノア様が驚くんですか？）

（いやだって、アルテナとは千年くらい口を利いてないし）

（気の長い話ですね）

千年前の大魔王《イヴリース》討伐の時以来ってことか。

「バカな！　太陽の女神様《アルテナ》がそのようなことをおっしゃるはずがない！」

教皇様が騒いでいる。

「では、女神様に直接聞きますか？　この場で太陽の女神様《アルテナ》を私に『降臨』していただくこともできます。その場合太陽の女神様《アルテナ》へ『アルテナ様のお言葉は本当ですか？』という質問を、教皇猊下にしていただくことになりますが」

「……そ、……そのようなことは言えない！」

教皇様が苦々しい表情で引き下がった。

「兄様、何かご意見はございますか？」

「…………無い」

ちっ、と王子は舌打ちをした。

「だそうです、マコトさん、ソフィアさん」

ノエル王女がニッコリと微笑んだ。はぁー、とソフィア王女がふらっと倒れそうになって近くの女騎士に支えられている。

(凄《すご》いな)

太陽の女神《アルテナ》様の言葉ってだけで、全て押し通せるのか。これは無敵だ。

「あ、アルテナ様のお言葉では、仕方……ない」

どう見ても納得していない様子で、教皇様は言った。

「だが！　もう一つ、言わなければならないことがある！」

おいおい、まだあるのかよ。

「そこにいる呪いの巫女フリアエ。奴はこの世界に災いをもたらす。今すぐ地下牢獄《ろうごく》へ幽閉し、大魔王《イヴリース》討伐後まで表に出してはならん！」

何言ってんだコイツ。

「はぁ!?　ふざけないで！」

フリアエさんが、叫んだ。

「あの……教皇猊下？　何故《なぜ》そのようなことを……」

　ノエル王女ですら戸惑っている。

「……月の巫女については、以前王都シンフォニアの危機を救った功績で、今後は協力していく関係にあります。それについては、既に承認いただけたはずですが」

　ノエル王女がゆっくりと諭すように言った。

「教皇猊下。月の巫女の身柄は水の国《ローゼス》で預かっていますが、これまで我々に協力を惜しまず敵対するようなことは一切ありませんでした」

「木の国《スプリングローグ》では、寸暇を惜しんで石化した民を救ってくれました。彼女は恩人です」

　ノエル王女に追随するのは、ソフィア王女と木の巫女フローナさん。よかった、みんなフリアエさんの味方だ。

「そんなもの、あてにはならん！」

　教皇様の態度は頑として変わらない。

「大魔王《イヴリース》の復活を控え、厄災の魔女の生まれ変わりと言われる呪いの巫女を自由にさせておくなどありえん！　仮に厄災の魔女が復活をしたらどうするのだ！　なにより……」

　ここで教皇様は言葉をためた。

「月の巫女フリアエは世界に災いをもたらす可能性が高い……、これは運命の女神様のお言葉だ。ここにいるハイランドの者たちは知っていよう」

　教皇様が、ギロリと皆を見回す。

（運命《イ》の女神《ラ》様が……）

本当だろうか？

「あくまで可能性……ですが」

運命《エステル》の巫女さんが、ポツリと言った。つまり、本当に運命《イ》の女神《ラ》様の言葉ということだ。

「「「……………」」」

この発言には、誰も言い返せない。教皇様が勝ち誇った顔になった。

「さあ、神殿騎士団《テンプルナイツ》よ！　そこにいる月の巫女《みこ》を捕らえよ！」

「それは困る」

「……私の騎士？」

俺はフリアエさんの前に出た。

「汚らわしい邪神の使徒が！　口を挟むな！」

「姫を連れて行くのは、守護騎士として見過ごせない」

俺は教皇様を睨み、はっきりと告げた。

「忌まわしい邪神の使徒と、薄汚い呪いの巫女。実にお似合いだな」

ひたすらにこちらを罵倒してくる教皇様。何故ここまで頑《かたく》ななんだろう。

（ムカつくわね）

同感です、ノア様。

「どうしても逆らうなら……」

教皇が手を上げると、大勢の神殿騎士《テンプルナイト》たちが俺たちを取り囲むように輪を作った。

「呪いの巫女を殺すことはできぬ。報復の呪いが関係する者全てに降りかかる。捕らえろ。それなら太陽の女神《アルテナ》様もお許しになるはずだ」

「教皇様！」

ノエル王女の言葉も、教皇は無視する。俺たちを見つめるのは、ずらりと並ぶ太陽の騎士団の人たちと女神の勇者たち。

気が付くと、さーさん、ルーシーが俺とフリアエさんの側《そば》に来てくれていた。ソフィア王女と、レオナード王子がこっちに駆け寄ろうとしているが、守護騎士のおっさんが止めている。が、おっさんの目は「何かあればご一緒に戦います」という目だった。

……さて、どうするかな。

「さあ、女神様の加護を持つ勇者たち。神殿騎士団《テンプルナイツ》と共に月の巫女を捕らえるのだ」

教皇が呼びかけた。この場には、月を除く六大女神の加護を受けた勇者全員が揃《そろ》ってい
る。彼らが力を合わせて、俺とフリアエさんを捕らえようとすれば勝ち目は無い。しかし。

「僕は高月《たかつき》くんとは戦わない。勿論《もちろん》、フリアエも捕らえない」

最初に返事をしたのは桜井くんだった。

「あ？　やるわけねーだろ」

「私はパスね」

「お断りします」

稲妻の勇者ジェラルド、灼熱《しゃくねつ》の勇者オルガ、風樹の勇者マキシミリアンさんも教皇の言葉には、従わなかった。土《カリラーン》の国と、商業《キャメロン》の国の勇者は……なんか、オロオロしてる。

（……誰も来ないのか？）

教皇、立場の割にあんまり人望無いんじゃゃ……。

「はっ、あんた人望ないんじゃないの？」

フリアエさん！　そんな煽《あお》らなくていいから！　ぐぬぬ、と教皇が唸《うな》る。

が、そこからニヤリと意地の悪い笑みを浮かべた。

「愚かだな……私には切り札がある。アレクサンドル、来なさい」

突然、教皇の隣に幾重もの魔法陣が浮かび、光と共に一人の大柄な男が現れた。二メートルを超える身長に、隆々の筋肉。白い鎧《よろい》を着ている。

「……」

ハイランドの新人国家認定勇者アレク。本名はアレクサンドルと言うらしい。その視線はどこを見ているかわからない、ぼんやりとしたものだった。

「太陽の勇者アレクサンドル。お前の力を見せるのだ！」

「……」

大柄の男は何も喋《しゃべ》らず、小さく頷《うなず》いた。覇気の無い表情の勇者アレクがこちらを振り向いた。そして――勇者アレクの身体《からだ》が虹色に輝いた。

次の瞬間、恐ろしいほどの圧迫感《プレッシャー》が押し寄せる。

「くっ」

思わず声が漏れる。魔力《マナ》が嵐のように吹き荒れる。暴風が部屋の中を襲った。ルーシーと同調《シンクロ》しても、ここまでの魔力《マナ》は無い。これは……いつかの巨神のおっさんや、ソフィア王女にエイル様が乗り移った時に匹敵する魔力《マナ》。人間離れした魔力《マナ》だった。

「ひぃぃぃぃ」

ハイランドの王子が、腰を抜かしている。戦いには無縁そうな他の貴族たちも同様だ。ジェラさんの親父《おやじ》さんは、青い顔をしつつも腕組みをして立っている。流石《さすが》は、武闘派貴族。フリアエさんが青い顔をしているが、それを守るようにルーシーとさーさんが前に構えている。桜井《さくらい》くんをはじめ、他の勇者たちは剣こそ構えていないものの臨戦態勢だ。

みんな、こっちの味方をしてくれるようだ。ありがたいっちゃ、ありがたいんだが……。

（……しかし、こんな場所で本気で戦闘を仕掛ける気か？）

ここはハイランド城の一室。そしてここに居るのは皆、国の中心人物と言えるほど地位の高い人たちだ。

正気とは思えない。

「や、やめよ！　勇者アレクよ！　このような場所で何をしている！」

誰か貴族が、怯《おび》えた声で叫んだ。

「勇者アレク！　今すぐやめなさい！」

ノエル王女の声が響いた。が、太陽の国《ハイランド》の国家認定勇者は、貴族やノエル王女の言葉に耳を貸さなかった。

「ふははは！　良いぞ、アレク！　月の巫女を捕らえるのだ！」

教皇だけが狂ったように笑っている。教皇は本気のようだ。俺は右腕の包帯を取り、精霊の右手を発動できるように準備した。その時。

「アレクサンドル。おやめなさい」

凛《りん》とした声が響き――シン、と空気が静止する。

一瞬、意識が飛ばされた。声の主は運命の巫女《エステル》さんだった。

その場の誰も口を開けない。圧倒的な強者からの命令だった。

「…………は、はい」

誰の言うことも聞かなかった太陽の勇者アレクサンドルが大人しく従った。

それっきり運命の巫女は黙る。あれほど騒がしかった教皇も口をつぐんでいる。

その場を気まずい空気が流れる。

「………本日の会議は、仕切り直しにしましょう」

ノエル王女が宣言した。もはや話し合いをするような状況ではない。

バラバラとみんなは会議室から退室していった。

（……太陽の国《ハイランド》にこれ以上留《とど》まるのは危険かもしれない）

俺とフリアエさんは教皇から目の敵にされている。いつ太陽の勇者に襲われるかわかったものではない。

色々と気になることはあったが、俺たちはハイランド城を後にした。

（まさかな……）

とてつもない圧迫感《プレッシャー》だった。まるでノア様や水の女神様《エイル》と対面している時のような。

（そしてさっきの運命の巫女《エステル》さん）

「何なのよあいつは！」

フリアエさんが、声を荒らげる。会議が終わり、水の国《ローゼス》の一行である俺たちは王都シンフォニアの宿の一室に居た。ちなみにソフィア王女は、ノエル王女と話をすると言ってすぐに出かけてしまったので不在だ。

「ねぇ……私たち大丈夫かな？」

いつもは強気なルーシーが、不安げな声を上げる。

「大丈夫だって、るーちゃん。いざとなったら私と高月くんで守るし。ね、ふーちゃん」

「アヤは強いわね」

「ええ……、ありがとう。戦士さん」

さーさんの声に、ルーシーやフリアエさんも少し笑顔が戻った。

(俺のせいだな……)

ここにきて邪神の使徒という立場が、大きくマイナスに働いている。

もっと根回ししておくべきだったか？　でも、あの教皇とは交渉とかできなそう……。

——コンコン
と部屋の扉がノックされた。一瞬、緊張が走る。部屋に入ってきたのは、黄金の鎧を着た細身の女騎士ジャネットさんだった。

「どうしました？」

約束は夜の時間だったはずだ。現在の時刻は、まだ昼を過ぎたばかり。

「災難……でしたね」

ジャネットさんの表情は、少し暗い。さっきの騒ぎについて聞きつけたらしい。

「今日は、大変でしょうからまた日を改めますね……。ただ、木の国《スプリングローグ》で共に戦った私はあなた方の味方ですから。それだけを言いに来ました」

ジャネットさんは、そう言って去ろうとした。

「ちょっと待って」

俺は慌てて駆け寄り腕を掴《つか》んだ。

「あら……どうしました？」

きょとんとした顔で、こちらを見つめるジャネットさん。

「行きたいところがあるんです。付き合ってもらっていいですか？」

ジャネット・バランタインは北天騎士団の中では、ペガサス騎士隊の隊長という現場のリーダーに過ぎない。が、本来の立場は五聖貴族バランタイン家のご息女だ。

ソフィア王女が不在の今、その地位はこの中に居る誰より高い。

「かまいませんが……」

ジャネットさんは戸惑いながらも了承してくれた。

「マコト、どうしたのよ？」

「高月くん、また何か変な事考えてない？」

「私の騎士、こんな時にどこに遊びに行く気？」

ルーシー、さーさん、フリアエさんに質問された。黙って行くわけにはいかないので、シンプルに回答する。

「運命の巫女《エステル》さんのところに行ってくるよ」

「「「「えっ!?」」」」

その場に居る全ての人から、驚きの声が発せられた。

「良かったのですか？　お仲間を置いてきて」

ジャネットさんが心配そうな視線を向けてきた。

「一人のほうが冷静に話せるので」

俺が運命の巫女《エステル》さんに会いに行くと伝えたところ、ルーシー、さーさん、フリアエさん全員から猛反対された。

「大丈夫なの？　さっきあんなことがあったばかりなのに……」

「高月くん、私も行くよ。勇者アレクってやつが襲ってきたら私がやっつけるから！」

「私の騎士！　あなた邪神の使徒ってバレてるのよ！　大人しくしておきなさい！」

皆、凄《すご》い剣幕だった。

「大丈夫だって」

俺は興奮気味の仲間たちを説得し、ジャネットさんと一緒に王都シンフォニアを歩いている。向かう先は、エステルさんが居るという屋敷だ。なんでも、商業の国《キャメロン》の大貴族の屋敷を拠点としているらしい。

「しかし……私はその場に居ませんでしたが、運命の巫女《みこ》はあなたの味方なんですか？」

ジャネットさんまで不安気な声で聞いてきた。

「どうでしょうね。一応、商業の国《キャメロン》で面識はありますが……」

俺とフリアエさんに太陽の勇者をけしかけた女神教会の教皇。あれは敵だ。話し合いは無理だろう。それと比べると運命の巫女は、中立的な立場をとっているように思えた。

なにより、どうしても確認しておきたいことがある。

あと何かあった時の保険に、立場の強い人と同行したかった。桜井くんか、タリスカー将軍を想定してたんだけど、バランタイン家のお嬢様なら文句ない。

「着きました、こちらが商業の国《キャメロン》随一の大貴族バークレイ家の屋敷です」

「でっか……」

その屋敷は、王都シンフォニアの貴族街でも異彩を放っていた。広すぎる庭園。巨大な噴水に彫像。大勢の庭師が忙しそうに手入れしている。維持費、凄そう……。

「アポは取っています。行きましょう」

「はい。助かります」

俺はジャネットさんに御礼《おれい》を言い、屋敷の門をくぐった。門番はジャネットさんが名前を告げるとあっさり通してくれた。流石はバランタイン家のお嬢様。俺たちは、執事に案内され屋敷の中へ入った。

「高月《たかつき》マコト。話に聞いていた通り、じっとして居られない男ですね」

呆《あき》れたような口調。通された客間には、運命《エステル》の巫女さんが待っていた。

「エステル様。突然の来訪にもかかわらず、お時間頂き感謝します」

「かまいませんよ、ジャネットさん。ただし付き合う男は選んだ方がよいですよ？」

「私が好きでやっていますから」

「そうですか……趣味が悪いですね」

お二人とも目の前で言うのはやめてくれませんかね？

「……」

「ふふふ」

俺のジト目に気付いたのか、意地悪な笑みを浮かべる巫女エステル。

「用件を聞きましょうか？」

足を組み、見下すような視線を向ける運命《エステル》の巫女さん。時の神殿を思い出した。俺は、小さく息を吸い聞きたいことを伝えた。

「月の巫女フリアエさんが、世界に災いをもたらす。それは運命の女神《イラ》様のお告げなんですか？」

「…………」

最も気になることだ。

が、返事はなかった。何かを考えるようにエステルさんは黙っている。

俺は彼女の次の言葉を待った。

目の前に居るのは、運命の女神《イラ》様の声を聞けるという巫女。この世の未来全てを見通せると言われる、女神イラ様の御声《おこえ》を聞くことができる存在だ。その言葉の持つ意味は重い。

「…………」

巫女エステルは、口を開かない。

「エステル様？　私からもお願いです。教えてください」

俺とジャネットさんは、辛抱強く待った。エステルさんがゆっくりと口を開いた。

「……この世界の属性を司《つかさど》る、七柱の女神。その中に例外がいることを知っていますか？」

「『？』」

急に関係ない話を始めた。

「関係あるのです、いいから答えなさい」

「月の女神《ナイア》様のことですか？」

エステルさんの質問に、ジャネットさんが答えてくれた。

「そうです。月の女神《ナイア》はこの星でなく、外の世界の女神。聖神族とは別の神族です」

「……知らなかった」

神殿では、月魔法も月の女神《ナイア》についても、ろくに教えてくれなかった。

何も知らなくていい、という教えだった。

「運命の女神様《イラ》の未来視《み》は、あくまで聖神族の信仰者に関すること。月の女神《ナイア》の巫女であるフリアエの未来は視えないのです」

「え、それじゃあ……」

「だから可能性がある、と言ったでしょう」

いやいや、未来が視えないからってそれは決めつけ過ぎでは？

「エステル様？　では月の巫女が災いをもたらすというのは……」

ジャネットさんも非難するように問いかけたが、それは次のセリフで遮られた。

「大魔王《イヴリース》の復活後、光の勇者は殺され、地上は再び暗黒に支配されます」

「「!?」」

ジャネットさんが、驚いたように目を見開く。俺も同じような顔をしているはずだ。

水の女神様《エイル》が同じようなことを言っていた。魔族との戦いは、負ける可能性のほうが高いのだと。しかし、運命の巫女からはっきりと言われると……。

「そ、それは……避けられない未来なのですか？」

ジャネットさんの声が震えている。それを聞いて巫女エステルが、軽く微笑《ほほえ》んだ。

「未来は変えられます」

巫女エステルは、力強く言った。

「そのために私は居るのですから。『北征計画』を進言したのも、勝利のための布石です。大魔王《イヴリース》の好きにはさせません」

「北征計画の発案者はエステルさんだったんですね」

てっきり太陽の国《ハイランド》の誰かかと思っていた。

「全ては人族の勝利のためですよ」

優しく微笑む巫女エステルは、女神様のように慈愛に満ちていた。

「私には未《いま》だ『光の勇者が殺される』未来が視えます。しかし、誰がそれをやったのかは……私には視えません」

「視えない……」

話が繋《つな》がった。運命の女神様《イラ》が視ることができない存在。それは聖神族以外の神族――つまり月の女神《ナイア》に関わる人物が犯人の可能性が高いということか……。

「でもさ。フリアエさんと桜井《さくらい》くんは、仲良いよ？　いくら何でもフリアエさんがそんなことをするとは思えない」

俺の意見に、巫女エステルは「ふっ」とバカにするように笑った。

「男女の友情が、痴情のもつれに変わり刃傷《にんじょう》沙汰となることなどよくあるでしょう？」

「いや、昼ドラじゃないんだから……」

「似たようなものです」

「似てるかなぁ……」

「あの……なんの話ですか？……」

俺とエステルさんの会話に、ジャネットさんがツッコんだ。確かに、昼ドラとかわからんよな。何でエステルさんは話を合わせられるんだ？

「納得しましたか？」

「納得はできないけど……ちなみに、俺が犯人の可能性は？」

さっきからフリアエさん犯人説を推しているが、客観的に見ると俺も怪しいのでは？

なんせノア様の前任の使徒である『黒騎士』の魔王は勇者殺しの有名人だ。

「今代の貧弱なノアの使徒では、光の勇者にかすり傷ひとつつけられない。そもそもあなたは、剣を持つことすらままならないでしょう？」

「……その通りですね」

俺の身体能力が低すぎて、剣をまともに振れない。

「なにより千年前に悪神王ティフォンは邪神ノアを騙《だま》していた。これで今回も大魔王《イヴリース》の味方をするなら、よっぽどの間抜けでしょう。まあ女神ノアがポンコツなのは今に始まったことじゃありませんが」

「……言い過ぎでは？」

ボロクソに言われてますよ？　ノア様。

（きー！　何なのよコイツ！　マコト、しばいてやりなさい！）

ノア様、落ち着いてください。

「じゃあ、俺は犯人ではないと？」

「ええ。しかもエイルねえさ……エイル様が海底神殿でノアを見張っています。不審な動きがあれば、すぐにわかります」

「……そうですか」

それにしても、この巫女の言動。口調や会話の内容から察するに、やはり……。

「とにかく、私の行動は全て人族を大魔王《イヴリース》に勝たせるためのものです。わかったなら、もう帰りなさい」

とっとと帰れということらしい。最後に一個だけ、確認しておくか。

「じゃあ、ジャネットさん行きましょうか」

「話は終わりましたか」

ジャネットさんと一緒にソファから立ち上がった。

「お時間いただきありがとうございました、運命の巫女様《エステル》」

「貴重なお話を、ありがとうございます」

お礼を言ってドアの方へ向かう。

「イラ様はノア様の美貌を羨んでいるって噂《うわさ》を聞いたんですけど、本当ですか？」

――――『明鏡止水』１００％

「そうでした。一点、伺いたいことが」

俺は心を無にして口だけを動かした。

「はぁっ!?　そんなわけないでしょ！　ノアのやつ適当な事ばっかり言っ……」

エステルさんは大きな声で反論し、途中で何かに気づいたようだった。苦々しい表情で口を閉ざす。

「そうですか。ノア様の冗談でしたか。次に会った時に言っておきますね」

「……イラ様がノアを羨むなどあり得ないと伝えておきなさい」

「あの……、高月マコト。さっきの言葉はどういう」

ジャネットさんが俺の袖を引っ張る。

「行きましょうか、お邪魔しました」

「えっ、ちょっと……」

俺はジャネットさんの手を引いて屋敷を出た。

俺とジャネットさんは、さっきの会談を振り返りながら歩いている。

「光の勇者が敗れる……本当でしょうか？」

ジャネットさんが不安そうに話しかけてきた。

「あんまり想像できないなあ、桜井くんが負けるところは」

というか想像したくない。幼馴染《おさななじ》みが殺されるなんて。

「ま、運命の女神様《イラ》に期待しよう。大魔王《イヴリース》を何とかしようとしてるのは本気みたいだし」

「それなんですが、後半の会話はやけに親しげでしたね？　高月《たかつき》マコトとエステル様。特に最後の会話は意味がわかりませんでした」

「そうかな？」

そこは詳しく説明できないので、曖昧に誤魔化した。俺とジャネットさんは、王都シンフォニアの貴族街をゆっくり歩く。その時、ジャネットさんが俺の腕を摑《つか》んだ。

「ところで、高月マコト。食事くらいは付き合ってくれますよね？」

「え？」

できれば早く宿に戻ってみんなに話をしたかったけど……。

「まさか、私をただの取次ぎに使って終わりじゃありませんよね？」

ギロリと睨《にら》まれた。

「も、もちろん」

「よろしい」

コクコク頷《うなず》いた。断れる空気ではなかった。

「さ、行きましょう」

「はい」

俺はジャネットさんに腕を引っ張られ、高そうなレストランへ連れられた。店は行きつけなのか、ジャネットさんの顔を見るや否や一番良い席に通された。

「少し待ってください」と言ってジャネットさんが奥に消えた。

なんだろう？

「お待たせしました」と言って戻ってきたジャネットさんは貴族のドレスに着替えていた。

なぜ着替えが……。用意していたんだろうか？　少し緊張しつつ、ジャネットさんにメニューは任せて、料理が来るのを待った。こちらを見て微笑むジャネットさんは、良い家のお嬢様にしか見えない。実際その通りなんだが……。

「ねぇ、高月マコト」

「な、何でしょう？」

頬杖《ほおづえ》をついたジャネットさんが、悪戯《いたずら》っぽい顔でこちらへ微笑んだ。普段の凛々《りり》しい女騎士の時との違いに少しドキリとする。

「私、結婚するなら兄さんより強い人と決めてるの」

「……候補が少なすぎません？」

ジャネットさんの兄ジェラルド・バランタインは大陸において序列三位の稲妻の勇者。二位は灼熱《しゃくねつ》の勇者オルガさんで、一位が光の勇者桜井くんだ。勇者を除くと、強いのは大賢者様とか紅蓮《ぐれん》の魔女ロザリーさんとか……女ばっかだな。この世界の女性は強い。

「じゃあ、候補は桜井くんかな」

俺が冗談でそう言うと、ジャネットさんが不愉快そうに表情を歪《ゆが》めた。

「バカを言わないで。兄さんからノエル姉様を奪った男ですよ。……しかもノエル姉様と同じ男を夫にだなんてゴメンです」

「……失礼」

配慮に欠ける発言だった。元々ノエル王女とは、姉妹のように仲が良かったらしいが、最近は疎遠なんだとか。それは少し悲しい話だ。

「本来、私の年齢なら婚約者が居るのが当然なのですが……」

ジャネットさんが、少し元気なさそうにボソッと言った。相手に拘《こだわ》って今まで独り身だったそうだが、親からのプレッシャーが強いとか。……なんか、前の世界でも聞いたことがあるような話だな。どこの世界も同じなのか……。

「ふふっ、陰で私のことを『行き遅れの騎士』と揶揄《やゆ》する輩《やから》も居ます……」

「お、恐ろしい奴《やつ》がいますね……」

よく五聖貴族のお嬢様にそんなこと言えるな。

「どこにでも口の悪い者はいますよ」

ちなみに口の悪い者とは、第二ペガサス隊の隊長らしい。ジャネットさんは、第一隊の隊長。ペガサス騎士は、体重の軽い人が条件なので必然的に全員女性だ。そして、第一隊と第二隊はライバル関係なんだとか。

なんか、女性ばっかりの職場って……怖い。俺が密《ひそ》かに恐れおののいていると「ところで」とジャネットさんが空気を変えるように、明るい声を出した。

「私の目の前に、兄さんに勝った男がいるんですよね」

熱っぽい視線でこちらを見つめてくるジャネットさん。こ、これは……。

「あれはただの野良試合で……聖剣も持ってないから、ノーカンですよ」

「いいのです。野良試合だろうとあなたは兄さんに勝った。手加減の手の字も知らない兄さんにです」

「……手加減は覚えさせてください」

俺も最初はボロボロにされたし。ジェラさんは乱暴過ぎる。

「高月マコト」

「はい」

ジャネットさんが、きりっとした表情をして俺の名前を呼んだ。

「私はあなたが気に入りました。婿《むこ》に来なさい」

「…………え？」

突然のプロポーズだった。


——ジャネットさんに婿に来ないかと言われました。


（ひゅう、やるわねマコト。よっ、この天然ジゴロ！）

ノア様……どーしましょう？

（ん？　好きにしなさいよ）

うぐぅ……でも、女神様《ノア》に決めてもらう事じゃないな……。自分の問題だ。

「バランタイン家に入れば、広大な領地があなたのものになります。と言っても管理は私も居ますから、煩わしいことはありません。趣味で冒険者を続けても構いませんし、毎日遊んで暮らしても良いです。ああ、私の他に側室は何人居ても良いですよ。ルーシーさんやアヤさんも勿論《もちろん》ご一緒に」

ジャネットさんは、用意していたようにスラスラと言葉を並べる。その内容は魅力的だ。

要は遊んで暮らして良いらしい。

でもなぁ……と思っていたら『ＲＰＧプレイヤー』スキルが発動した。

『ジャネットの婿エンドでよろしいですか？』

はい
いいえ

よろしくない！

久々に登場したと思ったら、変な選択肢出しやがって。もっとシリアスな場面で出てこい！　はぁ……、俺は小さく深呼吸した。

「申し訳ないですが、俺はソフィア王女と婚約してますから」

理由と共にお断りを入れた。が、ジャネットさんは微笑《ほほえ》んだままだった。

「問題ありませんよ、私がソフィア王女と話をつけますから」

「…………は？」

返ってきたのは予想の斜め上の回答だった。いま、何て言った？　この子。

「では、ソフィア王女が納得すれば問題ないということですね？」

「いや、ちょっと待」

恐ろしいことに、俺がＯＫと言った流れになってないか？　おい、『ＲＰＧプレイヤー』

スキル！　おまえ役に立ってないぞ！

「料理がきましたね。ここの料理長とは知り合いなので特別メニューを作ってもらいました」

しかも話題を変えてるし！

「ジャネットさん、あのですね……」

「ジャネット様、勇者マコト様。料理のご説明をさせていただきます。本日の素材は……」

なんか料理長の解説が始まった!?　結局、有耶無耶《うやむや》のまま昼食は終わってしまった。バランタイン家のお嬢様がご贔屓《ひいき》のお店とあって、とても美味《おい》しい料理でした。


俺は宿に帰って来た。

ジャネットさんは、当然のようについてくる。しかもぴったりとくっついて。流石《さすが》に、宿では離れてくださいとお願いした。

「ただいま……」

おそるおそる扉を開ける。

「マコト！　やっと帰ってきたわね！」

「高月くん！　大変大変！」

宿のロビーに入った途端、ルーシーとさーさんが走ってきた。何事？

「ノエル王女と、光の勇者様が来てるの！」

「ふーちゃんが大変！」

「姫が？」

また何かあったのか？　と思って慌てて二人について行った。

「フリアエ……リョウスケさんにベタベタし過ぎです」

「あら、リョウスケは私に会いに来たのよ？　何か文句あるの？」

「彼は私の婚約者です。いいから離れなさい」

「束縛する女は嫌われるわよ？」

「なにを……」

宿の一室で、修羅場が繰り広げられていた。腕組みをして、フリアエさんを睨むノエル王女。桜井《さくらい》くんの肩に、手を乗せ微笑むフリアエさん。どうやらフリアエさんがノエル王女をからかっているようだ。

「……なあ、フリアエ。商業の国《キャメロン》じゃ、仲良くしてたじゃないか」

「リョウスケさん……、どうしてフリアエの肩を持つんですか？」

「いや、別にそういうわけでは……」

「どうせあんたも教皇と同じで私が邪魔なんでしょ。正直に言いなさいよ」

「フリアエ落ち着きなさい。ノエル様は教皇猊下《げいか》とは違います」

オロオロと間をとりなす桜井くんとソフィア王女。

（……何やってんだよ）

特に桜井くんはしっかりしろ。俺はため息をつき、四人に近づいた。

ルーシーとさーさんに話を聞いたところ、ソフィア王女と一緒にやって来たノエル王女と、フリアエさんの様子を見に来た桜井くんがバッティングしてしまったらしい。ノエル王女からすると婚約者の逢引《あいびき》現場に遭遇で、フリアエさんは教皇から絡まれた一件でイライラしていたのだろう。ノエル王女も教会関係者だし、つい態度に表れたってところか。

「おーい、桜井くん」

俺は、幼馴染《おさなな じ》みに手を振って呼びかけた。さっき太陽の勇者アレク相手に、一番に逆らってくれた時はカッコよかったのになぁ。まあ、女相手には優柔不断なのは昔からだ。

「あっ……私の騎士。戻ったのね」

俺の声に、桜井くんよりも先にフリアエさんが反応した。フリアエさんが、桜井くんの肩にかけていた手をさっと下げ、両手を後ろに回した。少しだけ桜井くんから距離を取る。

「姫、ノエル王女をからかうのもほどほどにな」

「はいはい、わかってるわ。冗談よ」

できればノエル王女の心証を悪くするのは止《や》めてほしい。色々と助けて貰《もら》ってるんで。

その後、ノエル王女と桜井くんも俺の方を振り向いた。

「マコトさん、今日は大変でしたね」

「ノエル王女、先ほどはありがとうございました」

俺は、邪神の使徒である俺をかばってくれたことに御礼《おれい》を言った。その時、ノエル王女が俺の隣に視線を向けた。

「ジャネット、マコトさんと一緒だったのですね」

「ええ……まあ。ノエル姉様には関係ないでしょう……」

ノエル王女とジャネットさんは、少しぎこちない。

「「…………」」

ノエル王女とジャネットさんの間に、少し気まずい空気が流れた。

「マコトさん」

と空気を変えるように、ノエル王女がこちらへ話しかけてきた。

「あなたの信仰する女神様については、太陽の女神《アルテナ》様がお許しになっています。木の国《スプリングローグ》や火の国《グレイトキース》での功績を考えれば当然です。むしろ教皇猊下の態度がおかしいのです……かつては、温和な方だったのですが……」

以前は優しかったらしいが、今は邪神を絶対許さない教皇だ。

「高月《たかつき》くん、どこに出かけてたんだ？　教皇様が邪神の使徒である高月くんに対して神殿騎士《テンプルナイト》を差し向けようとしてるって噂《うわさ》もあるんだ。あまり出歩かないほうが良いよ」

桜井くんが心配そうに言った。それは初耳だ。

「知らなかったよ……出歩く時は『変化《へんげ》』しておくよ。ありがとう、桜井くん」

「いや、出かけないほうがいいって言ったんだけど……」

俺の言葉に、桜井くんが困った顔をした。

「私の騎士、エステルとの話はどうだったの？」

会話にフリアエさんが割り込んで来た。

「「え!?」」

ノエル王女と桜井くんが、驚きに目を見開いた。

「マコトさん！　エステルさんに会いに行ったんですか!?」

「あんなことがあったあとなのに……」

「色々と有意義だったよ」

俺は運命の巫女《エステル》さんとの会話を共有した。途中、ジャネットさんからも補足してもらったので、内容に齟齬《そご》はないはずだ。ただジャネットさん、くっつき過ぎです。

「……ふぅん、運命の女神《イラ》は私の未来が視《み》えないのね」

フリアエさんが何とも言えない表情になる。

「でも、よかったよ。ふーちゃんはそんなことしないもんね」

「……てか、俺的には桜井くんのことが心配なんだけど」

言うかどうか迷ったが、俺は巫女《みこ》エステルの『光の勇者が殺される未来』についても伝えた。

……やはりというか、桜井くんはそのことを知っていた。桜井くんの子供を作ることを、太陽の国《ハイランド》が焦っているのもそのためらしい。

「高月くん、そんな顔しなくても運命魔法の未来予知は１００％当たるとは限らない。むしろ悪い未来を回避するためのものなんだ」

「ああ……でも、気を付けてくれよ」

俺は、強いけどお人好《ひとよ》しの幼馴染みに言った。

「大丈夫です、リョウスケさん、マコトさん。太陽の国《ハイランド》の総力を挙げて『光の勇者が殺される未来』を変えてみせますから！」

ノエル王女が力強く断言した。愛されてるねぇ。

「運命魔法使いの私に言わせれば、無理に未来は変えないほうがいいと思うけど」

そこに横やりを入れたのがフリアエさんだ。

「フーリ？　何言ってるのよ！」

「姫？　どーいうこと？」

フリアエさんの言葉は、流石にルーシーと俺が非難した。

「未来視を変えるって、言うほど簡単じゃないの。それより『光の勇者が殺される未来』の可能性が高いなら、死んだ後、すぐ蘇生《そせい》するとかのほうがいいわよ。そこの『太陽の巫女』が蘇生魔法を使えるんだし、殺された後に復活させれば未来を変えなくても済むわ」

「そういう考え方もあるのか」

なるほど……俺は感心して頷《うなず》いた。

「僕もそう思う。下手に未来を変えようとして、より悪くなったり、別の事にまで影響が広がってしまう恐れがあるって大賢者様も懸念してたんだ」

桜井くんも、フリアエさんの意見に賛成らしい。大賢者様の言葉なら、説得力があるな……。フリアエさん案のほうが良いんだろうか？

「だ、ダメです！　リョウスケさんが殺される未来をそのままにするなんて……！」

「わからない女ね。それがむしろ悪い未来を引き起こす恐れがあるのよ」

ノエル王女は、あくまで未来そのものを変えよう派。フリアエさんは、未来の通りに動いてフォローしよう派。どっちの意見もわかるけど……。あーあ、ノエル王女とフリアエさんが再び言い争いを始めた。どうも、この二人は相性が悪いなぁ。

(桜井くん、後は任せたよ)

そんなことを、のんびりと考えていた。色男は大変だねぇ。やれやれだぜ……。

さて情報はみんなに伝えたし、いつもの修行にでも戻ろうかな。

（マコト、一番重要なことを忘れたふりをするのはやめなさい）

はて、ノア様。何の話ですか？

「ところで、勇者マコトとジャネットさん」

これまで静かにしていたソフィア王女がすっとやってきた。

「ああ、ソフィア……え？」

ぐいっと腕を引っ張られた。

「いつまで腕を組んでいるのですか？」

「あ」

しまった。気が付くとジャネットさんが、再び腕を組んでいた。ソフィア王女が、俺を引き寄せ、腕を絡めてきた。

「何か問題があります？」

ジャネットさんは、涼しい顔で微笑《ほほえ》んでいる。そして未《いま》だ俺の腕を離していない。

「あります。今すぐ離れなさい」

「あら、私はジャネット・バランタインですよ？　ローゼス家の王女といえど、命令される筋合いはありませんね」

ジャネットさん、バランタイン家の威光を容赦なく使うんですね……。

「勇者マコトは、ローゼス家の一員です」

「今日、私がバランタイン家に入るよう高月マコトに伝えました。色よい返事を貰えましたよ」

「「「えっ！」」」

ソフィア王女だけでなく、ルーシーとさーさんの声が重なり、こちらを睨《にら》んできた。このままでは危ない！

「ちょっと待って！　誤解だ！　ジャネットさん、訂正を！」

「……高月マコトからは、婚約者がいるからと断られました」

ジャネットさんが、しぶしぶ訂正してくれた。三人がほっと胸を撫《な》で下ろす。

「ですから時間をかけて高月マコトを落とします。というわけで、必ず振り向かせますから」

ニッコリと、微笑むジャネットさん。ちょっと、待って!?

「ローゼスの勇者であるマコトが、あなたになびくわけがないでしょう。そもそも私が許しません」

冷たい目をしてソフィア王女が、言い放った。

「それはどうでしょうね？」

が、ジャネットさんは不敵な態度を崩さない。ソフィア王女と話をつける、と言っていた。

まさか、五聖貴族のチカラで無理やりとか……。

「ソフィア王女。最近、ローゼス国内に凶暴化した魔物が増えていますね。今までなら火の国《グレイトキース》や、太陽の国《ハイランド》から支援があった。我が北天騎士団も、よくそちらへ行って魔物討伐を手伝っていました。でも、最近は対魔王の軍備増強のため、他国の軍があてにできない。仕方なく冒険者を募っているようですが、冒険者を雇う費用は高い。ローゼスの財政を圧迫しているのでしょう？」

ジャネットさんが語ったのは、俺の知らない事実だった。

「ソフィア……それって本当？」

「……事実です」

ソフィア王女が沈んだ声で告げた。そんなことが……。

「お金のことならふじやんが……」

「実は……既に藤原卿《ふじわらきよう》には、かなりの額のお金を借りています」

まじかー!?　既に手が打たれていた。それでも、足りないと……。

「私が高月マコトと婚姻ということになれば、北天騎士団が動かしやすくなります。ローゼスとバランタイン領は距離がありますので、北天騎士団の一部をローゼスに移してしまうのがよいでしょう。費用は後払いで結構です。最近の魔物の出現状況を考えると、最も有効な方法でしょう」

ジャネットさんの言い分は、理解できた。俺は政治は素人なのでわからないが、ソフィア王女が考え込んでいるのを見ると、おそらく真っ当な提案なのだろう。

「勿論《もちろん》、返事をすぐにとは言いません。が、自国の民のことを考えるなら……わかりますね」

「……ええ」

真剣な顔で会話するジャネットさんとソフィア王女は、国の民を想《おも》う政治家の顔をしていた。……俺の出る幕ではなさそうだ。

「ねーねー、マコト」

ルーシーに袖を引っ張られた。振り向くとルーシーとさーさんが冷たい目をしていた。

「な、なにかな？」

「高月くん、他人事《ひとごと》みたいな顔してるけど、あれって話が決まると高月くんがジャネちゃんの所に行っちゃうんじゃないの？」

さーさんがジャネットさんを変な略称で呼んでいる。

「いや、俺は冒険者を続けてもいいって言われたよ」

「ふぅん、にしても何でマコトなの？」

ルーシーが首をかしげる。

「ジャネットさんの旦那の条件が、兄より強い男なんだって」

「それってほとんど候補が居ないんじゃ……？」

そうなんですよ。それが問題なんです。

「なんだ、よかったー。じゃあ、ジャネちゃんは高月くんが好きってわけじゃないんだね！」

さーさんの言葉に、ジャネットさんの眉がピクリと動いた。

あれ？　前にこんな会話をしたような……。

「お待ちなさい、アヤさん。一つ、言っておくことがあります」

ジャネットさんが向き直り俺の方を見た。

「私は……高月マコトを愛しています！」

「「「！！！」」」

顔を赤らめながら、ジャネットさんが言った。ソフィア王女、ルーシー、さーさんが、はっとした顔になる。

「高月マコト……バランタイン家にあなたの部屋を用意してありますから」

俺の頬に手をかける、妖艶に微笑むジャネットさん。ペガサス騎士の時と全然違う！

ぎり、という誰かの歯ぎしりが聞こえた。

「……先程の話、返事を言います」

「え？」

「北天騎士団の助力は要りません！　今すぐその手を離しなさい！」

「ソフィア王女……嫉妬で判断を誤るのは下策ですよ」

「判断を誤ってなどいません」

「話になりませんね」

怪しい雲行きになってきた。

「……いいから離れなさい、行き遅れの騎士」

ソフィア王女の言葉に、ジャネットさんの顔色が変わった。ちょっと、ソフィアさん!?

「……頭の固い巫女ですね。そんなだと異世界の勇者に逃げられますよ」

ジャネットさんのセリフに、ソフィア王女の目がますます鋭くなる。

「ジャネット、黙りなさい」

「黙らせてみたら？　ソフィア」

ソフィア王女とジャネットさんが、鼻が付くくらいの距離で睨み合う。

あ、あれ……。どうして、こうなった？

「はい、ソフィーちゃん。ちょっと、落ち着こうかー」

さーさんが、ソフィア王女をずるずる引きずっていった。

(高月《たかつき》くんの、あほー)

そんな小声が聞こえた。

「ほらほら、フーリ。こっち行くわよ」

向こうではルーシーが、フリアエさんを引っ張っている。

べー、とルーシーが舌を出した。ちらりと、桜井《さくらい》くんと目が合った。何とも情けないその顔だが、きっと俺も同じ表情をしているのだろう。

（情けないわねぇ）

女神様の言う通りだった。


それからしばらく、平和な日々が続いた。結局、ジャネットさんは北天騎士団をローゼスに貸し出す手配に動いてくれているらしい。団長である兄のジェラルドさんに相談したら「好きなだけ連れていけ！」と言ってくれたらしい。ジェラさん、マジ男前！

あとは、タリスカー将軍が「火の国《グレイトキース》はマコト殿を支持しますから」と言ってくれたり、マキシミリアンさんが「何か困ったことがあればいつでも助けに行きますから」と言ってくれた。

桜井くんも顔を出しに来てくれる。ふじやんと一緒に男三人で飯を食ったり、昔話に花を咲かせた。ちょっとだけ問題なのが、

「あら、また来たのですか。行き遅れの騎士さん」

「石頭の巫女《みこ》。こんにちは」

ソフィア王女とジャネットさんのギスギスっぷりだ。喧嘩《けんか》しているわけでなく、北天騎士団の運用についての議論をしている。しているんだが、会話が怖い。ヒヤヒヤしながら隣で聞いている。……俺を挟んで会話するんですよ、この人たち。

ルーシーとさーさんには、毎日ぼやかれている。

「最近、一緒に居る時間が少ないんだけど？　マコト」

「高月くんー、寂しいー」

「修行の時間は付き合うから！　時間を捻出します！」

睡眠時間を削って対応している。昔、徹夜でゲームをして鍛えた睡眠時間削減術がこんなところで役に立つとは。

（ほどほどにしないと、身体《からだ》壊すわよ）

は、はい。そうですね、ノア様。ご心配おかけして、すいません。

結局のところ、みんな教皇から邪神の使徒にちょっかいが出されないよう、気を遣ってくれているのだ。だから、色々な人が集まってくれる。ありがたい。

そんな日々が数日続き、ある日の朝、水の国《ローゼス》の騎士のひとりが息を切らして走ってきた。

「獣の王《ザガン》、海魔の王《フォルネウス》の両魔王軍が、西の大陸に進軍を開始しました！」

——ついに戦争が始まった。

三章　高月マコトは、月の国へ向かう

ハイランド城の大会議室。

「どういうことだ！　なぜ魔王軍が先に攻めてくる！」

ハイランドの王子がイライラした口調で靴で床を叩《たた》いている。不安を押し殺している裏返しだろうか？

他の面々も、緊張で顔が強張《こわば》っている。魔王軍進軍中の知らせを受け、各国の勇者や巫女、王族、貴族たちが再び集合することとなった。ただし、フリアエさんはまた絡まれてはいけないので、宿で留守番。さーさんとルーシーが護衛だから安全だろう。

「エステルさん、確認します」

「はい、ノエル様。何でしょう？」

緊張気味のノエル王女の声が響いた。

「大魔王《イヴリース》はまだ復活していない。間違いないですか？」

「はい。大魔王《イヴリース》はまだ復活していません。奴《やつ》らは焦っているようですね」

運命の巫女《エステル》さんの声は落ち着き払っている。

「……わからぬな。何を焦る必要がある？」

前回の会議は不参加だった大賢者様が、つまらなそうに頬杖《ほおづえ》をついている。

「さぁ、下等な魔族の考えることなどわかりません。ただ、これはチャンスです。今回の魔王軍は戦力を分散させている。『古竜の王《アシュタロト》』が、参加していないのですから」

巫女エステルは、余裕の表情だ。まるで魔王軍の進軍が大したことではない、とでも言うように。

「古竜の王《アシュタロト》か……アレが居ないのは僥倖《ぎょうこう》だな。奴が本気を出せば、都が一夜で滅びる」

大賢者様のつぶやきが、会議室の空気をさらに重くする。

「救世主アベル様ですら倒せなかったといわれる最強の魔王ですか……」

タリスカー将軍が、重々しい口調で続けた。

「一説には大魔王《イヴリース》と同格であったとか……流石《さすが》に誇張された噂《うわさ》でしょうけど」

冗談めかした口調で言ったのは、五聖貴族の誰かだ。

「まあ、そいつは今回の魔王軍には含まれないのです。それより『獣の王《ザガン》』と『海魔の王《フォルネウス》』の魔王軍を何とかする策は無いのですか!?」

別の五聖貴族が、裏返った声で周りに訴えた。

「それについては、私からお話しします」

運命の巫女《エステル》さんが答える。

「今回の魔王軍の進軍を予知できなかった、エステル殿が？」

ハイランドの第一王子が嫌みな口調で、エステルさんを煽《あお》った。

「ガイウス王子。私は今回の進軍を予見して、い、ま、し、た。要らぬ混乱を与えぬよう、伝える人を最小限にしておいただけです。ハイランド国王陛下、教皇猊下《げいか》、大賢者様、ノエル王女、太陽の騎士団の総長殿はご存じです」

なるほど。だからこその余裕の態度か。

「……俺は伝えるに値せぬというわけか」

王子が苦々し気に舌打ちをした。巫女エステルは微笑《ほほえ》みで返した。図太い。

「私には魔王軍の進軍が予想できていました。今回の敵の中に大魔王《イヴリース》は居ない。復活していないのですから当然です。ですから、むしろこれを機に三魔王の一角を崩すチャンスと考えています。魔王軍の動きは私の運命魔法の未来視で把握しています。太陽の騎士団のユーウェイン総長と火の国《グレイトキース》のタリスカー将軍に作戦の立案をお願いしました」

エステルさんの言葉に、大会議室の面々が「おおー」と感嘆の声を上げた。確かに、未来視を元にした作戦であれば心強いことこの上無い。

「では、その作戦については、ユーウェイン総長からお伝え戴《いただ》きたいのですが、その前に」

巫女エステルがノエル王女のほうへ、顔を向けた。

「ノエル様。私から進言いたします。『聖女の試練』を今すぐお受け下さい。今のあなたでしたら、必ずや『聖女』へと成れるでしょう」

「しかし……このような状況で、王都を離れるわけには……。それに半年前にも試練を受けましたが、太陽の女神様《アルテナ》からの『神託』を賜ることはできませんでした」

突然の巫女エステルの言葉には、聞きなれない単語が入っていた。

「ソフィア。『聖女の試練』って何ですか？」

俺は隣にいるソフィア王女にこっそり質問した。

「千年前、大魔王《イヴリース》を倒した救世主アベルの仲間のお一人『聖女アンナ』様のことは知っているでしょう？　もともと太陽の巫女であったアンナ様は、太陽の女神様《アルテナ》の試練を乗り越え『聖女』と成って救世主アベルを助けたのです。ノエル王女は、その試練を何度か受けているのですが……」

「まだクリアしていないってことですか」

ソフィア王女はこくり、と小さく頷《うなず》いた。ノエル王女は、ハイランドの次期国王かつ女神教会の重鎮。おそらくソフィア王女と同等か、それ以上の激務だろうにそんな試練まで受けさせられてるのか……。

「他の巫女じゃダメなんですかね？」

多忙なノエル王女じゃなくても、それこそエステルさんが行えばいいのでは？

「聖女様は、光の勇者と結ばれなければならないのですよ？　マコト」

ソフィア王女が首を横に振った。

（あー……、じゃ、ダメだ）

光の勇者桜井くんの相手は、ノエル王女と決まっている。そんな会話をしていたら、議題は次の話題に移っていた。『聖女の試練』の話は、保留になったようだ。

「では、これより魔王軍を迎え撃つ連合国軍の編制をお伝えします」

よく通る低い声が大会議室に響く。

声の主は、ハイランド国軍の総大将、ユーウェイン・ブラッドノック総長だ。

「まず、光の勇者桜井殿は大賢者様と共に商業の国《キャメロン》の北部、ベッグ海岸へ向かってください。そちらに『獣の王《ザガン》』と敵の主力が居るはずです」

いきなり重要な情報が飛び出してきた。これは聞き逃せないと思っていたら、隣から肩を軽く叩かれた。

「軍事作戦は太陽の国《ハイランド》、火の国《グレイトキース》の順番で発表されます。おそらく水の国《ローゼス》は最後でしょう」

ソフィア王女が耳元で囁《ささや》いた。軍事力的に、最も弱い水の国《ローゼス》は最後に発表されるのが常らしい。じゃあ、俺が名前を呼ばれるとしたら最後か。

「待て待て！　なぜ、光の勇者殿が最初に出る必要がある！　勇者殿には王都に居ていただき、先発隊が魔王の力を削《そ》ぐべきではないか！」

またも騒いでいるのは、ハイランドの第一王子だ。

（でも、結構まともな意見だ）

俺も王子の意見に同感だった。切り札である『光の勇者』桜井《さくらい》くんをいきなり投入するのは危険ではなかろうか？

「敵もそのように考えているからですよ、ガイウス王子。まさか救世主の生まれ変わりたる『光の勇者』桜井様が先陣を切るとは思っていない。そして、本来は魔大陸の奥深くに居る魔王ザガンがノコノコとやってくるのです。これを見逃す手は無いでしょう」

答えたのは巫女エステルだった。

「……魔王が居るとは限らないのではないか？」

「必ず居ます。私の運命魔法・未来視ではっきりと視《み》えます」

「だが何も最初に光の勇者殿で無くとも……」

「下手な戦士では、敵を勢いづけるだけです。それに魔王が負傷すればすぐに魔大陸に引っ込みます。私の未来視では、このタイミングしか無いのです」

「…………………わかった」

王子は論破された。運命魔法・未来視を出されると、反論するだけ無駄のようだ。

「よろしいですか？　では、次に……」

再びユーウェイン総長が、軍の編制について発表をしていった。しばらくして、聴衆の中から声が上がった。

「質問だ、総長。『獣の王《ザガン》』の軍勢が商業の国《キャメロン》方面から進軍してくるのはわかった。『海魔の王《フォルネウス》』は誰が相手するんだ？」

声の主は、稲妻の勇者ジェラルド・バランタイン。いつものチンピラ口調と全然違う真面目な口調。普段からああすればいいのに。

「海魔の王《フォルネウス》の出てくる場所に、俺をぶつけろ。水属性の魔王なら俺の『雷の剣《サンダーソード》』が通る。ぶっ殺してやるよ！」

あ、いつものジェラさんに戻った。

「おい、坊主。この前、精霊使いくんに負けたことをもう忘れたのか？　水魔法にやられていたであろうが」

「うっせーな、あれから俺は成長した。もう負けねーよババア！　ぐはっ！」

ジェラさんを坊主呼ばわりしたのは、大賢者様である。そして、ジェラさんは大賢者様に蹴飛ばされている。会議中に何をやってるんだか。

そして、大賢者様が精霊使いくんと言ったせいで、こっちに少し視線が集まった。

「ジェラルド様。今回の戦争で『海魔の王《フォルネウス》』は倒せません」

会話に割って入ったのは、またもや巫女エステルだった。

「あ？　何でだよ！」

大賢者様に蹴飛ばされた姿勢のままのジェラさんが吠《ほ》えている。先に立ち上がった方がよいのでは？

「海魔《フォルネウス》の王は、本気では西の大陸への侵略を行いません。海魔《フォルネウス》の王の配下の魔物は、大陸の沿岸にある街を襲い、そして海へ帰って行きます。地上を侵略する動きは視えません」

「つまり、陽動というわけです」

エステルさんの言葉を、ユーウェイン総長が引き継いだ。

「狙いは六国連合が一丸となることを防ぐためでしょう。エステル様の未来視では、大陸のいくつかの沿岸都市に、海魔《フォルネウス》の王の配下の魔物が現れるだけと視ています」

「ジェラルド様には、その中でも海魔《フォルネウス》の王の腹心が居る場所へ行っていただきます。それでよろしいですか？」

「……わかった」

エステルさんの言葉に、ジェラさんは若干不満そうに頷いた。

引き続き、軍の編制について発表が続く。

「氷雪の勇者レオナード王子は、木の国《スプリングローグ》の軍と共に……」

お、レオナード王子は木の国《スプリングローグ》の軍と一緒に行動するようだ。風樹の勇者マキシミリアンさんがいるなら、安心だ。

「以上です。……何かご質問は？」

ユーウェイン総長が読み上げていた紙を畳んだ。あれ？

「お、お待ちください！　水の国《ローゼス》に、もう一人勇者がおります！」

ソフィア王女が慌てて声を上げた。

「愚かな、邪神の使徒に役割を与えるなど。いつ寝首を掻《か》かれるやもわからぬ」

こちらを睨《にら》むのは、女神教会の教皇。

「……私としては、戦力を温存させている場合ではないと思われますが」

ユーウェイン総長が、やんわりとこちらの味方をしてくれた。

「総長殿、教皇《わたし》に意見するのか！」

「……出過ぎた発言でした」

さっと引き下がった。教皇の地位は、ユーウェイン総長のはるか格上。仕方ないのだろう。教皇に意見できるとしたら……。

「ソフィア、太陽の国《ハイランド》の王様は居ないの？」

前から気になっていたことを尋ねた。太陽の国《ハイランド》の最高責任者であるハイランド王は、あまり姿を見せない。

「太陽の国《ハイランド》の国王陛下は……体調を崩されています。おそらく姿を現さないでしょう……」

なんかわけありかな？　あてにはできなそうだ。そしてどうやら俺はこのままだと、今回の戦争は出番無しらしい。

(……よく考えるとラッキーなのかな?)

危険な戦場から逃れることができる。

「教皇猊下、彼もローゼスの勇者です。戦力を遊ばせておくのは勿体《もったい》ないでしょう。辺境の適当なエリアを任せましょう。どのみち陽動に幾ばくかの魔物の群れが来る地域なので、露払いに丁度よいでしょう」

巫女《みこ》エステルが教皇に意見した。いやいや、他国の巫女の意見なんて聞くはずが……。

「……仕方ありませんな」

おいおい、教皇が折れちゃったよ。そして、結局俺も戦場送りらしい。

「では、ローゼスの勇者殿の向かう場所は……」

伝えられた場所は、聞いたことが無い名前の街だった。あとでソフィア王女かルーシーに聞こう。こうして、長い会議が終わった。


ソフィア王女は、ノエル王女たちと話があるらしくハイランド城に残っている。俺は宿に戻り、仲間たちにこれからの予定について話した。

「コルネット?　その街に行くんだね!　わかった!」

さーさんが一番に元気よく返事をした。留守番中は、何も無くて暇だったらしい。

「コルネットって……」

ルーシーは何か気になる事があるのか、首を傾《かし》げフリアエさんのほうを見た。

フリアエさんは、俺の話を聞いてから不機嫌な顔をして腕組みしている。

「姫？　どうかした？」

俺の問いに対して、フリアエさんの返事は無かった。

「マコト、コルネットっていうのは街の名前じゃないの……。千年前の月の国ラフィロイグで最も栄えた都の名前がコルネット。だけど、今のそこは……」

代わりに答えたのはルーシーだった。ただし、最後まで言い切らず、濁すように言葉を切った。言葉を引き継いだのはフリアエさんだ。

「そうね、魔法使いさんの言う通りコルネットは街じゃないわ。ただの廃墟《はいきょ》よ」

フリアエさんは、小さくため息を吐《つ》いた。

「亡都コルネット……私が生まれ育った場所」

◇

「ノア様？」

月の国《ラフィロイグ》へ出かける前夜、俺は女神様《ノア》の空間にいた。女神様は相変わらず神々しい輝きを発している。俺はひょこひょこそちらへ近づいた。

その隣には、同じく眩《まばゆ》い光を放つ青いドレス姿の水の女神様《エイル》が立っている。

「災難だったわね、マコト」

「大変大変！　マコくん！　大変なことよ、これは」

腰に手をあてて苦笑するノア様と、腕をぶんぶん振っているエイル様は対照的だった。

さて……どちらから返事をするべきか。そりゃあ、信仰する御方《おかた》だろう。

「ノア様。邪神の使徒っていうのがバラされてしまいましたね」

俺もノア様同様、少し苦笑を含めて返事をした。

「でも、今まで助けた人たちは味方してくれたわ。マコトのこれまでの行動のおかげよ」

確かに……。邪神の使徒とバレても、太陽の騎士団の人たち、木の国《スプリングローグ》、火の国《グレイトキース》の人たちは手のひらを返したりしなかった。今まで苦労してきた甲斐《かい》があった。

「じゃあ、ノア様の導きのおかげですね」

「ふふふ、そうよ。もっと褒めなさい」

ふんぞり返るノア様が、可愛《かわい》い。

「私の信者になれば解決なんですけどね～」

無視した形になったエイル様が、不満そうな顔をしている。

「ふん、ざまぁみなさい」

いかん、水《エ》の女神様《イル》が拗《す》ねていらっしゃる。

「エイル様、大変なことって何ですか？」

俺は水《エ》の女神様《イル》に向き直った。

「何って戦争よ、戦争！　魔王軍がこの時期に攻めてくるなんて、予定と全然違うのよ！」

「え？」

「そーなの？　エイル」

俺とノア様が驚きの声を発した。

「この肝心な時にイラちゃんは、どっかに行っちゃうしー」

おや……？

「運命《イ》の女神様《ラ》は不在なんですか？」

「そうなのよー、この前の七女神会議でも、イラちゃんと月の女神《ナイア》が不在で……。ナイアはいつものことだからいいんだけど……おかげで太陽の女神《アルテナ》姉さまが鬼オコよ！」

「女神会議で、何を話し合ったのよ？」

ノア様の疑問には、俺も興味があった。

「そりゃ、今回の地上の戦の勝敗よ。魔王側が勝っちゃうと、私たちの信仰ポイントが減っちゃうんだから～！　一大事なんです！」

エイル様が真面目っぽく言っているが……あんまり真剣味が無いような。

「マコト、聖神族《こいつら》は無限の寿命があるから、千年にも満たないそこらの魔族や人間の勝ち負けなんてそこまで重視してないわよ。せいぜい遊戯《ゲーム》感覚よ」

「……そんなこと、無いわよ？」

ノア様の言葉に、はにかむエイル様。図星っぽい顔だなぁ。神様にとっては、お遊びなのか……？　ただ、ほかに気になる事がある。

「エイル様。運命の女神様《イラ》なら俺、会いましたよ」

「え？」

今度は、水の女神様《エイル》がぽかんと口を開けた。

「いやいやいや、何を言ってるのマコくん。あなたがイラちゃんに会えるわけないでしょー」

「多分ですけど、巫女のエステルさんのところに『降臨』してませんか？」

「マコト、どうしてそう思うの？」

「会話してたら、女神様本人っぽいことを言ってましたよ」

「へぇ……、やるわね。マコト。にしてもイラは何を考えているのかしら」

ノア様は首を傾げている。

「はは、まさかぁ……巫女の身体《からだ》に入りっぱなしなら、私が気付かないはずが……」

エイル様が手を筒のような形にして、どこかを見ている。何をやってるんだろう、あれ？

「マコト、あれはエイルが持ってる『この世の全てを見通す眼《め》』よ。マコトが持ってる『千里眼』スキルを一億倍くらい凄《すご》くしたやつかしら」

「桁違い過ぎてよくわからないんですけど……」

ほんと女神様の神力は、人間では理解できない。

「あー！！！」

その時エイル様の大声が響いた。

「うそ！　エステルちゃんの身体にイラちゃんが入ってるじゃない!?　しかも常時降臨!?　アルテナ姉さまに禁止されているはずなのに！」

「女神様が常に降臨するのは駄目なんですか？」

緊急事態なんだし、女神様が近くに居てくれたほうが心強いんじゃなかろうか？

「神界規則で『神が直接、地上の民に干渉しないこと』って明確に決めてあるの。常時降臨なんて許したら、実質神族が主導しているようなものじゃない。それを悪神族やティターン神族まで真似《まね》しだしたら、『神界戦争《ティタノマキア》』に発展して地上が消え去るわよ」

「おお……」

思ったより深刻だった。運命《イ》の女神様《ラ》、大丈夫なんだろうか？

「ま、平気でしょ？　面白い物好きのエイルの神眼を誤魔化して降臨を続けてるんだし。

上手《うま》く偽装してると思うわよ」

「ノア様、偽装ってどういうことですか？」

「普通、巫女に女神が降臨したら『神気《アニマ》』が漏れるはずなんだけど、マコトと話した巫女エステルちゃんから、『神気《アニマ》』を感じないわ。上手く隠してるみたいね」

「そんな簡単に隠せるはずないんだけど……」

ノア様の言葉に、エイル様がうーむ、と頭を抱えている。そして、ぱっと頭を上げた。

「うー……やっぱり心配だからイラちゃんと話してきます！」

——エイル様の姿が、ふっと消えた。

この場には、俺とノア様だけになった。ノア様がじぃっと、こちらを見つめてきた。いつもの軽薄な調子でなく、憂いを含んだ真剣な表情。

「ねぇ、マコト」

その声色はいつもと違っていて、少し困惑する。

「な、何でしょう？」

何か困らせるようなことをしただろうか？

「今『明鏡止水』スキルを使ってるわね。でも１００％で使うのはやめなさい」

「あれ……？　１００％になってます？」

変だな。使い過ぎないように気を付けてたんだけど。

「無意識で使っているわ。多分、こいつのせい。以前『精霊化』に失敗して飲み込まれそうになったのを心のどこかで恐れているの。だから無意識に『明鏡止水』スキルを100％で使っちゃうのよ」

ノア様が、パチンと指を鳴らすと俺の腕に巻かれている包帯が解かれた。青く光る右腕が姿を現す。精霊化した俺の右腕だ。

「……最近は扱いに慣れてきた、つもりでしたが」

毎日の修行で、扱い易《やす》くなってきている気がする。俺の思い違いだったのだろうか。

「そうね、その代わり徐々に感情をすり減らしているわよ。ジャネットちゃんに告白された時も、まったく動じてなかったでしょ？」

悲しそうにノア様が俺を見つめてきた。

「いえ、そんな……ことは」

無いはず、と続けられなかった。

突然のプロポーズには驚いたし、ソフィア王女と言い合う姿におどおどしていたが、どこか冷めていたような気もする。

「あの……もしかして、マズイですか？」

「『明鏡止水』スキル100％の効果。心が何も感じない。それは便利だし心強いと思うわ。でも、全く心を動かさないなんてそれはもう人間じゃないわ」

ノア様の真剣な眼差《まなざ》しは、俺の心をざわつかせるのに十分だった。

一体、どうすれば……？

「ま、私がちゃんと手を打ってあげてるけどね」

「え？」

ノア様が俺の腕にある小さな赤いアザに手を置いた。

「私の神気《アニマ》が、これ以上『精霊化』が侵食しないように食い止めてるの。だから、不安に思わず普段から『明鏡止水』スキルを解いておきなさい。いいわね？」

俺は改めて右腕にある小さな光のアザを見つめた。

「そのためのノア様の神気《アニマ》なんですか？」

「そうよ。右腕がもとに戻らない代わりに、これ以上精霊化することもない。私の神気《アニマ》で『右腕だけが精霊化』した状態を維持してるの」

「そう……だったんですか」

俺は左手でアザのある部分を触った。ほんのり温かく、ノア様の慈愛を感じた。

「ま、最終手段として神気《アニマ》を通して私がマコトを操ることもできるけど……。それをやると聖神族や悪神族に目を付けられるからやらないわよ」

「ありがとうございます、ノア様」

俺は深々と頭を下げた。結局、女神様にはお世話になりっぱなしだ。

「ふふ、いいのよ。もっと頼りなさい。むしろマコトは神頼みしなさすぎなのよ」

「そんなことありませんけどね。そういえば次の戦では辺境地に飛ばされてしまったので、あんまり出番が無さそうです」

　俺としては残念だった。が、それを聞いてノア様は少し怒った風に眉をひそめた。

「その点に関しては、イラのやつに感謝してもいいけどね～。魔王軍との戦争の最前線に送られたりしたら、マコトは嬉々《きき》として突っ込んでいくでしょ？」

「そんなことありませんよ。まあ、現役の魔王は一目見たいとは思ってますが」

　いいなぁ、桜井《さくらい》くん。魔王のいる戦場で。

　という俺の心の声を聞いてか、ノア様がジト目になった。

「そ・れ・がダメなのよ！　何が一目見たいよ！　観光客じゃないのよ！」

「遠くからチラッと見るだけですよ？　折角の異世界なんだから、魔王見たいじゃないですか」

「……ダメだわ、こいつ」

　ノア様が頭を抱えた。わかってもらえなかった。

「ノア様。魔王は見ません。今日から安全志向で冒険します」

「嘘《うそ》つき」

　ノア様に、眉間のあたりを指でこつんと押された。

「では、そろそろ起きますね。月の国《ラフィロイグ》に向かいます」

「ええ、折角、主戦場から離れた場所に行くんだからのんびりしてきなさい」

俺はノア様に一礼し、目を覚ました。

◇

――月の国《ラフィロイグ》の亡都コルネットに向かう旅路。

目的地には、馬車で向かうことになった。今までは、ふじやんの飛空船の旅が多かったため、ゆったりしたスピードに戸惑う。

馬車の窓から外を見ると、騎馬隊、歩兵部隊、魔法使い部隊、補給隊がずらりと整列して進軍している。彼らはハイランド国軍太陽の騎士団の皆さんである。

そして彼らを率いているのは……。

「マコト殿、行軍に参加するのは初と聞きましたがいかがですか？」

笑顔で話しかけてきたのは、オルトさんだ。太陽の騎士団・第一師団の団長。

ハイランドの魔物の暴走《スタンピード》では一緒に戦った顔見知りでもある。オルトさんを配備してくれたのは、ユーウェイン総長と桜井くんの配慮らしい。

非常に助かる。知らない人だと、会話大変だからね！

「快適ですよ。　いいんですか？　こんな大きな馬車に乗せていただいて……」

「何を言っているのですか、勇者のお二人と紅蓮《ロザリー》の魔女様のご息女を乗せているのです。当たり前ですよ」

そういうものらしい。オルトさんは、軍を指揮する立場なので再び行軍の中心へと戻って行った。俺たちは大きめの馬車の中で、ルーシー、さーさん、フリアエさん（膝の上に黒猫《ツイ》）で向かい合って座っている。

「わー、馬車に乗るのって初めてー」

さーさんは子供のようにパタパタ足を振っている。

……この子、火の国《グレイトキース》の国家認定勇者なんだよなー。

初対面の人にそれを言っても、誰も信じてくれない気がする。

「え？　アヤって馬車の旅って初めてなの？」

「うん、旅で乗ったのは飛空船とペガサスだけだよ」

「どっちも普通はなかなか乗れないのよ！」

「そーなんだ〜」

さーさんとルーシーの会話は騒がしい。まるで遠足に行くかのようだ。

「…………………………」

対照的にフリアエさんは静かだ。まったく口を開かず、外の景色を見ている。

行き先を告げた時からずっと不機嫌そうだった。

「姫。元気ない？」

俺は心配になり呼びかけた。

実は、目的地に向かう前に「ソフィア王女と一緒にハイランド城に残る？」とも聞いたのだが、「太陽の国《ハイランド》に残るなんてゴメンよ」と返された。

まあ、太陽の国《ハイランド》には居たくないよな……。教皇は怖いし。

「……私、月の巫女《みこ》として多くの信者と一緒に居たの。彼らは殆《ほとん》どが魔人族で行く当てが無い人たちだった」

フリアエさんが、ぽつりと言った。魔人族というと、蛇の教団が思い浮かぶが……この場合は違う。太陽の国《ハイランド》の最下層の街に居た虐げられた人たちと一緒だ。

「信者っていうのは月の女神《ナイア》信仰のことよ。蛇の教団じゃない。ハイランドの騎士に捕まった時、私は信者連中に逃げるよう命じたの。私のことは捜さないようにとも」

「「………………」」

俺とルーシーとさーさんは、その言葉を静かに聞いた。

「でも彼らはきっと私を捜しているわ。私は月の巫女として、みんなの偶像だったから。私が死んだと思って嘆き悲しんでいる信者もいるでしょうね。……私は他国でのん気に暮らしていただけなのに」

「……ふーちゃん」

さーさんの声が響き、俺とルーシーは何も言えない。

「どんな顔をして会えばいいかしらね」

フリアエさんは、自嘲気味に小さく笑った。

「ふーちゃんが、元気なところを見せてあげればいいよ！」

さーさんの言葉はシンプルだった。

「そーよ。別にフーリは悪いことしてないわ！」

「姫、知り合いを捜すなら付き合うよ」

俺とルーシーもさーさんの意見に同意だった。オルトさんなら、話が通じるし多少の自由行動くらいなら目をつむってくれる気がする。監視はつきそうだけど。

「軍事行動中に勝手はできないでしょうけど……そうね。考えてみるわ」

フリアエさんは少し元気が出た風に笑った。

それからは、主にさーさんとルーシーがフリアエさんとおしゃべりしていて、すこし馬車内が明るくなった。

――その夜は、予定していた場所まで進み、現在は野営をしている。今のところ亡都コルネットへの行軍は順調である。

「……眠れない」

慣れない馬車の旅に、大勢の知らない人に囲まれた行軍。あとみんな寝るの早いんだよなぁ……。俺はいつも深夜まで修行してるんだけど。

「「ｚｚｚ……」」

ルーシーとさーさんは、狭い馬車内のベッドで抱き合って窮屈そうに寝ている。

てか、なんで一緒のベッドで寝てるんだ？　一人一個あるはずだけど。

仲良しさんめ。

(修行でもしよう)

二人を起こさないよう『隠密《おんみつ》』スキルを使って、馬車の外に出た。太陽の騎士団の見張りの人たちに、軽く会釈をする。俺は修行ができる水辺を探した。空には雲一つない。

もうすぐ満月なのか、月明かりで夜道は明るかった。

(あれ？　誰かがふらふら歩いてる)

闇夜に溶け込む黒いドレスに長い黒髪を揺らしているのはフリアエさんだった。

一人とは不用心だな。

「おーい、姫」

と声をかけようとする前に、くるりとこちらへ振り向いた。こちらには気づいていたらしい。

「ねぇ、私の騎士」

フリアエさんが後ろに手を組み、こちらを見つめてきた。いつもの少し睨《にら》みつけるような眼《め》でなく、柔らかい視線だった。

「どうしたの？　姫」

月明かりに照らされるフリアエさんは、儚《はかな》げで触れれば折れてしまいそうな花のようだ。

月の国《ラフィロイグ》に残してきた信者のことが、やっぱり心残りなんだろうか。

「……」

フリアエさんは、何も言わず視線をふらふらさせている。何か言いづらいことなんだろうか？　俺はしばらく、次の言葉を待った。

「……もし」

フリアエさんが口を開いた。

「……もしも、私が本当に世界に災いをもたらす『厄災の魔女』だったら……どうする？」

世界に災いをもたらす……それを言っていたのは。

「教皇に言われたことを気にしてる？」

女神教会のトップが、フリアエさんを世界の敵だと言った。

そして、未来を見通せる運命の女神様《イ　ラ》でもフリアエさんの未来は視《み》えない。

気にはなる……だろう。だから俺は元気づけるように、努めて明るく言った。

「未来は変えられるんだろ？」

「そんなに簡単には変わらないわ」

「そもそも、姫の未来は運命の女神《イラ》様でも視えないんだから。誰にもわからないよ」

「……そう……ね」

　やはりフリアエさんは元気がない。月の国《ラフィロイグ》に帰ることだけでなく、太陽の国《ハイランド》で吐かれた暴言を気にしていたらしい。

（ダメだな、守護騎士ができてない）

　何か元気付けることを言わないと……かける言葉を考えていると、先にフリアエさんが口を開いた。


「……私が世界の敵になったら、それでも私の守護騎士でいてくれる？」


　いつも高飛車なフリアエさんが、不安げにこちらに問いかけてきた。その潤んだ瞳は、初めて守護騎士になれと言われた時と同じ表情だった。その質問に対する俺の答えなら決まってる。俺はふっと、笑った。

「じゃあ、俺とお揃《そろ》いだな」

「…………は？」

「姫が世界の敵で、俺も邪神の使徒だから世界の敵。二人で世界の敵やろうぜ！」

「あんたねぇ……」

俺としてはナイスな返しをしたつもりだったのだが、フリアエさんからは「冷たいジュースを頼んだら、熱いお茶が出てきた」みたいな顔をされた。

あれ？　回答を間違えた？

くっ、やはり『明鏡止水』スキルの後遺症か！　感情を失った代償が！

(空気を読むチカラは、『明鏡止水』使っても無くならないわよ？)

やだなぁ、ノア様。それじゃあ、まるで俺がもとから空気を読めない奴《やつ》みたいじゃないですか。

(そう言ってるんだけど……？)

ノア様の言うことはよくわかりませんね。

(ちょっと!?)

「まあ、いいわ。変な質問して悪かったわね」

フリアエさんは、いつもの斜に構えた態度に戻った。

腕組みをして不敵な表情になった。

「じゃあ、私の騎士。もし私が世界の敵になっても私を護《まも》り続けなさい」

「おーけー、姫」

月明かりの下。俺とフリアエさんは、世間話をするように軽く約束した。

「なうなう」

フリアエさんの足元に、黒猫が寄りかかってきた。

「あら、あなたも仲間に入れてほしいの？　黒猫」

フリアエさんが黒猫の喉をなでると、ゴロゴロと音がした。黒猫はすっかりフリアエさんの猫だなぁ。

「こいつは、俺と姫どっちの使い魔なんだっけ？」

「もちろん私の騎士の使い魔よ。そして、あなたの主人である私に媚《こ》びを売ってるんでしょう」

「……ああ、そういう序列ですか」

どうやら黒猫にもフリアエさんが俺より偉い、という上下関係がわかってるらしい。

「じゃあ、私はそろそろ寝るけど私の騎士は？」

「あと数時間修行したら寝るよ」

「……ほどほどにしなさいよ」

ノア様と同じようなことを言い、フリアエさんは馬車の方に戻って行った。

それから昼間は馬車で進み、夜はのんびり修行する日々が続いた。

――数日後、俺たちは亡都コルネットに到着した。

月の国《ラフイロイグ》――――千年前に栄えていた国である。

月の国《ラフイロイグ》の首都コルネットにある月の王城《ムーンパレス》は、当時世界一美しかったと言われている。

なぜ、魔族の支配する暗黒時代に、月の国《ラフイロイグ》は栄えたのか？

理由は月の巫女であり、月の国《ラフイロイグ》の女王でもあった『厄災の魔女』が、大魔王《イヴリース》と通じていたためだ。しかしその事実は長く隠され、月の国《ラフイロイグ》はなぜか魔族に襲われない奇跡の国と呼ばれていた。

月の国《ラフイロイグ》に君臨していた厄災の魔女は、人と魔族のとある融和政策を推し進めていた。

その方法は『人族』と『魔族』の婚姻。

当時の支配者であった魔族側に取り入るため、人族が魔族と結ばれ子を生《な》し『魔人族』を増やす。魔人族は人族であり、魔族でもある。

彼らを二つの種族の懸け橋にしようというものだった。

が、やり方がまずかった。

厄災の魔女は、自身の能力『魅了眼』によって魔族、人族どちらにも同意を得ずに強制したのだ。双方が望まぬまま、多くの魔族と人族が交わった。

その後、救世主アベルによってその悪事は暴かれた。大魔王《イヴリース》が倒された後、月の国《ラフイロイグ》は解体。

大量の『魔人族』難民が生まれることになった。

厄災の魔女の悪名は、千年経《た》ったあとも語り継がれている。

そして、現在。

千年前に多くの魔人族を生み出した舞台、亡国の首都コルネットに到着した。


「ここがふーちゃんの故郷？　うーん……」

「なんていうか……さっぱりした場所ね」

さーさんとルーシーが、言葉を選ぶように発言する。

「何もないな」

その場所を見た時の俺の感想だった。ところどころに、昔の建物があった名残があるが殆《ほとん》どが崩れかかっている。あとに広がっているのは原っぱだ。

「ここの連中はみんな地下に住んでるの。地上を歩いていると太陽の国《ハイランド》や商業の国《キャメロン》の国の商人に連れて行かれるから」

「えっ？　なんで？」

フリアエさんの言葉に、さーさんが疑問を呈した。

「魔人族の女や子供を攫《さら》って奴隷にするためよ。私たちに人権なんてないから」

「……そ、そんな」

さーさんが絶句する。

フリアエさんの言葉が重い。何て言っていいのかわからない。

「ね、ねぇ！　私も小さい頃は、大森林から絶対出るなって言われてたわ。エルフもよく奴隷商人に狙われるのよね。特に私みたいな見た日の可愛《かわい》い半エルフだと？」

「る、ルーシー？　その話、初めて聞いたんだけど！」

「あら、マコト。そうだったかしら？」

空気を変えようとして、ルーシーまでヘビーな過去を言ってきた。大森林ってそんな治安悪かったの!?　つーか、異世界やっぱり怖い！

「「「「……」」」」

「なうなう」

暗い空気の中、黒猫《ツィ》の鳴き声だけが響いた。その時、太陽の騎士団団長のオルトさんがやってきた。

「マコト殿、少しよろしいですか？」

「は、はい。何でしょう？」

助かった、話題が変えられる。

「これから我々は、拠点を設営します。夕方に王都との通信魔法を使った会議がありますからご参加ください。拠点が出来上がるまでは自由にして頂いて構いませんが、遠出するのであれば誰かにご伝言を。あと、月の王城跡《ムーンパレス》の裏手には海岸がありますが、海側は海魔の王フォルネウスの軍が迫っている可能性がありますので、魔物や魔族が居ないかご注意ください。あとは……可能性は低いと思いますが、蛇の教団が攻撃を仕掛けてくるかもしれませんので、その点もご留意を」

「オルトさん。わかりました」

注意点が多い。やはり戦争中、今までとは緊迫感が違う。

「では」

オルトさんは、足早に去って行った。遠くでは巨大なテントの設営が行われている。

オルトさんは、部下たちに指示を出している。なんか手伝ったほうがいいのかと思ったが、向こうはプロでこっちは素人。下手な手伝いはかえって邪魔になるだけだろう。

となると、自由時間だ。

監視くらいはつくと思ったんだけどなぁ……。道中も思ったが、邪神信仰や月の巫女《みこ》に忌避感を示しているのは、教会関係者や貴族連中が多い。太陽の騎士団の人たちは、あまり気にしてないようだ。うーむ、予想外の空き時間ができてしまった。

さて……どうするか。

俺はふと、フリアエさんのほうへ視線を向けた。ん？　という顔でこちらを見つめるフリアエさん。

「何よ？」

「なあ、姫。この辺には詳しいんだっけ。案内してもらっていい？」

知らない土地の事は、地元の人に聞くに限る。

「ええ、いいわよ」

俺がお願いすると、フリアエさんが先頭をすたすたと歩いて行った。

「ふーちゃん、歩くの速いよー」

「フーリ、一緒に行くわ。一人は危ないわよ」

さーさんとルーシーが、そのあとを追う。俺は『索敵』スキルを使いながら三人についていった。亡都コルネットの建物は、ほぼ残っていないが石畳の道がかろうじて残っている。

フリアエさんは、その上を迷うことなくまっすぐ進んでいく。

「……何も変わってないわね。当たり前だけど」

「そーなの？　ふーちゃん」

「ええ、十数年間生まれ育った、廃墟《はいきょ》の都……ふふ、いつ見てもつまらない場所」

言葉に反して、フリアエさんは少し楽しそうな口調だ。

少し元気になったんだろうか。

「太陽の国《ハイランド》や、水の国《ローゼス》を見て思ったわ。なんて不公平なんだろうって……。みんなは地上で生活できるのに、私たちはモグラのように地下に追いやられてるの。ふふふ、泥水を啜《すす》ったことが無い連中の幸せそうな顔を見るたびに、殺意が芽生えるわ……」

　ダメだ、フリアエさんの心の闇が深い。

「な、なぁ、姫。ノエル王女は階級制度に反対だから、彼女が王位を継承すれば魔人族への差別も無くなるんじゃないか……？」

　いつか誰かがそんなことを言っていた。

「……どうかしらね、あの女は獣人族やエルフ族への差別は無くすと言ってたけど、魔人族までそれに含まれるとは限らないわよ。そもそも女神教会は、魔人族を人と認めていないから」

「それは……聞いたことがあるわ」

　フリアエさんの言葉に、ルーシーが暗い声で続けた。酷《ひど》い差別もあったものだ。

　あの教皇の態度を思い出すと、根が深いことがわかってしまう。

「だいたいあの女に期待するのが癪《しゃく》なのよ。あんな生まれた時から全てを持ってる女が！　私の騎士！　今後、太陽の巫女の話をするのはやめなさい」

　イライラとした口調で、フリアエさんが言い放った。

（……生まれた時からってのは違うんじゃ）

　確かノエル王女は、もともとハイランドの第三位王位継承者。

それが『光の勇者』桜井《さくらい》くんがやってきて、その婚約者になることで、急遽《きゅうきょ》第一位に繰り上がったのだ。光の勇者の番《つがい》として。

それまでは女神教会の教皇を目指して、太陽の巫女として修練していたそうだ。

私など比較にならない立派な御人ですよ、と超ハードワーカーのソフィア王女が言ってた。なので、俺としてはノエル王女は苦労人のイメージが強いのだが……。まあ、今そんなことを言う場面じゃない。

「姫、もうその話はしないよ。ところで、どこに向かってるの？」

「あれよ」

フリアエさんが指さす方向は、小高い丘だった。その上に巨大な石レンガが積まれている。

やはり崩れかかっているが、もとは相当立派な建物があったと思われる場所だった。

「かつて月の王城《ムーンパレス》があった場所。あの地下が私の住んでた場所なの」

「へぇー、地下にこんな大きな空間があるんだね」

「これって、もしかしてお城からの抜け道かしら」

そこは円形の巨大な空間で、沢山の地下道とつながっていた。

さーさんとルーシーが、もの珍しそうにキョロキョロしている。

「そうよ、元・月の王城《ムーンパレス》の廃墟を中心に迷路みたいな地下道が張り巡らされてるの。戦時の抜け道として」

「なんか火の国の王都《グレイトキース》と同じだな」

執行騎士の人と一緒に、蛇の教団を捜していた時の記憶がよみがえった。

そこでは蛇の教団が、王都ガムランを滅ぼす『自爆魔法』の儀式をしていた。

（……念のため）

我ながら心配性だと思うが『索敵』スキルを発動する。


――『敵』の反応があった。


「！　さーさん、ルーシー！　そっちに誰か隠れてる。姫！　こっちにきて！」

「わ、わかったわ」

俺の声にフリアエさんが、たたたっと走ってくる。その動きは素早い。

が、隠れていた何者かも素早かった。

「抵抗するな」

「太陽の騎士団を皆殺しにしろ！」

「フリアエ様を救え！」

「魔人族に栄光あれ！」

物陰に隠れていた十数名の覆面をした連中が、こちらへ襲いかかってきた。

覆面の連中に一番近い場所に居たのは……さーさんだった。

「貴様ら、この女の命が……ぶべらっ！」

俺たちの中でも弱そうと判断されたのか、リーダー格の男がさーさんを捕らえようとして——天高く舞った。

さーさんが、きょとんとした顔で右手を前に出している。

いつ拳が突き出されたか、俺には全く見えなかった。

「「「「「「え？」」」」」」

残りの覆面連中の動きが止まる。

（その子、うちのパーティー最強なんすよ）

「こいつら蛇の教団かしら？」

杖《つえ》を掲げるルーシーの頭上には、直径五メートルほどの炎弾が轟轟《ごうごう》と燃えている。

ルーシーの火弾《ファイアボール》は、いつ見ても凶悪だ。あれが直撃したら、骨も残らず燃え尽きるなー、きっと。

「マコト、こいつら焼いちゃうわよ？」

「ああ、でもリーダーの男は残しておこう。オルトさんへ引き渡すよ。あとは燃やそう」

「オッケー！」

ルーシーが悪戯《いたずら》っぽくウインクしてくる。つまり冗談だ。

巨大な火弾《ファイアボール》にルーシーのでたらめな魔力《マナ》が込められ荒れ狂っている。

あれが爆発すれば、この月の王城跡《ムーンパレス》は全部吹っ飛ぶだろう。本当に撃ったら俺らも生き埋めだ。

ルーシーは、撃つ気が無い火弾《ファイアボール》に魔力《マナ》を送り続けている。

空気が乾き、ちりちりと空中の魔力《マナ》が燃え、息苦しい。

覆面連中には、恐怖しかないだろう。

「ま、待ってくれ！　殺すなら俺を！　みんなの命だけは、命だけは助けてくれ！」

さーさんに吹っ飛ばされた男が覆面を外して、詫《わ》びてきた。

「あら、あなた……」

それまで後ろのほうで隠れていたフリアエさんが、小走りでやってきた。

「……ハヴェルじゃない。……何をしてるの？」

「フリアエ様！　おおお……再びその御顔《おかお》が見れる日が来るとは……！　必ず、必ずや我々の同志がお助けします！　しばしのお待ちを！」

こいつらって……。

「姫、知り合い？」

「ええ……そうよ。私の騎士、魔法使いさん、ちょっと待ってもらえないかしら」

フリアエさんの言葉に、ルーシーが魔法を収める。

あぁ……、ルーシーは本当に魔法が上手《うま》くなったなぁ。

「ルーシーの魔法をこんな頼もしく思える日がくるなんて……」

「ちょっと、マコト？　いくらなんでも火弾《ファイアボール》くらいでそこまで感動されると、逆にうれしくないいんだけど!?」

「ねーねー、高月《たかつき》くん。あいつらどうするの？」

俺とルーシーがおしゃべりしていると、さーさんが襲って来た連中のほうを指さした。

「フリアエ様だ！」「巫女様！」「ふ、再びお会いできるとは……」「ありがたや……」

襲って来た連中は、覆面を取りフリアエさんを取り囲んで地面に跪《ひざまず》いている。

感涙しているものや、声を震わせているもの、拝んでいるもの……あれは一体。

「おーい、姫。その人たちを紹介してよ」

俺はフリアエさんに手を振った。

「貴様！　フリアエ様にそのような口を！」

「は？　（威圧）」

「「「「ひぃぃぃぃぃっ！」」」」

リーダー格の男が俺に凄《すご》んできたが、さーさんの『威圧』スキルで、腰を抜かしてしまった。ついでに残りの連中までひっくり返っている。

……ラミア女王《クイーン》の威圧、恐ろしい！

「少し待って！　私の騎士！」

「オーケー」

フリアエさんの頼みで、少し待つことになった。

見る限り、彼らがフリアエさんに危害を加える心配はなさそうだ。

俺とルーシーとさーさんは、連中とフリアエさんが会話するのを少し離れて待つことにした。俺はぼんやりと、その様子を眺めていた。

「ねぇねぇ、マコト。気付いた？　彼らの見た目……」

ルーシーが耳元で囁《ささや》く。

「ああ、みんな魔人族だな」

フリアエさんを取り囲んでいる人たちは、皆頭に角があったり目が赤かったりと、魔族の特徴を持っていた。太陽の国《ハイランド》の孤児院で出会った魔人族の子供たちと同じ。

見た目だけで、魔族の血を引いていると判別される人たちだ。あと、全員男かと思ったら若い女性もいた。どんな関係性なんだろう？

しばらくフリアエさんは、魔人族の人たちと話をしていたが、一人で俺たちのほうへやってきた。

「私の騎士、悪かったわね。あの子たちは、私と同じ月の女神《ナイア》の信者なの。私を連れ去ったハイランドの騎士団に復讐《ふくしゅう》したかったんだって。見逃してもらえないかしら……？」

「うーん……」

一応、こちらは襲われた側だ。さーさんが強かったので問題なかったが、襲われたのがルーシーだったら……、いや何とかしてるか。最近のルーシーは強い。

一番、近接戦闘が弱いのは俺だった。さて、どうするか。

「魔人族に襲われたと言って逮捕されたら例外なく死刑なの……」

「ええ！」

フリアエさんの言葉にさーさんが驚く。それはまた、ずいぶん極端だな。

「だから見逃せと？」

「だ、ダメかしら」

フリアエさんの顔は本気で怯《おび》えた表情だった。彼らは、フリアエさんにとって大事な人たちなんだろう。

「こいつら……幼いころから一緒に生活してきたの。流石《さすが》に処刑されるのは辛《つら》いわ」

「幼馴染《おさなな じ》みか……」

そりゃ助けたいわな。俺はちらっとルーシーとさーさんを見た。

「マコトが決めていいわよ」

「別にいいんじゃない？　誰も怪我《けが》してないし」

「二人がそう言うなら」

俺はフリアエさんのほうを向いた。

「見なかったことにします」

「い、いいの……？」

「いいよ。ただ太陽の騎士団に二度とちょっかいを出さないように、と言っておいて」

「ありがとう、私の騎士」

俺も桜井くんやさーさんの命が危なかったら、間違いなく助けようとする。

処刑されるのを黙って見てるとか、きっとできない。

もっとも、桜井くんやさーさんの命が危ないシーンが思いつかない。

どちらかというと俺が一番危ない。

「……フリアエ様、ありがとうございます。おまえたち……済まなかった」

フリアエさんの知り合いたちから、頭を下げられた。にしても口調が幼馴染みって感じが全然しないなぁ。月の巫女《みこ》の立場は、魔人族の民にとって特別ってことだろうか。

「し、しかし！　先ほどから私の騎士というのは……まさか、守護騎士契約を結ばれたのですか、フリアエ様⁉」

「ええ、そうよ」

「なぜです！　我ら親衛隊であればフリアエ様のために命を擲《なげう》つ覚悟はできているのに！」

「そうです！　見たところ大した闘気《オーラ》も魔力《マナ》も持っていない！　とても巫女様を護《まも》る力を持っているように見えません！」

「お願いです！　我らのもとに戻ってきてください！」

魔人族の連中が、地面に額を擦《こす》り付ける勢いでノリアエさんへ懇願している。

君たち、さりげなく俺のことディスってません？

「私の騎士は、水の国《ローゼス》の勇者よ。それに、木の国《スプリングローグ》では魔王ビフロンスを倒しているわ」

「「「「な！」」」」

魔人族の若者たちが驚きの声を上げる。そんなに弱そうに見えたのだろうか。

「あと、さっきハヴェルを吹っ飛ばした戦士さんは、火の国《グレイトキース》の勇者よ」

「「「「あ～……」」」」

そっちは納得するんかい！

「そっちの魔法使いさんの魔力《マナ》はさっき見たでしょ。あんたたちが百人束になってかかったって敵《かな》わないわ。それに……月の巫女の守護騎士に魔人族が選ばれたりしたら、あっという間にハイランドの神殿騎士《テンプルナイト》に殺されるわ」

「「「「……」」」」

フリアエさんの言葉に、全員が押し黙った。

「くっ、おまえ、名前は？」

魔人族チームのリーダー格であるハヴェルという男が、俺に詰め寄った。

「高月マコト……だけど」

「タカツキマコト……異世界人の勇者か」

顔が近い。銀髪に浅黒い肌。整った顔立ちをしているが、赤い目と額の角によって魔人族であることを証明している。

「フリアエ様を……頼む」

魔人族の男は、悔しさを滲《にじ》ませながら、睨《にら》むように頭を下げた。

「わかった」

言われるまでもない。

「フリアエ様。微力ではありますが、お困りの際は月の国《ラフィロイグ》の民は、あなたへの協力を惜しみません」

そう言って魔人族の男は、仲間に目配せして去ろうとした。

「待ちなさい、今この大陸に魔王軍が迫ってきてるわ。それはみんな知ってるの？」

フリアエさんが、呼び止めた。

「ええ、知っています。……知ったからといって我々の住める場所はここしかありませんよ」

魔人族の男は、悲しげに微笑を浮かべながら答えた。

「……そう、そうよね。気を付けて」

フリアエさんの声に、魔人族の若者たちは頭を下げ地下道のひとつへ消えていった。

よし、不要な争いは回避できた。

(ただ、心配な点が一点)

少し空気が読めてないと言われそうだが……。でも、戦争中だからなぁ。

「あのさ……姫」

「なに？　私の騎士」

「あー、言い辛いんだけど……」

どうやって聞こうか頭を悩ませていると。

「あの子たちが、魔王軍や蛇の教団と繫《つな》がってないか心配？」

フリアエさんに先に言われた。

「まあ……そうです」

「私の騎士ならそう言うと思って、こっそり魅了して『本音』を聞き出したわ。噓《うそ》をついてなかった。あの子たちは、魔王軍とは無関係よ」

「お、そうなんだ」

流石、気が回る。よかった。じゃあ帰ろう。夕方になったら会議に出席しないといけない。拠点設営の場所へ戻ろうと歩き出した時、肩をツンツンとつつかれた。

「……ねぇ、私の騎士」

フリアエさんが、こちらを上目遣いで覗《のぞ》き込んで来た。

「何？」

「もし、私が嘘をついてたらどうする？　あの子たちが魔王軍の手先だったりして」

「嘘ついてるの？」

「ついてないけど……」

「じゃあ、信じるよ」

「………………」

フリアエさんが目を丸くする。

「どうしたの？」

「そのうち悪い女に騙《だま》されるわよ！」

フリアエさんは、目をそらして行ってしまった。なぜか怒られた。

「ねーねー、ふーちゃんの顔が赤かったけど何言ったの？」

代わりにさーさんがやってきた。

「いや、別に？」

「ふーん」

「ねぇ、マコトってわざとなの？　天然？」

ルーシーもこっちにやってきた。どうやらルーシーには会話が聞こえていたらしい。

「るーちゃん、高月《たかつき》くんは何て言ってたの？」

「フーリを信じる、ですって」

「いやルーシーとさーさんと姫は、嘘つかないだろ？　だから信じてるよ」

「「……」」

なんすか、変な顔して。

「たらしだー」

「女泣かせー」

（天然ジゴロ）

ノア様まで。

「ねぇ！　戻らなくていいの？　夕方には会議があるんでしょ！」

フリアエさんがこっちを向いて怒鳴ってきた。おっと、マズイ。遅刻は良くない。

俺たちは、太陽の騎士団が設営している拠点へ戻った。

戻ってくるとすぐに俺たちは、拠点の中心にある大きなテントへ連れられた。

「わ、これって……」

「木の国《スプリングローグ》で見たやつだ」

そこにあったのは、空中に浮かぶ沢山の映像だった。通信魔法と言うらしい。

木の国《スプリングローグ》では、各里の長老たちが使っていた。

オルトさん曰《いわ》く、各国の軍では標準で取り入れられている魔法だそうだ。

空中に浮かぶ映像の中でも、もっとも巨大な画面に太陽の騎士団のトップ、ユーウェイン総長が映っている。隣には桜井《さくらい》くんの姿も見えた。大賢者様は……寝てる？

「では、始めよう」

ユーウェイン総長の低い声で、対魔王軍の作戦会議がスタートした。

「では、魔大陸に集結している魔王軍の状況を報告せよ」

「はっ！　ではご報告いたします！」

ユーウェイン総長の声に、部下の騎士が大きな声で返事をした。

沢山の画面に映る人々の視線が、そちらに集まる。

「まず、獣の王ザガンが率いる軍について申し上げますと……」

魔王軍の位置情報や、戦力・編制が読み上げられる。皆、真剣な顔で聞き、頷《うなず》いている。

……が、異世界出身の俺には、いまいちピンとこない。

魔大陸の地名やら細かい魔族の種族名を言われても、そこまで詳しくは無いんだよなぁ。

後ろを見るとさーさんは話に飽きたのか、黒猫《ツイ》の背をなでている。

きみも勇者なんですけど？

（ルーシー、姫、解説できる？）

俺は異世界《こっち》の仲間たちにお願いをしてみた。

（んー、魔大陸のことはちょっと……）

（私は最近まで月の国《ラフイロイグ》から出たこと無かったの。わからないわ、私の騎士）

ルーシーとフリアエさんは、困った顔で首を横に振った。

二人とも外の大陸については、よく知らないらしい。ソフィア王女か、ふじやんあたりが居れば解説してもらうんだけど……。

あとでオルト団長に、教えてもらおうかなぁ。

太陽の騎士団からの魔王軍の状況報告についての情報量は多く、未《いま》だ終わる気配が無い。

ふと沢山浮かんでいる画面の一つにソフィア王女の顔があることに気づいた。

隣にノエル王女が居るので、おそらくハイランド城の一室だろう。

運命の女神の巫女エステルの姿も見えることから、女神の巫女が集まっているのかもしれない。

「……」

その映像を見ていたら、ソフィア王女と目が合った。

ソフィア王女は微《かす》かに笑みを浮かべ、小さく口を開いた。

（ご・武・運・を）

声は発していなかったが、唇の動きからそう読み取れた。無音のエールだった。

俺も何か、返事をすべきだろうか？　迷ったすえ、小さく手を振った。

「おい、水の国《ローゼス》の勇者！　女とイチャついてんじゃねーぞ！」

（げっ!?）

ツッコミを入れてきたのは、稲妻の勇者ジェラさんだった。

会議参加者の視線が、一斉にこちらに向く。

「ほう、余裕だな。精霊使いくん。退屈ならこっちに来たほうがいいんじゃないか？」

ニヤニヤとした顔で、大賢者様まで絡んできた。映像に映る皆様の視線が冷たい。

ソフィア王女の顔は茹《ゆ》でられたように真っ赤だ。

（ごめん、ソフィア！）

隣のノエル王女が、苦笑しながらフォローしてくれている。後で謝らないと……。

「何やってんのよ、マコト」

「あほなの？　私の騎士」

「あーあ、高月くん、話はちゃんと聞かなきゃダメだぞ？」

後ろから仲間たちの声が聞こえてきた。ルーシーやフリアエさんはともかく、さーさんには言われたくないんですけど!?

「では、退屈している人も居るようなので、現状についてはこれくらいで」

ユーウェイン総長にまでいじられた。

……大事な会議中にスイマセンデシタ！　（後で謝罪しました）

「エステル様、ここからは今後の展開についてご説明を願います」

「ええ、わかりました」

ユーウェイン総長の声で、運命の女神《エステル》の巫女さんが前へ出てきた。

「これから六日間、海魔の王《フォルネウス》の軍勢が西の大陸の各地に現れるでしょう」

巫女《みこ》エステルの声が、滔々《とうとう》と流れる。

「土の国《カリラーン》、太陽の国《ハイランド》、火の国《グレイトキース》、木の国《スプリングローグ》、水の国《ローゼス》……その沿岸部に、魔王軍が姿を現します。しかし、それを相手にしてはいけません。すべては陽動……、光の勇者のいる本陣から戦力を割かせるための罠《わな》です」

　沢山の画面の中の人々は、その言葉に聞き入っている。

「七日後の夜、獣の王ザガンの軍が商業の国《キャメロン》に攻め込みます。やつらの狙いは、光の勇者の命と、商業の国《キャメロン》の国力低下。光の勇者の命を奪えずとも、商業の国《キャメロン》を戦場にすることで、六国連合を弱体化させることを目論《もくろ》んでいます」

　商業の国《キャメロン》は六国の流通の要だ。ここが潰れると、人族側は多大な損害を被る。

「……理にかなっていますが、魔族が考えたとは思えぬ用意周到さですな」

巫女エステルの説明にコメントをしたのは、火の国《グレイトキース》のタリスカー将軍だ。

「その通りです、将軍。この作戦を考えたのは魔族ではなく魔人族。忌まわしい蛇の神を信仰する教団の大司教イザクです」

「あの寄生虫共か……。やはり魔人族など即刻、根絶やしにするべきだ。蛇の教団か否かなど、もはや問う必要はない！」

過激な発言をするのは、女神教会の教皇だ。

「……ちっ」

フリアエさんの舌打ちが聞こえた。いい気分じゃないよなぁ。

ごめん、でもちょっと抑えて。

（……にしても）

巫女エステルの言葉通りだと、月の国《ラフィロイグ》には敵は来ないのだろうか？

そう思っていると、まるで心を読まれたかのように、運命の巫女がこちらへ視線を送った。

「ああ、そうそう。廃墟《はいきょ》の国へも魔王軍はやってきます。どうせ魔人族しかいませんが、西の大陸に拠点を作られてはやっかいなので、適当に追い払っておきなさい、ノアの使徒」

淡々と告げる巫女エステル――改め運命《イ》の女神《ラ》様。

「……わかりました」

そんな言い方をしなくてもよかろうに。

「本当にわかっているのでしょうね？　今回の戦の目標は『獣の王ザガンの撃破』。そして、今後復活する大魔王イヴリース戦に備え、極力戦力を温存することです。無駄な戦いは、絶対に避けねばなりません。よいですか？　すぐ危険に突っ込んでいく、邪神の使徒？」

「……」

まるで見てきたかのように言われたが……きっと見られていたのだろう。

運命の女神様《イラ》に。

「月の国《ラフィロイグ》に明日、約一万の海の魔物が現れます。おそらくそちらを挑発するように、魔法の射程ぎりぎりの範囲に待機するでしょう」

「明日!?」早いな！

「しかし、それを迎え撃ってはいけません。戦いになれば太陽の騎士団の被害も少なくない。もしかすると奇襲の得意な魔物が、一部の月の国《ラフィロイグ》の民を襲う可能性はありますが……戦力は割けません。放っておきなさい」

「なっ！」

冷徹な指示に、後ろから小さくフリアエさんの声が聞こえた。

「当然だ。魔人族の命など、虫けら以下。貴重な戦力を割く必要など皆無だ」

追随するのは女神教会の教皇だが、それに頷く連中も大勢いた。こいつら……。

いい加減、文句言ってやる。俺が声を上げようとする前に。

「待ちなさい、私の騎士」

「姫？」

フリアエさんに腕を摑《つか》まれ、小声で囁《ささや》かれた。

「いまのあなたは、邪神の使徒であることがバレて立場が悪いのよ。これ以上、波風を立てるのはやめなさい！」

「……でも」

「いいから！」

フリアエさんがそこまで言うなら、仕方ないか……。

「前向きに善処します」

「よろしい」

俺の言葉に、巫女エステルは満足気に返事をした。

「それでは、本日の会議はここまでとしましょう。何か異変があれば、すぐに報告を」

ユーウェイン総長が、会議の終わりを告げた。こうして六国連合軍の会議は終わった。

空中の映像が、次々に消えていく。どうも、もやもやする。

すっきりしないな。帰って修行でもしようかなぁ。

「勇者マコト殿」

「はい？」

全ての通信魔法が切れた後、団長のオルトさんに呼び止められた。

「魔人族のことであれば、心配は要りません」

「？」

俺とフリアエさんが、首をかしげた。

「ノエル王女から、月の国《ラフィロイグ》の民も区別せずに護《まも》るよう命令を受けています。ユーウェイン総長も同様のお考えです」

「そうなんですか？」

さっきの会議では、巫女エステルや教皇に対して何も言ってなかったけど。

「立場上、教皇猊下《げいか》に逆らうような事は言えませんが、軍の運用に関しては最終決定権は総長にあります。ノエル王女は種族差別を廃止するお考えで、ユーウェイン総長もそちらに同意をしています。月の国《ラフィロイグ》の民も、護るべき人々として扱います」

力強くオルトさんが断言してくれた。そっか、そういう背景があったのか。

オルトさんが指揮する第一師団は太陽の騎士団の中でも、古株が多いベテランの騎士団だ。そんな戦力が、月の国《ラフィロイグ》の防衛に来るのは、少し変だなと思っていたけど合点がいった。

「よかったね、姫」

「……ええ、あの女は魔人族も平等に扱うつもりなのね」

フリアエさんは複雑そうな表情をしている。ノエル王女に対して、思うところのある一方で今回の話は感謝しなければ、という葛藤があるんだろうか？

まあ、なんにせよ懸念が一つ減ってよかった。

さて、帰ろうかなと思って歩き出そうとした時、オルトさんに手を摑まれた。

「オルトさん？」

「まだ、話は終わりではありません、マコト殿」

腕を摑む力が強い。

「先ほどの会議は大陸の命運を決めるもの。勇者殿には集中して貰《もら》わねば困ります」

「は、はい……」

オルトさんの発言は、間違いなく正しい。

「どうやらマコト殿は、魔大陸の地理や魔王軍の種族について詳しくないご様子。今後のことを考え、講義をさせていただきます。今からお時間よろしいですか？」

「……はい、是非」

会議中にソフィア王女に手を振ってたのは、軍人さん的にNGだったらしい。

「よし、ルーシーとさーさん、姫も一緒な！」

「「「えー！」」」

ええい、一人で居残りは嫌なんだよ！　講義は、数時間かかりました。

◇翌日◇

「敵影です！　魔王軍の数は、約一万！」

太陽の騎士団の見張り役から、伝令があった。

「エステルさんの言った通りですね」

「予知通りでしたな、マコト殿」

俺の声にオルト団長の真剣な声が返ってきた。

月の王城跡《ムーンパレス》の裏手にある海岸に、俺たちは立っている。『千里眼』スキルを使ってようやく敵の姿が視認できる距離。遠くに巨大な海の魔物たちの姿が見え隠れしている。

魔物の体長は、一体一体が漁船ほどの大きさがある。

「オルト様！　沿岸部への部隊の配備完了しました！」

「うむ、エステル様のおっしゃったようにこちらからは絶対に仕掛けるな。連中の狙いは、こちらを挑発することだ」

「やつらが仕掛けてきた場合は？」

「ぎりぎりまで引き付けろ。ただし、上陸は許すな」

「承知しました！」

「夜間監視はどうする？」

「八時間のローテーションで、二十四時間の監視を行います。すでにシフトは全部隊に通知済みです」

「よし、あと気になる点は……」

団長オルトさんと部下たちの、緊張感のある会話が続く。ちなみに、海の魔物なら地上にいれば安全なのでは？　という認識は昨日の講義で誤りであることを知った。

海の魔物とはいえ、陸上に上がれないわけではないらしい。

海の魔物は、基本的には水中で過ごしているが、数日であれば地上でも活動可能だとか。

つまり今いる場所も、戦場になる可能性がある。俺は改めて、目の前に広がる海原を視《み》た。

（久しぶりだな……）

海は以前、海底神殿に挑んで以来だ。つまり……、

――水の精霊で溢《あふ》れかえっている。

「うーん……」

「どうしたの、マコト？」

腕組みをして考え事をしていると、ルーシーが俺の肩に顔を乗せてきた。

俺の頬に、ぴたっとルーシーが顔をくっつけてくる。

ルーシーの高い体温が伝わってくる。

「海は水の精霊が多いからさ」

俺の視線の先、これまでのどの場所よりも沢山の水の精霊たちで溢れかえっていた。

「へー、そうなんだ。るーちゃんも視えるの？」

さーさんが、後ろから俺の首に手を回してぴょんと飛び乗ってきた。

柔らかい感触が背中に、伝わる。

「視えないわ。私は水魔法の熟練度を鍛えてないし」

「ふーん、でも魔法使いだから修行すれば視えるんだよねー。二人はいいなぁー」

ルーシーとさーさんは普通に会話しながら、ますます引っ付いてくる。

「ちょっと、二人ともくっつき過……」

「私の騎士にくっつき過ぎよ」

「わ！」「え？」

フリアエさんが、ルーシーとさーさんの首後ろの襟を摑んで猫のように持ち上げた。

フリアエさん、力強っ！

「ねぇ、私の騎士。テントに戻ったほうがいいんじゃない？」

実は、オルトさんから、俺たちは拠点で待機するように言われている。

魔物たちが攻めてきた場合に備えておくように、とのことだった。

ただ、自分の目で見ておきたかったので同行させてもらったのだ。

フリアエさんが、俺を帰るように促すがその視線は沖にいる魔物をちらちらと見ている。

自分の祖国に攻め込まんとする魔王軍の連中は、当然気になるんだろう。

「フーリ、そろそろ下ろしなさいよ！」

「ふーちゃんー、放してー」

ルーシーとさーさんが、足をばたばたさせている。猫みたいだ。

「姫、二人を下ろして。あと、ちょっとだけ待ってて」

俺は確認したいことがあった。右手を空に向かって掲げる。

「××××××××××××（精霊さん、精霊さん）」

俺が呼びかけると……ズズズ、と雲が集まりぽつぽつと雨が降ってきた。

さらに多くの水の精霊たちが集まってくる。そして右腕に、膨大な魔力《マナ》が集まる。

王級魔法なら、数発は撃てそうなくらいの。

「私の騎士……、今、天気を操ったの？」

フリアエさんが、少し引き気味にこちらを見つめる。

「ま、マコト、その魔力《マナ》……」

ルーシーが俺の右腕を、凝視している。

「うわ、冷たい！　えい！　えい！」

さーさんは、降ってくる雨を全て叩《たた》き落としている。すげぇ。

そうしている間にも、魔力《マナ》が集まり続ける。

ビリビリと空気が震え、呼応するように海の波も少し高くなった。

（調子がいい。いくらでも魔力《マナ》が集まる……）

（マコト、月の国《ラフィロイグ》は聖神族の影響が少ないから、他の土地より精霊が多いの）

（ノア様、なるほど。理解しました）

これはいい情報だ。『精霊の右手』を使わなくても、多くの魔力《マナ》を集めることができる。

「あ、あの……マコト殿。一体なにを……」

気がつくと、オルトさんが近くにやってきていた。

俺はオルトさんの顔と自分の右手を眺め、そして遠い沖にいる魔物を見つめる。

そして、先程のフリアエさんの心配そうな表情を思い出す。

気がつくと、こう口走っていた。

「オルトさん、向こうにいる魔王軍を追い払ってもいいですか？」

◇太陽の騎士団・第一師団団長オルトの視点◇

――数日前。


「邪魔するぞ」

「大賢者様!?　本日はいかがなさいましたか？」

突然、太陽の騎士団の団長会議に現れたのは伝説の人物だった。ユーウェイン総長が、慌ててその相手をする。大賢者様は、千年前に世界を救った救世主様の仲間のご子孫……というのは建前で、千年前の英雄その人である。

吸血鬼《ヴァンパイア》として、千年の長き時を過ごして来た太陽の国《ハイランド》の守護者。太陽の国《ハイランド》にて最大戦力を自負する太陽の騎士団の団長たちであっても、その近くに居ては緊張が隠せない。

「大したことではない。少し聞きたいことと頼みがあってな」

「それはなんでしょうか……？」

珍しいことだ。権力にも政治にも興味が無い大賢者様が、誰かに命令を下されたことなどまず記憶にない。おそらくは戦争絡みのことだと思うが、一体何を……。

「水の国《ローゼス》の精霊使いくんと、一緒に行動するのは誰だ？」

「わ、私です！　第一師団の団長オルトです！」

慌てて名乗る。まさか、自分に関係するとは思っていなかった。大賢者様は、こちらを見て面白そうに眼《め》を細めた。

「ほう？　第一師団を付けるとは随分と余裕だな。うちの精鋭《エース》じゃないか。主戦場に持っていかなくて良いのか？」

「勿論《もちろん》、主力部隊は総長である私と光の勇者桜《さくらい》井殿と行動します。しかし、月の国《ラフィロイグ》は治安が悪く、蛇の教団が多く潜んでいると言われている地域です。手練《てだ》れをつける必要があると考えております」

ユーウェイン総長が、よどみなく答える。

「そうか、確かにそうだな。おい、第一師団団長くん」

「はっ！」

大賢者様に声をかけられ、緊張で声がかすれる。

「水の国《ローゼス》の精霊使いくんだが……もし、魔王軍にちょっかいをかけていたら自、由、に、させ、よ」

大賢者様からの指示は、予想していないものだった。

「……それはどういう意味でしょうか？」

「大賢者様、今回の戦は、極力無駄な戦闘を避ける作戦です。ご存じのはずでは？」

私と同じ疑問をユーウェイン総長が発言した。いくら勇者とはいえ、勝手な行動は許されない。彼が魔物と戦いたがっていたとしても、我々の作戦には従ってもらうつもりだ。

「精霊使いくんだが、火の国《グレイトキース》で彗星《すいせい》を受け止めた話は聞いているだろう？」

「それについては、タリスカー将軍から報告を受けておりますが……」

火の国《グレイトキース》の王都を吹き飛ばす程の巨大な彗星をたった一人で防いだのだという。その噂《うわさ》を疑う者もいるが、ハイランドの王都で、千年前の魔物五千体をまとめて飲み込んだ水魔法を使っていたマコト殿だ。それを目の前で見た私は、その話を信じることができた。

「精霊使いくんは、兵力にして一万以上の域に達している。なら、それを使わない手は無いであろう？」

普段、仏頂面が多い大賢者様が、ニヤニヤして楽しそうに言葉を続ける。反対にユーウェイン総長の表情は険しい。

「うーむ……しかし」

大賢者様のお言葉は、今回の作戦の方針に真っ向から反する。さらに邪神の使徒であるマコト殿を活躍させてしまうことは、教皇猊下《げいか》の怒りを買う恐れもある。

そこで私は、総長と大賢者様に進言した。

「恐れながら申し上げます、大賢者様。水の国《ローゼス》の勇者マコト殿のみ単独で行動することを許せば、軍律が乱れます。そこで勇者マコト殿の行動に関しては『大賢者様の密命』ということにしていただけませんか？」

「オルトよ、それは……」

「かまわんぞ、外野がうるさければ我の命令に逆らえなかったと言って良い」

我ながら無理を言ったと思うが、大賢者様はあっさりとそれを承諾した。

「しかし、それでは教皇猊下が納得しますまい。苦言で済めばよいですが、下手をしますと大賢者様が軍に介入し、新たな派閥を作ろうとしていると見られかねません。そういった煩わしいことはお嫌いと存じておりますが、よろしいのですか？」

ユーウェイン総長が、懸念事項を伝えた。その通りだ。太陽の国《ハイランド》の貴族や聖職者は、新たな権力の台頭を好まない。

「かまわんよ、下らぬ戯言《たわごと》は実績で黙らせれば良い。精霊使いくんならやってくれるさ」

大賢者様の声からは、確かな信頼が感じられた。なぜ、そこまで他国の勇者に信頼をおかれるのだろう？

「随分と、水の国《ローゼス》の勇者を買っておられるのですね」

ユーウェイン総長が、皆の気持ちを代弁した言葉を発した。

「そうでもないぞ？　光の勇者くんなら、十万の魔物相手でも負けまい。精霊使いくんは、まだそこまでじゃない」

返って来た大賢者様の言葉は、そっけないものだった。皆の視線が、第七師団の団長であり光の勇者である桜井殿に集まる。

「……十万の魔物と戦った経験が無いので、何とも言えませんが」

光の勇者桜井殿の返事は、控えめなものだった。が、やれば勝つつもりである、とも取れる返事だった。私もそう思う。

今や、光の勇者様には太陽の騎士団の団長全員でかかっても勝てないのだから。

「おいおい、そんな返事では困るな。アベルは千年前、百万の魔王軍を相手にしたのだぞ？」

が、大賢者様は桜井殿の返事では満足しなかったらしい。

百万の魔王軍をたった四人の救世主様のパーティーが打ち破ったという伝説の戦いのことを言っているのだろう。

「大賢者様……それは救世主アベル様の時代の話でしょう？　魔大陸には百万もの軍勢は存在しないと調査によってわかっています」

ユーウェイン総長が、やんわりと否定した。

「ふん、そんなことはわかっておる。とにかく精霊使いくんの魔法は、戦争で役立つ。遊ばせずに上手《うま》く活用しろ。責任は我が取ってやる」

そう言い放ち、大賢者様は空間転移《テレポート》で去ってしまった。

「「「「「「……………」」」」」」

あとは沈黙が訪れる。しばらくしてユーウェイン総長が、口を開いた。

「オルトよ」

「はっ！」

ユーウェイン総長に名前を呼ばれ、姿勢を正す。

「大賢者様のご命令通り、水の国《ローゼス》の勇者殿の行動は制限せずともよい。ただし、戦況に大きく悪影響を与えそうな場合は、第一師団団長として判断し、命令せよ。水の国《ローゼス》の軍は、太陽の騎士団の指揮下にある。団長命令に逆らいはしないだろう」

「はっ！　承知しました！」

総長の判断であれば、私はそれに従うまでだ。

「しかし……大賢者様は何を考えておられるのか」

「案外、あの噂……本当かもしれんぞ」

そんな声が聞こえてきた。

大賢者様の噂と言えば……私も聞いたことがある。

「なぁリョウスケ殿、水の国《ローゼス》の勇者殿が大賢者様の愛人という話は、本当かねぇ？」

ニヤニヤと下世話な話題を振るのは、第六師団の団長だ。年も若く、桜井殿と親しいからこそできる会話であろう。やや、場には不適切ではあるが。

「いやぁ……高月《たかつき》くんが大賢者様の愛人っていうのは無いんじゃないかなぁ」

桜井殿は苦笑しつつ否定した。水の国《ローゼス》の勇者と桜井殿は、前の世界から親しい間柄らしい。

やはりただの噂か。しかし、先ほどの大賢者様の気にかけようはただ事ではなかった。

他の団長たちも戸惑っている。

「巷《ちまた》の噂を鵜呑《うの》みにするな。諜報《ちょうほう》部からの報告により、大賢者様と水の国《ローゼス》の勇者殿の接触は、三回のみ。そういった関係でないことは裏が取れている」

ユーウェイン総長が、ぎろりと団長たちを見渡しそれ以上の発言を止めた。

どうやら既に裏を取っているらしい。太陽の騎士団のトップとなれば、武力だけでなく様々な情報収集もせねばならない。難儀なことだ。

「では、一部の計画に変更があったが、改めて『北征計画』を確認するぞ」

総長の言葉に、我々は大きく頷《うなず》いた。それが数日前の会話である。

◇

――目の前では、嵐のように荒れ狂う魔力《マナ》を纏《まと》った水の国《ローゼス》の勇者殿が海を眺めている。

「オルトさん、向こうにいる魔王軍を追い払ってもいいですか？」

大賢者様の言った通りになってしまった。

「マコト殿……エステル様のお言葉をお忘れですか？　今回の戦は戦闘を避ける方針です。我々は来るべき大魔王《イヴリース》戦に備え、戦力を温存しなければなりません」

私は、今回の作戦をマコト殿に念押しした。

「ええ、でもあいつらはこちらの魔法が届かないと思っている。そこに先制攻撃を仕掛けるなら、こちらは被害を受けませんよ」

「……届くのですか？」

目測でもここから魔王軍までは、ハイランド王都の端から端までくらいの距離がある。この距離で効果的な魔法攻撃ができる魔法使いは、太陽の騎士団にもほとんど居ない。できるのであれば、確かに理想的だ。ただし……。

「その魔力《マナ》では、魔王配下の一万の魔物相手には足りないでしょう」

私は断言した。マコト殿が精霊から借り受けたという魔力《マナ》は膨大だ。だがいま沖に居る魔物は、魔王フォルネウスの直属部隊。マコト殿が纏う魔力《マナ》は、第一師団の魔法使いの誰よりも多いが、それでも魔王軍と戦うには足りない。それが団長としての判断だった。

「ええ、勿論」

私の言葉に、マコト殿はこともなげに言った。

「じゃあ、これから準備をしますね」

「え？」

私には彼の言葉が、一瞬理解できなかった。そ、それが全力ではないのか？

私が何も言えずにいると、マコト殿はすたすたと仲間のもとへ近づいた。

そして月の巫女《みこ》に向かって言った。

「姫、あいつらを追い払うのを手伝って欲しいんだ。手を貸してもらっていい？」

「いいけど……何よ？」

不審げな表情をする月の巫女。その絹のように白い手を掴《つか》む。

――同調《シンクロ》

小さなつぶやきが聞こえた。私には何をやっているのかわからなかったが、マコト殿の仲間も同様のようだった。

「マコト？」

「高月くん、何してるの～？」

「もうすぐわかるよ、ほら来た。やぁ――――水の大精霊《ウンディーネ》」

ズシンと、腹に重い一撃を食らったような衝撃が走った。続いて、背筋を冷たい何かが貫いた。身に纏っていた闘気《オーラ》が吹き飛ばされ、極寒の吹雪の中に立っているような錯覚を覚える。

（こ、これはっ!?）

見ると間近にいる月の巫女も、真っ青な顔をしている。

「わ、私の騎士！　大精霊を呼び出すなら先に言いなさいよ！」

「あー、ごめんごめん、姫」

頬をかきながら、楽しそうに笑っている。

「水の大精霊《ウンディーネ》、魔力《マナ》を少し抑えて。右手に少しだけ触れてみて」

マコト殿は誰も居ないはずの、右隣に話しかけている。

――××××××××××

（ぐっ……!?）

全身から汗が吹き出した。膝がガクガクと震える。

……ああ、居《い》る。見えない何かが、確かに居る。

おぞましいほどの魔力《マナ》に私が反応できずにいると、第一師団の騎士たちも何事かとこちらに向かおうとして、彼らもまた足がすくんでいるようだった。

海は高波で荒れている。小雨のような雨が、霧のように薄暗く我々を包んでいる。

奇妙なことに、雨が降っているのはこの辺だけで遠くの景色では変わらず太陽の日が、大地を照らしていた。そしてマコト殿の周りを、ますます強大な魔力《マナ》が渦巻き、大気と大地が小さく振動している。

これから天変地異が起きると言われても、私は驚かない。

「マコト殿！　何をするつもりですか!?」

私は悲鳴を上げそうになるのを、必死で抑えながら質問した。

「え？　だから魔法を使って魔物を追っ払いますよ」

必要ない！

魔物に知能があるならば、このバカげた魔力《マナ》を感じれば間違いなく逃げ出すであろう。

いや、本能でわかるはずだ。殺されると。

「じゃあ、いきますねー」

ゆるい言葉と反対に、恐ろしいほどの威圧感《プレッシャー》で呼吸困難になる。

地面が震え、空気が振動している。

「水魔法・氷のせか……、いや、折角だから別の名前をつけてみるか……」

ぶつぶつと、ひとり言が聞こえた。

「私の騎士！　いいからさっさとやりなさい！」

「見て、マコト！　魔物が逃げ出してるわよ！」

ルーシー殿の言う通り、魔王配下の魔物たちすら、戸惑ったように群れの隊列を崩している。そらみたことか！

時間をおけば撤退するはずだ。

「あれ？　くそ、逃がすか！」

「マコト殿!?」

目的が変わっている！　逃がしていいんだ！

「高月くんー、魔法は決まった？」

唯一、この中で平静を保っている火の国《グレイトキース》の勇者アヤ殿が、手を後ろに組んでマコト殿の顔を覗《のぞ》き込んでいる。

な、何故《なぜ》こんな魔力《マナ》の中でそのように冷静に振る舞えるのだろう。

「ああ、アレでいこう」

にぃ、と実に楽しそうに水の国《ローゼス》の勇者マコト殿が笑顔を見せた。

そして右手を前に突き出し、言い放った。

一体、なんの魔法を……。

「エターナル・デス・ブリザード！……相手は死ぬ」

初めて聞く魔法名だった。

気が狂うような魔力《マナ》が、魔法として発現する。千を超える魔法陣が、不規則に空中に浮かぶ。法則性も何も無い、無秩序で混沌《こんとん》とした魔法術式。

ハイランドの魔法使いが好む、無駄を削《そ》ぎ落とし洗練された魔法とは真逆。

無駄に無駄を重ねた粗雑な魔法。それを無限の魔力《マナ》で、無理やり作り上げたハリボテのような奇跡。

──そして、魔法が完成した。

「……雪？」

次の瞬間、目の前が全て白銀に覆われた。

誰かのつぶやきが聞こえる。先ほどまで降っていた雨が、雪に変わっていた。

季節が変わったのかと思うほど、外気が冷え冷えとしている。

「何よ……これ」

「うわぁ……真っ白」

「さ、寒い！　高月くん！」

マコト殿の仲間たちの声が震えている。

「……な……ん……だと？」

そして、私の声も震えていた。目の前の光景に、脳が追い付かない。

水平線の彼方《かなた》まで、海が凍《い》てつく氷の大地へと変わり──真っ白な死の世界で、全ての魔物が凍り付いていた。

◇高月マコトの視点◇

「何が『相手は死ぬ』よ。適当なこと言って、マコトってば……隕石落とし《メテオ》！」

呆《あき》れた声のルーシーが、巨大な岩石を魔物の氷像にたたきつけた。ガシャン、と大きな音を立てながら氷と魔物が砕け散る。今、俺たちが立っているのは凍った海の上だ。

「う～、寒いよぉ～。私帰ってもいい？」

モコモコのダウンジャケットのような防寒具を着てなお、さーさんは震えている。

その横でフリアエさんは「はー」と手に息を吐きかけている。

その何気ない仕草すら、色っぽい。

「さーさんはダメじゃないかなぁ、勇者だし。姫、寒いならテントに戻っていいよ」

「えー！　高月くんの意地悪ー」

「いいわ、寒いのは慣れてるし。一人だけ休んでるのも悪いからここに居るわよ」

仲間と会話していると、オルト団長の大きな声が聞こえてきた。

「魔物たちが目覚めてしまう前に全て討伐しろ！　勇者マコト殿が作ってくれた機会を無駄にするな！」

「「「「はっ！」」」」

団長の指揮のもと、太陽の騎士団が魔物の氷像を攻撃している。

そして俺はというと……何もしていない。

——永遠なる死の吹雪《エターナルデスブリザード》、なんてかっこつけてみたのだが、実際のところはただの広範囲の氷魔法だ。

魔物たちを一時的に無力化できたものの、討伐には至らなかった。

魔王配下の魔物たちの生命力は強いので、氷が溶ければ動き出してしまうようだ。

現在、俺たちは総出で魔物が目覚める前に氷ごと砕いている。一万体を超える魔物の氷像。相当な重労働である。しかもろくな攻撃手段が無い俺は、それを見ているだけだ。

「××××××××××××（精霊さん、精霊さん）」

声をかけてみるが、先の魔法で満足したのか「きゃっ、きゃっ」とはしゃいでいるだけで言うことを聞いてくれない。

魔力《マナ》を借りるには、少し時間をおかないとダメなようだ。

「全然減らないわねー！」

ルーシーは文句を言いつつも、黙々と魔法を打ち続けてくれている。

得意の火魔法を使うと、氷が溶けてしまうので土魔法を使ってくれている。

「悪いな、ルーシー」

「んー、まあ別にいいけどねー。今度、何か奢《おご》ってよ」

ルーシーばかり働かせていることを詫《わ》びたが、ニカッと笑って返された。

男前だな、ルーシー。

少しして「あ、そうだ」と何か思いついたように、悪戯《いたずら》っぽい顔でこっちに振り向いた。

「でも、私一人で魔法撃つのも不公平だから『同調《シンクロ》』して魔法撃ってよ」

そう言って俺にピタリとくっついてきて、ルーシーが自分の杖《つえ》を摑ませてきた。

高い体温が伝わってくる。

（……『同調《シンクロ》』）

俺はルーシーの杖を握り肩を抱き寄せたが、その手がピリッと痺《しび》れ、ルーシーの魔力《マナ》と俺の魔力《マナ》が反発しているのを感じた。うーん、やっぱダメかぁ。

「悪いルーシー、上手《うま》く同調《シンクロ》できないみたいだ」

と言うと、「ふっ」と笑いながらルーシーが流し目を送ってきた。

「もう、違うでしょ」

ルーシーが俺の首に手を回し、つま先立ちをして下から見上げてくる。

「私たちが『同調《シンクロ》』する時は、こっちでしょ？」

パチッとした大きな瞳で俺の目を見つめながら、鼻同士がくっつきそうな距離に顔が迫る。

「る、ルーシーさん？」

「ほらマコト、んっ」

と言ってルーシーが目を閉じた。

目と鼻の先に、端整な顔立ちのエルフの美少女の唇が迫る。

（……ここでキスしろと？）

しかし、俺たちはパーティーの仲間であるルーシー一人に重労働を負わせるわけにはいかない。それに俺は一応、パーティーのリーダーだ。

うん、これは仕方のないことだ。

そう思って俺が覚悟を決め、ルーシーにキスしようとした時。

……ゴゴゴゴゴ、音が聞こえた、気がした。

「「……」」

さーさんとフリアエさんが、こっちをジト目で睨《にら》んでいた。

「る、ルーシー、やっぱりこれ《キス》は緊急事態の時だけにしよう！」

俺は慌ててルーシーから身体《からだ》を離した。

「あ、そう」

ルーシーはつまらなそうな顔をして離れた。

「マコトのヘタレー」

（ヘタレねー）

ルーシーはともかく、なぜかノア様にまで言われてしまった。

それからも、ルーシーや太陽の騎士団のみんなで魔物を倒し続け、半日がかりで、全ての魔物を討伐し終えた。


「本日、第一師団と海魔の王《フォルネウス》の軍勢が交戦した、そう言ったか？」

その日の夕方に開かれた軍議において、オルト団長からの報告を聞いたユーウェイン総長の第一声である。

冷静そうな声だが、若干呆れを含んでいるようにも聞こえた。

「一体、どういうことだ？　オルト団長。作戦と違うようだが」

タリスカー将軍が冷静に続きを問うた。

「はい、我々は魔王軍と交戦しました。こちらにいる水の国《ローゼス》の勇者マコト殿によって
……」

「やはり、邪神の使徒のせいか！」

オルトさんが言葉を言い切る前に、教皇が割り込んできた。

どうやら邪神の使徒に文句を言いたくてたまらないらしい。

「今回の戦は、大陸の命運を決めるもの。やはり邪神の使徒などという不穏分子は取り除かなければならぬ！　さあ、やつを軍法会議にかけ厳正に処罰するべきだ！　打ち首にし

ろ！」

教皇の言葉に、各国の貴族たちがちらほら頷《うなず》くのが見える。厳正とは一体……。

では、知り合いたちはというと「あー、やっぱり」みたいな顔をした火の国《グレイトキース》の勇者オルガや、レオナード王子や、桜井《さくらい》くんが居た。

運命の巫女《みこ》エステルさんは「はぁ～」と大きくため息をついている。

「まあ、待て教皇。オルトの話は終わっておらぬ。それに水の国《ローゼス》の勇者には、魔王軍と戦わせて良いと我が命令していた」

「……大賢者様が!?　なぜ、そのような……」

「教皇猊下《げいか》、大賢者様にお考えがあるようです。オルト、交戦の戦果と軍の被害を報告せよ」

ユーウェイン総長が、話を戦争のことに戻した。

オルト団長は姿勢を正す。

「はっ！　申し上げます。魔王軍の魔物を『一万二十九』体討伐。第一師団の被害数は『ゼロ』です！」

「「「「…………………」」」」

オルト団長の言葉のあと、誰も発言しなかった。

団長、魔物の数を数えてたんですね。

「また、今回の交戦で敵軍の中に名のある魔族は居ませんでした。エステル様のおっしゃる通り、敵の目的は我々と戦うことでなく、あくまで陽動であったようです」

そう言ってオルト団長は報告を終えた。

が、通信魔法の画面に映る面々は全員がぽかんと、あるいは不審な顔をしている。

最初に口を開いたのは、ユーウェイン総長だった。

「オルトよ、一万を超える魔王軍と交戦をしたと言ったな？」

「はっ！　その通りです、総長」

「……なぜ、敵は全滅しており、こちらの被害がゼロなのだ？」

画面の人々がこくこくと頷く。

どうやら不審な報告内容と判断されたようだ。

「こちらにいるマコト殿の精霊魔法によって、一万を超える魔王軍が全て凍らされました。我々はその後、無力化した魔物を破壊いたしました」

「そんなことが可能なのか……？」

「まあ、火の国《グレイトキース》の王都を救ったあの魔法であれば、できるのでしょうな……」

信じられんという口調のユーウェイン総長と呆れ気味に頷くタリスカー将軍。

ただ、火の国《グレイトキース》の王都のやつとは、別の方法なんだけど、まあ、いっか。

「あっはっはっはっはっは！　そうかそうか！」

大賢者様が膝を叩《たた》いて笑っている。反対に、教皇は苦々しい顔でこちらを睨んでいる。

ついでに言うと、ジェラさんも苦々しい顔をしている。そんな睨まれても。

「で、総長。こいつの処罰とやらは、どうする？　被害はゼロなわけだが」

ニヤニヤと大賢者様が、俺の処遇を問うた。

「作戦には反していますが、作戦の背景は戦力を温存するため。被害が無かったので、不問としましょう」

そう言って話を打ち切った。

「では、他の地域についての報告を」

「はっ、では第二師団から……」

ここからは長く退屈な報告が続いた。

基本的には、戦闘を避けているという報告ばかりだった。

ちらっと、画面に映るソフィア王女を見ると「もうっ！」という表情で頬を膨らませていた。流石《さすが》に今度は手を振ることはせず、苦笑だけ返しておいた。

軍議は、夜遅くまで続き……途中寝るのを我慢するのが大変だった。

◇佐々木《ささき》アヤの視点◇

私は、深夜に目を覚ました。

「くー……」

隣からるーちゃんの寝息が聞こえる。吐息が温かい。

そーいえば、テントの中が寒いからるーちゃんにくっ付いて寝ていたんだった。

「あーあ、また服がはだけてる」

私はため息をつきながら、るーちゃんの襟元を少し正した。

るーちゃんは寝相が悪い。なぜか、寝ながらだんだん服が脱げていくのだ。

もっとも私もあんまり良くない、と高月《たかつき》くんに言われたことがあるけど。

それと比べると、ふーちゃんはいつも姫様のように寝ている姿も綺麗《きれい》で……ってあれ？

「ふーちゃん？」

布団に誰も居ない。トイレかな？

そっと布団に手を乗せるとひんやりとして、さっき出て行ったという感じでなく居なくなってしばらく時間が経《た》っている様子だった。

「んー……」

私は何かが気になってテントの奥の方、簡単な仕切りがある高月くんの居住スペースに行ってみた。テントは四人共用となっているが、高月くんは「男女一緒はダメだから！」と頑《かたく》なで、間に仕切りを入れている。

「やっぱり居ない」

まあ、これはいつもの事だ。高月くんは、起きている時間のほとんどを修行に費やしている。でも、少し気になった。

高月くんとふーちゃんが、深夜に同時に姿を消している。さて、どうしようか？

「うわっ、寒っ！」

私はテントの外に出た。夜風が身体の熱を奪った。

「これ絶対、高月くんの精霊魔法のせいだよ……」

私はぶつぶつと文句を言いながら上着を何重にも羽織って、太陽の騎士団のテントが立ち並ぶ野営地の中を歩く。

光源は月と星の明かりだけだけど、迷宮《ダンジョン》育ちの私には昼間と変わらない。

途中、夜間の見張りらしき騎士のひとたち何人かとすれ違った。高月くんを見ていないか聞いてみたけど、みんな首を横に振った。

うーん、高月くん居ないなぁー。闇雲に捜しても効率が悪い。こういう時は……。

私は目を閉じて、耳と鼻と第六感をフルに働かせた。

――高月くん高月くん高月くん高月くん高月くん高月くん高月くん高月くん高月くん高月くん……どこ？……。

（こっちな気がする）

迷宮《ダンジョン》で培った直感を信じる。徐々に、高月くんの匂いが空気に混じっていることに気づいた。こっちで、間違いない！

そこは野営地から少し離れた広場のような場所だった。近くに小さな泉がある。

泉の近くには、二つの影があった。

――月明かりの下。寄り添うように会話する高月くんとふーちゃんの後ろ姿が見えた。

（た、高月くんとふーちゃんが……）

私は気配を消しつつ、その様子を眺めた。ちなみに二人との距離は二百メートル以上離れている。常に周りに気を配っている高月くんの、感知範囲外のはずだ。

高月くんとふーちゃんの距離は近い。肩と肩がくっつきそうなくらい。

むう、仲良いなぁ。ふと、私は数日前にるーちゃんとした会話を思い出した。

◇

「ねぇねぇ、アヤ聞いて聞いて。最近マコトを見るフーリの目が怪しいの！　アヤはどう思う？」

「どうって……ふーちゃんが高月くんを好きってこと？」

「そーよ！　これは大変なことよ！」

恋敵《ライバル》かつ親友のるーちゃんが、ブンブン手を振って熱弁する。

が、私はるーちゃんと比べて冷静だった。

「それって、結構前からじゃない？」

私の見立てだと木の国《スプリングローグ》あたりから怪しかった。

「うっそ、アヤってば気付いてたの？　だったら教えてよ」

「でも、なんで大変なの？　最近の高月くんはソフィーちゃんやジャネちゃんにもモテてるし」

今更じゃない？　と私は言った。そして、ため息が出た。

中学の頃、「まともに会話ができる女子はさーさんだけだよ」とか言ってた初心《うぶ》な高月くんはもう、どこにも居ない。異世界のモテ勇者様になってしまった。はぁ……。

「そっか、アヤはこっちの世界に詳しくないものね……。いい？　フーリって月の女神《ナイア》の巫女でしょ？　月の女神《ナイア》の巫女は、この世で最も美しい人が選ばれるの。これは千年前から続いてる伝承。そして過去の月の巫女は例外なく絶世の美女だったらしいわ！　フーリだってとんでもない美人でしょ！」

「じゃあ、高月くんは世界一の美女に言い寄られてるってこと…？」

「そうよ！」

なるほど確かにそれは大変だ。うーん、でもねぇ。

「ふーちゃんは桜井くんのことが好きなんじゃないの？」

これは高月くんから聞いた話。

「昔はね。でも女の心変わりなんてよくある話でしょ？」

まるで恋愛上級者のようなしたり顔のるーちゃん。

（るーちゃん、今まで彼氏いた事ないって言ってたのになー）

私もだけどね！

「じゃあ、るーちゃんもそのうち心変わりしちゃうかもね？」

私はそんな軽口を言った。

「は？　バカなこと言わないで」

るーちゃんの目が細まりこちらを睨《にら》む。

「私は心変わりしないわ。もしアヤが別の人を好きになってもね！」

「はぁ？」

カチンときた私は、ぐいっと顔をるーちゃんに近づけた。

「何があっても私は、高月くん一筋だから！」

額をくっつけて、私とるーちゃんは睨み合う。

そして三十秒ほど経過して、同時にため息をついた。

「この手の言い合いって何回目だっけ？」

るーちゃんが言った。

「うーん、五十回目くらいで数えるのやめたよ」

実際のところ百回以上じゃないかなぁ。

「やめやめ、私たちが喧嘩《けんか》してどーするのよ」

「何の話してたっけ？」

私たちは喧嘩をやめた。恋敵である私たちは、現在休戦中。

というか、共同戦線中である。なんせ、高月くんがそこら中でフラグ立てるからね！

本当に、もうっ！

「問題は、マコトがフーリをどう思ってるかよ！」

「直接聞けばいいんじゃないの？　今から聞いてみる？」

「い、嫌よ！　マコトがフーリに惚《ほ》れてたらどうするのよ！」

「はぁー、変なところで臆病だなー、るーちゃんは」

私はやれやれと肩をすくめた。冷静なふりをしたけど、実際のところは少し心配だった。

……どうなの？　高月くん。

そんな数日前の会話だ。

◇

再び高月くんとふーちゃんの方に目を向ける。何か話しているようだけど、風が強くてよく聞き取れない。ふーちゃんが、ぱしっと高月くんの肩を叩いた。

高月くんは、肩をすくめている。本当に、仲良しって感じだ。

むむむ……、何を話しているんだろう？

んー、と私は目を細め二人の唇を読み取ろうとして……。

バッ！　とふーちゃんがこちらを振り向いた。続いて高月くんもこっちを向く。

そして、私に手を振った。

ふーちゃんは引きつった笑顔、高月くんはいつものクールな表情だ。

もしかして、高月くんは最初から気付いてたのかしら？

私はポリポリと頬をかき、大きくジャンプして二人の近くにシュタッと降り立った。

「こんばんは、高月くん、ふーちゃん」

「せ、戦士さん!?　いつから見てたの？」

「やぁ、さーさん。どうしたの？」

慌てるふーちゃんと、普段通りの高月くん。

「んー、二人が居ないからどうしたのかなーって。見つけたのはさっきだよ」

「そ、そう！　私は話が終わったから寝るわ！　お休み、私の騎士、戦士さん！」

「姫、送るよ」

「いいわよ！　そこら中に騎士団の連中が居るわ。ここは安全だから」

そう言って顔を赤らめたふーちゃんは、早足で去ろうとしている。そんな、逃げるみたいにしなくていいのに。すれ違う瞬間、ちらっとふーちゃんの横顔を見た。

月明かりに照らされる艶やかな黒髪。輝くような白い肌。

見慣れている私ですら、思う。


……ぞっとするほど綺麗。


るーちゃんが言っていた『世界で一番美しい存在』である月の巫女《みこ》という話。

そのふれこみに違わない、人間離れした美貌だった。

こんな子と、二人きりで高月くんはどんな会話をしていたんだろう？

「どうしたの？　さーさん」

憎たらしいことに高月くんは、まったくもっていつも通りだ。

この男……、どうしたの、じゃないでしょ。

ちょっとは動揺しないの？

「こんな夜遅くに二人っきりで、何話してたのかなー？　怪しいなー」

私は上目遣いで、少し拗《す》ねた風に聞いてみた。

いや、実際少し……いや、結構嫉妬もしている。

「一人で修行してたんだよ。そしたら、姫がやってきてさ」

が、高月《たかつき》くんの返事は淡泊なものだった。

「月の国《ラフィロイグ》を助けてくれてありがとうってさ。私のためにムチャばっかりするなって言われたよ。別にそういうつもりじゃなかったんだけどね」

「じゃあ、どういうつもりだったの？」

「え、えーと。うーん、まあいいだろ」

高月くんは、海のほうに視線を泳がせている。あー、なんかわかったかも。

「海に来て、水の精霊がいっぱい居たから試したかったんでしょ？」

「え？」

なんで心の中読まれたの？って顔をされた。

「なんで心の中がわかるんだよ」

しかも口に出してくれた。

「顔見ればわかるよ」

「ふーん」

少し悔しそうに、高月くんは手を上げて水魔法の修行を続けている。良く飽きないなぁ。

「最近、ふーちゃんって高月くんによく話しかけるよね？」

とりあえず、私は世間話風を装いつつ探りを入れることにした。

「そう？　前と変わらないんじゃない？」

高月くんの反応は、まったくつれないものだが。

「ううん、前と全然違うよ。前はもっとツンツンしてたもの」

「あー、確かに姫はツンデレだねー」

「そうそう、最近はデレが多めだよ」

「その割に、よく蹴られたりするんだけど」

「それは高月くんがセクハラするからだよ……」

胸を触ったり、下着を見たりさ！　もう！

しばらく、くだらないことを話した。でも、高月くんの本心は見えてこなかった。

（よし、じゃあ）

少し踏み込もうかな。

「もしさ……ふーちゃんが高月くんの事好きになっちゃったらどうする？」

少しだけ、少しだけドキドキしながら聞いてみた。

るーちゃんと話した、高月くんの気持ちを確かめるために。

それに対して、高月くんの返事は——

「いやぁ、それはないって」

ははは、と笑っていた。

(あー、これは本気で言ってるね)

どうやら高月くんはふーちゃんから好かれるとは、全く思ってないみたい。

昔から自分への好意には、本当に鈍感だからなぁ……高月くん。

「姫なら誰でもよりどりみどりだしね」

「あ、うん。……ソウダネー」

高月くんの言葉に合わせて、適当に相槌《あいづち》を打った。でも、……ふーちゃんは、高月くんに好意を持ってる……気がする。恋愛感情か、どうかはわからないけど。

一方で、高月くんはシンプルに仲間と思っているだけみたいだ。

(昔から煩わしい人間関係が、嫌いだからなー……高月くんは)

私は気づかれないように、小さくため息をついた。

どうやらるーちゃんと私の心配は、杞憂《きゆう》だったらしい。

「さーさん、さーさん。これ見てよ」

高月くんはすでに話題を変えている。楽しそうに青い右腕を掲げた。

右腕が輝き、その周りに大小多数の魔法陣が浮かび上がる。

地面が揺れ、大気が震えた。月を雲が覆い、闇夜が広がった。

——水魔法・雲龍

「何も起きないよ？」

「さーさん、上見て」

「うえ？………ええええええっ！」

私が上を見上げると、最初に雲かと思ったのは一匹の巨大な魔法の龍だった。

「水の王級魔法・雲龍って言うんだ。雨を降らせたり、雷を呼べるらしいよ」

「へ、へぇ……凄《すご》いね」

「だろ！」

高月くんの目がキラキラしている。新魔法を自慢できて楽しそうだ。

私は、空を覆うような巨大な水の龍を、ぽかんと眺めながら思った。

(高月くんがどんどん人間離れしていくなぁ……)

その時、強い風が海側から吹きつけた。

「きゃっ！」

「寒っ」

冷たい突風に私と高月くんは、小さく声を上げた。

身体《からだ》を冷やすその冷気に、思わず自分の身体を抱きしめる。

寒いよー！　もう帰ろうかなーと思った時。

――水魔法・氷の家

高月くんが右手を掲げると、あっという間に私たちの周りを氷の建物が囲った。

ちゃんと、入口に扉のようなものまである。すごい！　こんな一瞬で？

風が無くなり、一気に体感温度が上がった。心なしか、空気まで少し温まった気がする。

「高月くん、これは？」

「水魔法で作ってみたけど、どうかな？　これなら多少は寒さを防げるかと思って。水蒸気を操って、冷気もある程度は防いでみたよ」

「そ、そんなことまでしてるの!?」

魔法が使えない私でも、それって大変なんじゃないかなーって思った。

「ルーシーみたいに火が起こせればなぁ……。さーさんを温かくできるのに」

ただ、高月くんは自身の魔法に不満があるようだった。

十分凄いと思うんだけどなー。

腕の悪い魔法使いでごめんね、と言う高月くんが可愛《かわい》い。

その時、ふと気付いた。

さっきまでふーちゃんと高月くんが二人っきりだったけど、今は私と二人っきりだ。

あれ？　もしやいい雰囲気？

（ん〜……）

これってチャンスかな？

るーちゃんの「抜け駆けはダメよ！」って顔が脳裏に浮かんだ。

どうしよう？

…………………よし！

あとでいっぱい謝ろう！

「ねぇねぇ、高月くん。ここでクイズです」

「え、なに？　急に」

きょとんとした顔で高月くんが、こちらを見つめる。

「あるところに若い男女が居ます。そこは寒くて、女の子は震えています。さあ、一緒にいる男の子はどうするのが正解ですか？　あ、魔法は使っちゃダメだよ？」

私はぴったりと高月くんにくっつきながら質問した。

彼は一瞬、目を丸くして、その後何かに気づいたように視線をそらした。

「あ、あー、うん。それは……」

高月くんもこっちの意図が伝わったのか、若干顔を赤らめながらも私に近づいてきた。

「どうするのが正解ですかー？」

私はさらに顔を近づけて覗《のぞ》き込んだ。

「こうかな？」

高月くんが、私をぎゅっと抱きしめた。ふへへー、あったかい。

私も、ぎゅっと高月くんを抱きしめ返した。

「正解？」

耳元で高月くんの声が響く。

「んー、半分正解かなー」

「半分？」

高月くんが、怪訝《けげん》な顔をする。

「ん」

私は目を閉じて、顎を少し上げた。

「あー……」

高月くんの少し呆《あき》れた声が聞こえた。そのまま待っていると。

——私の唇に、温かい唇が重なった。

私を抱きしめる力が強くなる。私も、強く抱き返した。

高月くんの速い鼓動が聞こえる。でも、私はきっともっと速い。

永遠に続けばいいのに、と思ったけど幸せな時間はほんの十秒ほどだった。

「正解？」

赤い顔の高月くんが、聞いてきた。

「正解」

私ははにかみながら、答えた。

「じゃあ、次の質問です！」

「つ、次？」

高月くんが目を丸くする。

「ここは氷の中だけど、私を温めるにはどうしますか？」

「……いや、それは」

高月くんの目が泳ぐ。

照れているのか迷っているのか、視線が空中をさ迷っている。

「ノア様……、いや、でもですね。あーあ、『RPGプレイヤー』まで……」

高月《たかつき》くんが小声で、何かつぶやくのが聞こえた。

その間に、私は高月くんのジャケットのボタンを外した。

高月くんは少し驚いた顔をしたが、それだけだった。

「さぁ、答えをどうぞ」

私が言うと、高月くんは困ったように微笑《ほほえ》んだ。

「えっと、じゃあ………わかった」

そう言って高月くんの手が、ゆっくりと私の胸元に伸びた……。

◇高月マコトの視点◇

目の前には顔を真っ赤にして、こちらを見つめるさーさんが居る。

中学一年の時、なんとなく話しかけられて以来の友人。

俺の部屋で一緒にゲームをすることは多かったが、前の世界では二人っきりでも『そーいう』雰囲気になったことは無かった。

こっちの世界で再会して、色々あったが『一線』は越えていない。

主に俺がヘタレていたからだけど。

「高月くん……」

俺の身体に、さーさんの胸がぴったりとくっつけられている。

さーさんの早鐘のような鼓動がこっちに伝わる。きっと俺も似たような状況だろう。

「さ、さーさん……」

ゴクリ、と喉が鳴った。ここで手を出さなければ、漢《おとこ》じゃない。

何より、自身の気持ちも身体も高ぶっている。

俺はゆっくりと、さーさんの服のボタンに手を伸ばしそれを一つずつ外して……徐々に白い肌が露わになり……。

「修行中のところ失礼します！　勇者マコト様！　オルト団長から一万の魔物を無力化する大魔法を使われた後なので、本日はお休みいただくようご伝言をうけ……た……ま……えっ？」

「「え？」」

突然現れた闖入《ちんにゅう》者に、俺とさーさんが振り向く。

オルト団長の部下らしき騎士さんが、ポカンとして立っていた。

その視線は、俺のはだけた服とさーさんの顔を見比べている。

俺の手は、さーさんの服の上から三番目のボタンにかかり、止まっている。

「「「……」」」

氷で作った家の中に、極寒の静寂が訪れた。

「し、失礼いたしました！」

オルトさんの伝言を持ってきた騎士さんは、もの凄いスピードで回れ右をすると走り去っていった。

「「…………」」

そして、無言の二人が取り残される。

「……ねぇ、高月くん」

「……なに？　さーさん」

「……この場所って、太陽の騎士団の人たちは知ってるの？」

「……勇者は常に準待機ってことだから、オルトさんには修行場所を伝えてあるよ」

「……そっか」

「……うん」

「……」

「……」

俺とさーさんは、しばらく無言で見つめ合った。

「か、帰ろっか」

俺が切り出すと。

「……うん」

さーさんはこくん、と頷《うなず》いた。

俺とさーさんは手を繋《つな》ぎ、とぼとぼとテントまで帰った。

◇

――テントに戻って布団に入ったはずが、気が付いたら広い空間に立っていた。

どうやら女神様に呼ばれたらしい。

「こんにちは、女神様《ノア》」

「あらあら、据膳を食べ損ねたマコトじゃない」

「マコくんー、ソフィアちゃんが寂しがってるから構ってあげてよー」

目の前に居るのは、ニヤニヤしたノア様と困った顔のエイル様である。

が、いつもと様子が違った。

「……お二人は何をしてるんですか？」

俺の目の前には、コタツに入って鍋を囲むお二人の姿があった。

「見ればわかるでしょ？　鍋よ鍋。マコトも突っ立ってないで、こっちに来て一緒に食べなさい」

「年末って色々食べ物が送られてくるんだけど、一人じゃ処理できなくってねー。良い鴨《かも》が手に入ったから、ノアに手伝ってもらってるの」

「今って年末じゃないですよ？」

「えっとね、神界の話だから。マコトの世界とは別ね」

「はぁ……」

神界にも年末があるらしい。

俺は鍋から漂う美味《おい》しそうな匂いにつられ、いそいそとコタツに足を突っ込んだ。

ぐつぐつと音を立てる鍋の中を覗き込む。白菜、春菊、人参《にんじん》、豆腐、シイタケや舞茸《まいたけ》、水菜が醤油《しょうゆ》ベースのスープの中で踊っている。

鍋の隣には、艶《つや》やかな赤色の鴨肉が並んでいた。

「ほらマコくんのお箸はこれね。鴨肉は長く熱を通すと固くなっちゃうから、食べる直前にさっと熱を通すのよ。鴨肉だけでも美味しいけど、野菜と一緒に食べるのがおススメね」

エイル様が細かくレクチャーしてくれる。水の女神様《エイル》は、鍋のルールに厳格らしい。

「別にいいじゃない、鍋くらい好きに食べれば」

一方ノア様は、いつものように適当だ。性格がでるなぁ。

「じゃあ、いただきますね」

一応、エイル様の言う通りに一枚だけ鴨肉をつかみ熱々のスープに潜《くぐ》らせた。

肉に火が通ったくらいで水菜を肉で巻き、口の中に放り込む。

(なっ!?)

口の中で肉汁が弾《はじ》け、極上の味が広がる。目の前で星が弾け、景色が虹色になった。

口の中に幸せが広がり、頭がぼんやりしてくる。

な、何だこれ!?　こ、こんな美味《うま》い肉は食べたこと無いんだけど!?

「あら、マコトがそんな驚くなんて珍しいわね」

「一応、神界の黄金鴨の一級品だもの。キャッチコピーは『一口で昇天』ですって」

「……それ、人間が食べても大丈夫なの？　エイル」

「マコくんなら大丈夫じゃない？　マコくん、念のため『明鏡止水』しておいてね」

「……食べる前に言ってくださいよ、エイル様」

本当に天国に連れて行かれるかと思った。今も俺の服を天使が引っ張ってるのが見えるんだけど。その後、女神様お二人と鍋をつつくという不思議な体験ができた。

「ところで今日は何の御用だったんですか？」

エイル様が、鍋のメを作っているのを見ながら俺は質問した。

まさか、鍋の相手を呼んだわけではあるまい。

「んー、何だっけ？　エイルが話があるって言ってたわよ」

ノア様は、ご飯の途中なのにバニラアイスをパクパク食べている。

「デザートは最後では？」と聞くと「私は食べたい時に食べる派なの！」だそうだ。

自由な女神様だ。

「そうよ！　大事な話があったの。運命《イ》の女神《ラ》ちゃんのことなんだけどね！」

エイル様は大事な話という割には、作業の手は止めない。

鍋の中には別に茹《ゆ》でられた蕎麦《そば》が、放り込まれていく。蕎麦？

「ねぇ、エイル。鍋の〆って普通は雑炊じゃないの？」

「ちっちっち、わかってないわね。鴨鍋の〆は蕎麦が一番なのよ」

「へぇー、そうなんですね」

エイル様の説明に、俺とノア様は興味深そうに鍋を覗《のぞ》き込んだ。

鴨肉から出た出汁《だし》と醤油スープが混じって、美味しそうな匂いが漂ってくる。

その間に、各自の器に蕎麦が取り分けられ、その上に鮮やかな緑色の葱《ねぎ》とキラキラ光る七味がパラパラと振りかけられる。

「はい、どうぞ」

「いただきます、エイル様」

「美味っ！　これ美味しいじゃない、エイル」

俺は器の前で手を合わせ、ノア様はさっそく蕎麦を啜《すす》っている。

三人で至福の鴨蕎麦を楽しんだ。はぁー、落ち着くなぁ。

(ん？　何かを忘れているような)

確かエイル様の話が途中だったような……。

「そうよ、イラちゃんが地上に降臨しっぱなしの件よ！」

「イラ様に話を聞けたんですか？」

俺もその話は聞き逃せないと、姿勢を正した。

「で、イラは何でずっと巫女《みこ》の中に居るのよ」

ノア様が話の続きを促す。

「それがねイラちゃん、千年前の地上の暗黒期を防げなかったことをずっと悔やんでたみたい。だから、今度は未来を読み間違えないように地上から『未来視』してるんだって。

確かに天界からだと細かい未来は視《み》えないのよねー」

エイル様は、食べ終わった食器を片付けている。

「手伝いますよ、エイル様」

「いいから、いいから。マコくんは座っててていいよー」

いいんだろうか？　女神様に片付けさせて……。

というか、ここはノア様の部屋なのでノア様がやるべきでは？

信仰する女神様を見ると、二個目のアイスを食べていた。

「何よ？」

「いえ……」

楽しそうなのでそっとしておこう。

「でもねー、地上から未来を視ると大局を見逃す可能性があるんだけど……」

「つーか、いいのかしらね。神界規定的にグレーじゃないの？」

エイル様の心配そうな声に、ノア様がツッコむ。会話の中にたびたび登場する神界規定。

ざっくり言うと『神族は地上の民に直接干渉しちゃダメよ』ということらしい。

運命の女神様《イラ》がやっていることは、割と危ない橋を渡ってたようだ。

「まぁ、それで魔王に勝てるならいいですけど」

運命の女神様《イラ》が降臨して、みんなが助かるならそれが一番だ。

その言葉に、エイル様が反応した。

「大丈夫よ、きっと。イラちゃんは真面目だし、上手《うま》くやってくれるわ」

ぐっ！　と親指を立ててウインクするエイル様。

「そうですか」

エイル様の心強い言葉にほっとする。桜井《さくらい》くんやルーシー、さーさんが無事なら良い。

その時、むむむ……とノア様が難しい顔をしているのが目に入った。

「どうしました？　ノア様」

「なんか、エイルがポイント稼いでない？　マコトは改宗しちゃだめよ？」

「いくらなんでも、それくらいじゃ変えないでしょ」

エイル様が呆《あき》れたように言った。が、ノア様は心配だったらしくこっちに近づいて来た。

「ほら、マコト。このアイスあげるわ、食べていいわよ」

「嫌ですよ、ノア様の食べかけじゃないですか」

ノア様がさっきまでパクパク食べていたアイスを、こっちに寄こしてきた。

「はぁー？　私が口にしたものを食べられないって言うの!?　生意気な信者ね。ほら、いいから食べなさい」

「ちょっと、無理やり口に押し込んでこな……むぐっ」

さっきまでノア様が使っていたスプーンで、食べかけのアイスを掬《すく》って俺の口にねじ込まれた。

口の中に冷たく甘い味が広がる。確かに美味しい。

「ほらっ！　美味しいでしょ!?」

「できれば食べかけじゃなくて、新品が良かったんですけどね」

「なんですって！　もう一回食べなさい！」

「嫌ですよ！」

「あんたら、仲良いわねぇ」

俺とノア様がじゃれあっていると、エイル様に笑われた。

その時、ふっと景色がぼやけてきた。タイムアップらしい。

「それでは、ノア様、エイル様。お話と鍋、ありがとうございました」

「じゃーねー、マコくん。戦争頑張ってね☆」

「マコト、油断しちゃダメよ」

二柱の女神様からの言葉に、俺は頷いた。

気を引き締めないと、と思いながら意識が途絶えた。

◇

目を覚ますと、何やら騒がしい。隣から騒ぐ声が聞こえる。

――『聞き耳』スキル
「アヤ！　吐きなさい！　昨夜はマコトと何をしたの!?」

「やだなぁ、るーちゃん。何にもしてないよー☆」

（げっ）

俺の話題だった。

「うそね、アヤからマコトの匂いがするわ。それに、アヤの服についてる髪の毛はマコトのでしょ。ネタは上がってるのよ！」

「はわわわわ」

ルーシーの論理的な詰めに、さーさんが押されている。

これは出ていくべきか、出て行かざるべきか……。

（よし、二度寝をしよう）

俺は決意した。

「あら、マコトが起きてるわね」

「高月《たかつき》くん、起きたね」

ルーシーとさーさんが反応した。

なんで、わかるの!?　テント内に仕切りがあるのに！

くそ、仕方ない。かくなる上は……。

「あ、私の騎士が逃げ出そうとしてるわよ。未来が視えたわ。捕まえましょう」

「姫!?」

貴重な未来視を変なところで使わんといて！

……結局、とっ捕まって全て白状することになった。

五章　高月マコトは、月の巫女と語らう

「タッキー殿！」「高月サマ！」

海を眺めながら一人で修行をしていると、後ろから声をかけられた。この呼び方をする声の主は振り返るまでもなくわかる。ふじやんとニナさんだ。

「ふじやん！　ニナさん、お久しぶりです」

俺は軽く手をあげて挨拶した。ドスドスとふじやんが駆けてくる。隣をトタトタとニナさんもついて来ている。

「お一人ですかな？　佐々木《ささき》殿やルーシー殿、フーリ殿の姿が見えないようですが」

「……あー、うん。それね」

俺は今日の午前中の出来事を、思い出した。


――昨夜、さーさんと密会していたことがルーシーやフリアエさんにバレました。

ついでにキスしていたこともバレたわけで。それを聞いたルーシーが「じゃあ、私も同じことしていいわね」と言いニマーッと妖艶な笑みを見せた。

「いや、それは……」

俺が何かを言う前に。

「仕方ないなぁ、るーちゃん。最後までシちゃダメだよ？」

さーさんが答えてしまった。あれ？　俺の意思はないんですか？

「さ、マコト。見られるのは恥ずかしいから仕切りの向こうに行きましょ」

俺の意思はなかったらしい。俺はルーシーに連れられてテントの奥の布団の上に寝転がされた。その上にルーシーが馬乗りになる。

「お、お手柔らかに」

「だーめ、夜にこっそりアヤに手を出す悪い男には、身体《からだ》にわからせてあげないとね☆」

Sっ気が入った嗜虐《しぎゃく》的な笑みは、ルーシーの母のロザリーさんを思い出させた。やっぱり親子だなぁ、なんて考えているうちに俺の前のボタンがあっという間に外される。

俺がぼんやりと、ルーシーを下から見上げていると、いそいそと上着を脱いでいる。

「ルーシーも脱ぐの？」

「だって暑いんだもの」

風呂上がりにバスタオル一枚だったり、寝ている時に脱ぎ癖のあるルーシーなので、今更上着の一枚や二枚では動揺しないが……。

「なんかマコトが冷静で腹が立つわね。よし、マコトも脱ぎなさい」

「おい！　下は脱がさなくていいだろ！」

「いいじゃない、減るもんじゃないし」

「やめろ〜〜〜！」

ルーシーがズボンやら下着を脱がそうとしてくるけど、流石《さすが》に抵抗する。が、ルーシーのほうが力が強いので抵抗は無駄なんだよなぁ。なすすべもなく脱がされていく……。

「るーちゃん、いつまで服を脱いで……って、あ——！」

「ちょっと、アヤ。邪魔しないでよ」

「ダメだよ！　そこまでするなら、私も交ざるから！」

「えー、抜け駆けしたのは、アヤでしょ」

「う〜、でもでもでも！　私も交ざる！」

「おいおい、君たち……」

さーさんまで乱入してきたので、流石に止めようと思っていたら。

「うっさいのよ、あんたら！　同じテント内で何をおっぱじめてるのよ！」

顔を真っ赤にしたフリアエさんが、仕切りを蹴飛ばした。

「戦士さん！　魔法使いさん！　二人とも正座！　あなたたちは恥じらいが無いの!?　今日こそは説教するわ！」

「えー、でも……」

「黙りなさい！」

「ふーちゃん、怖い……」

フリアエさんの剣幕に、ルーシーとさーさんが大人しく正座している。俺は半脱ぎの間抜けな状態で、取り残された。

「あのー、姫。俺は？」

「あんたは一人で修行してなさい！」

「は、はい」俺はすごすごとテントを後にした。

――ということがあった。


「た、大変でしたな……」

『読心』スキルでおおよその事情を察してくれたふじやんが、苦笑いを浮かべている。

「旦那様、私は他の皆さんに挨拶をしてきますネ」

「ええ、任せましたぞ、ニナ殿」

ニナさんはテントのあるほうにぴょんぴょん跳ねて行った。相変わらずの身の軽さだ。

「ところでふじやんは何をしに？」

戦争では、商人にとって色々な需要が発生する。ふじやんが稼ぎ時なのはわかるが、ここは主戦場とは違う辺境。もっと金になる現場があるのではなかろうか？

「寂しいことをおっしゃいますな。友人を心配して駆けつけたのですぞ。あとこれは役に立つと思って。差し入れなので受け取ってくだされ」

そう言って高級そうな木箱に入った魔道具らしきものを渡された。

「これは？」

「開けてみてくだされ。本当はもっと用意したかったのですが、十本しか用意できませんでした」

俺はどれどれと、木箱を開く。その瞬間、木箱の中からどろりとした濃密な魔力《マナ》を感じた。木箱の中には、ガラスの瓶が十本入っており、中には鈍く発光する液体が入っている。そして、魔法使いの俺にはこれがその辺で売っている魔道具とは桁違いの品であることが、わかった。現物を見ることは殆《ほとん》ど無いが……。

「ふじやん、これって……？」

「ふふふ、最上回復薬《エリクサー》ですぞ。戦争ですからな。これくらいの備えはありませんと」

「最上回復薬《エリクサー》が十本!?　一本が１００万G《ガル》以上するはずなんだけど……」

「残念ながら、戦争が始まってしまい価値が高騰しており一本１２０万G《ガル》になっております。なかなか手に入らないので、ご利用は計画的に頼みますぞ」

「……う、うん。勿論《もちろん》」

今手に持っている木箱に１０００万G《ガル》以上の価値があるとわかると手が震える。俺はそっと木箱を閉じた。

「えっと、ふじやん。お代は……？」

「拙者からの餞別《せんべつ》です。戦闘能力が無い拙者は、これくらいしかできませんから」

「ふじやん……ありがとう」

「なんのなんの」

ニカッと笑う親友は、男前だった。

「今日は、このあとどうするの？」

「こちらに一泊してから、桜井《さくらい》殿のいる戦場にも差し入れを届けようと思っておりますぞ」

「桜井くんの所は主戦場だから危険だよ？」

「決戦までには数日の猶予があると聞いておりますので」

「そうだね、運命の巫女《エステル》さんの話だと、魔王の襲撃まで数日かかるはず」

ふじやんはよく知ってる。

「じゃあ、飯でも一緒に食べよう。そろそろ姫の機嫌も直ってるといいなぁ……」

「ははは、珍しい食べ物を沢山持ってきておりますのでそれで機嫌を取りましょう」

頼りになるね！　親友。俺たちは雑談しながら、テントへ戻った。

その日は、久しぶりにふじやんたちと一緒にご飯を食べた。話題は、やっぱり桜井くんたちが戦う予定の魔王『ザガン』についてだ。ただ、魔大陸の情報はふじやんといえど入ってこないらしく、具体的な魔王の強さや姿形は誰も知らなかった。なんでも山のように巨大な体軀《たいく》をしているとか……。一体、どんなやつなんだろう？

懐かしき級友との再会だったが、少しピリピリしてしまうのは戦争中だからか。ちなみに、ふじやんに貰《もら》った最上回復薬《エリクサー》は、俺、ルーシー、さーさんが二本ずつ。残りはフリアエさんに預けることになった。

翌日、ふじやんとニナさんは慌ただしく次の場所へと移動していった。

「あら、最近はパーティー内の女に手を出してばっかりの私の騎士じゃない」

昨日と同じく一人で海に向かって修行をしていると、フリアエさんがやってきた。

「あれは不可抗力だよ。仕方なかったんだ」

とりあえず、言い訳をしておく。ルーシーやさーさんの姿は見えない。昨日は遅くまで、ふじやんやニナさんと宴会だったからなぁ。二人仲良く寝てるんだろう。

「その割には、鼻の下を伸ばしてたわよ」

「……そんなことは無い……はず」

『明鏡止水』スキルさん、大丈夫だよね？

「そのうち私も手を出されちゃうのかしら？」

フリアエさんが悪戯《いたずら》っぽい表情で、ニヤニヤしている。おいおい、いくら何でもそこまで見境なしではない。

「大丈夫、それだけは絶対ないから」

俺が断言すると、フリアエさんの顔から笑みが消えた。

「ふーん、あっそう」

つまらなそうにフリアエさんは、髪をいじりながら視線を逸《そ》らした。んー、俺の回答は間違ってないよな？

「「…………」」

何故《なぜ》かお互い無言になってしまった。何か話題を振ったほうがいいんだろうか。しかし、何を喋《しゃべ》ればいいのか。今日も綺麗《きれい》だね、とか言おうか。

でも、前に「心が籠ってない！」って怒られたしなぁ……。

「フリアエ様！」

その時、一人の男がやってきた。褐色肌に赤目銀髪の美男子。確か魔人族で、フリアエさんの幼馴染《おさななじ》みの男だ。名前は……何だっけ？

「ハヴェルじゃない、どうしたの？」

「魔人族の子供や老人は、戦場に近い海側からの避難が終わりました。ただ、地下坑道の続く限りなので、あまり遠くまでは離れることができませんが……」

「……そう、仕方ないわね」

　どうやら魔人族の男ハヴェル氏は、定期的にフリアエさんに報告を上げているらしい。律儀なことだ。それだけ月の巫女《みこ》は、特別なんだろう。

「おい、フリアエ様の守護騎士」

「ん？」俺？

「フリアエ様に指一本触れさせるな！　傷一つ負わせることも許さぬからな！」

「あー、うん。善処する」

「絶対だぞ！」凄《すご》い剣幕だ。

「もう、それくらいにしておきなさいハヴェル……あら？」

　魔人族の男をたしなめるように口を開いたフリアエさんが、何かに気付いたように海のほうを見上げた。

「私の騎士！　海を見て！」

　フリアエさんの鋭い声が響く。海岸の波は穏やかで、白い雲が幾つか流れている。遠目にはカモメの群れが見える。平和な光景だ。

「姫？　どうしたの？」

　なんもないじゃん、と続けようとして別の声が上がった。

「あれは！　飛竜《ワイバーン》とグリフォンか！」

　魔人族の男の声が上がる。魔人族は、基礎身体能力が通常の人間より優れているらしい。

俺の視力では見えないものが見えているようだ。

――『千里眼』スキル
スキルを使って遠くを見ると、カモメの群れかと思ったのは飛行型の魔物たちだった。

そして、こちらへ向かって急接近している。魔王軍か？

「マコト！」「高月《たかつき》くん！」

「ルーシー！　さーさん！　魔物の群れがこっちに向かってきてる！」

二人が慌てた様子でやってきた。既に魔物のことは気付いているようだ。

「あれは獣の王《ザガン》の配下みたい。海の魔物が駄目だったから空から来たってわけね！」

「見張りの人によると、飛行型の魔物たちが爆撃用の魔法兵器を持ってきてるって。このままじゃ、無差別に攻撃されてこの辺一帯が吹き飛ばされちゃう！」

ルーシーとさーさんの言葉に、フリアエさんと魔人族の男の顔色が変わった。

「なんですって……！」

「フリアエ様！　はやくお逃げください」

「姫、その人の言う通り避難してくれ」

「必要ないわ！　ここは私の育った国よ！　何で尻尾を巻いて逃げないといけないのよ！」

フリアエさんは強がっているが、ハラハラと空の魔物たちと自国を見比べている。避難したとはいえ、無差別攻撃となると月の国《ラフィロイグ》の民が犠牲になる可能性が高い。心配なのだろう。

「ねぇ、私の騎士。前みたいに大精霊は呼び出せないの？」

フリアエさんが同調しろとばかりに、右手を差し出してくる。

「どうかな……、海の魔物ならともかく空中を飛行する魔物相手だと、厳しいかも」

前回は敵が水中に居たからこそ通用したが、おそらく今回は無理だ。

「私は近接戦闘しか出来ないから……」

さーさんがしょんぼりとしている。

「アヤ！　大丈夫よ、私が火魔法で撃ち落としてやるわ！」

ルーシーが杖《つえ》を構えるが、敵の数は数千。隕石落《メテオ》としじゃ、焼け石に水だろう。

「ルーシー、こっちに来てくれ」

「いいけど、どうしたの？　マコト」

「高月くん。太陽の騎士団と合流したほうがいいんじゃ……」

さーさんが不安気にこちらを見つめる。

「いや、それじゃ遅い。陸地に入る前に撃墜しよう」

「え？」

俺はルーシーの肩を抱き寄せ『同調《シンクロ》』した。

オーバーラップ文庫＆ノベルス NEWS

文庫注目作
それは
全てを奪い返す
最強の能力
技巧貸与〈スキル・レンダー〉のとりかえし1
~トイチって最初に言ったよな？~
著：黄波戸井ショウリ　イラスト：チーコ

ノベルス注目作
これは、居場所を
奪われた少女が
起こす命をかけた
復讐劇――。
長い夜の国と最後の舞踏会1
~ひとりぼっちの公爵令嬢と真夜中の精霊~
著：桜瀬彩香　イラスト：鈴ノ助

◇魔人族の男ハヴェルの視点◇

――よいですか、月の女神《フリアエ》の巫女様は我々の希望なのです。

いつの日か、我ら魔人族を導いてくださる御方《おかた》。命ある限り、巫女様を……フリアエ様をお守りするのです。我ら月の国《ラフィロイグ》の魔人族は、物心ついた時からそのように教わっている。

美しくも神々しい、我らが巫女様。弾圧され、地下で泥水を啜《すす》りながらもその御姿《おすがた》を見れば皆心が救われた。我らの心の支えだった。

しかし……フリアエ様はある日、ハイランドの騎士たちに連れ去られた。

絶望した。もう二度と、巫女様には会えない。命を絶つ者もいた。救いの無い日々が続いた。しかし、月の国《ラフィロイグ》にフリアエ様が戻られた。

ああ！　よくぞご無事で……フリアエ様。月の女神《ナイア》様、感謝いたします。

再び、我らに巫女様を引き合わせてくださったことに。お会いした時、フリアエ様の肩には一匹の黒い猫が乗っていた。月の国《ラフィロイグ》では、使い魔を飼う余裕などなかった。今はその余裕があるようで、なによりだと思う。そして、いつもお側《そば》に侍《はべ》ることができるとは羨ましい限りだ。できることなら、私も側でお仕えしたい。

それは、共にいる全ての魔人族の民にとって共通の願いだろう。だが、なによりも。

月の巫女《フリアエ》様の幸せ、それだけが我らの望みである。

◇

月の国《ラフィロイグ》に、魔王軍が迫っている。魔人族である私の眼《め》には、数千の飛竜《ワイバーン》やグリフォンの群れがはっきりと見える。そして、奴《やつ》らが運んでいる爆撃用の魔道具も。あれを落とされては、我々が生活している地下施設もただでは済まない……。しかし、今優先するべきは。

「フリアエ様！　はやくお逃げください！」

私は叫んだ。

「嫌よ！　みんなを放っておけないわ」

お優しいフリアエ様は、月の国《ラフィロイグ》の民を見捨てて逃げたりはしない。かくなるうえは、無理やりにでも遠くへ逃がすか？　しかし、フリアエ様の命令に逆らうなど……。

「マコト、太陽の騎士団たちと合流しましょう！」

「高月くん、ここにいちゃ危ないよ！」

フリアエ様の仲間たちの声が聞こえた。確かにここで単独行動をするより、癪《しゃく》ではあるがハイランドの軍と合流していただいたほうが安全だろう。

「私の騎士！　なんとかならないの!?」

フリアエ様は、どうやら自分の守護騎士に声をかけている。なぜ、我々を頼って下さらないのか。が、肝心のフリアエ様の騎士はというと。

「うーん……」

ぼんやりとした表情で、危機感をまるで感じさせない声で空を見上げていた。何をしているのだ、この男は！　数分もしないうちに魔王軍がここまでやってくるというのに！

「ここで倒しておこう」

「「「え？」」」

守護騎士の男の声に、仲間たちの驚きの声が響いた。そして私もまた、この男の発言の意図が読めなかった。あの数千の魔王軍に対して、何ができるというのだ。

「ルーシー、こっち来て」

「えー、何よ？」

ひょいひょいと、手招きをする守護騎士の男。赤毛のエルフの娘が、ふらふらと近づいていった。

「ねぇ、のんびりしている場合じゃ……きゃっ」

「ルーシー、魔力《マナ》を借りるよ」

そう言うや、守護騎士の男は赤毛のエルフを抱き寄せ――キス、を、し、た。

（…………は？）

何なのだ、この男は!? 今がどんな事態かわかっているのか! ダメだ、こいつにフリアエ様の守護を任せておけない。今すぐ巫女様だけでも安全な場所に避難させなければ。そう思って、私がフリアエ様とその仲間の方を見ると。

「む〜〜」

頬を膨らませる茶髪の町娘のような女の子と。

「ぁ…………」

羨ましそうに、守護騎士と赤毛のエルフを見つめるフリアエ様が居た。

フリアエ様? 何故そのようなお顔を……。まさか、その男のことを……?

「おい! 貴様はこの非常事態に何をしているのだ!」

イライラとした私は、魔王軍が迫っているにもかかわらず、のん気に女と接吻《せっぷん》をしているこの男を怒鳴った。非常識にもほどがある。

「そ、そうよ、マコト! いきなり過ぎ……んんー!」

「もう少しもう少し」

エルフの女が文句を言うのも構わず、守護騎士の男はキスを続けている。

この男……あ、頭がおかしいのではないか!

「お前! 今がどんな状況……か」

言葉を発せたのは、ここまでだった。目の前の光景に、絶句する。

――どこまでも広がる無数の火の粉が、目の前で舞っている。

何……だと……？　あたりを見渡すと、赤い光が光っては消えている。

「わっ、熱っ！」「なうなう！」

町娘のような女の子と、黒猫《ツイ》が火の粉から逃げる様に手を振っている。

空気が乾いていく。チリチリとした熱気が、頬を焦がしているような錯覚を覚えた。

そして、魔人族の鋭敏な感覚によって空中の魔力《マナ》があり得ないほどに増しているのを感じた。こ、これは一体……？

「ちっ、熱いわね。……火の精霊……かしらね」

腕組みをしてフリアエ様が不機嫌そうにつぶやくのが聞こえた。

「精霊……？」

「そうよ、ハヴェル。私の騎士は精霊使いなの。まあ、見てなさい」

私の言葉にフリアエ様が答え、守護騎士の男を顎で指した。そちらに視線を向けると。

「……………火弾《ファイアボール》」

発せられた魔法は、火の初級魔法。魔人族なら三歳児でも使えるような魔法だ。なぜ、そのような貧弱な魔法を……？　私の疑問は、次の瞬間に消え去った。

……ズズズズズズズズズズズズズズズズズ
空を見渡す限りの火弾《ファイアボール》が埋め尽くしていた。その数はざっと数万以上。なん…………だ…………これは？

「ねぇ、マコト。何で火弾《ファイアボール》なの？」

「楽だから」

「……あ、そう」

守護騎士の男と赤毛のエルフの世間話のような会話が聞こえた。まさか、この魔法はこの男がたった一人で発動させたのか？

「見て！　魔物たちが戸惑ってるよ！」

町娘のような女の子の言う通り、突如現れたバカげた数の魔法に魔王軍の魔物たちが隊列を乱している。

「おっと、逃がさないからな」

それまでのとぼけた表情が無邪気な笑みに変わり守護騎士の男が右手を掲げた。

「取り囲んで、焼き尽くせ」

その言葉と共に数万の火弾《ファイアボール》が魔物の群れを包み込むようにゆっくりと動き出した。

いや、ゆっくりに見えるが、実際は恐ろしいスピードで数千の魔物が炎の檻《おり》に閉じ込められた。この数をたった一人で操っているのか？　信じられん。

だが、魔人族である私には、守護騎士の男と数万の火弾《ファイアボール》が魔力連結《マナリンク》で繋《つな》がっているのが視《み》える。魔力連結《マナリンク》とは、魔法を発した後にも魔法をコントロールするための技だ。魔法の熟練度を上げれば、数多くの魔法を魔力連結《マナリンク》で自在に操れるのだが……、これほどの規模と数は見たことが無い。

――ギャアア!!　アアアアアアアアアッ！！！

空から魔物たちの悲鳴が聞こえ、黒焦げになった魔物たちが次々に海に落下している。

「うわ……エグ」

「わー、高月《たかつき》くん、容赦ないー」

フリアエ様と町娘のような女の子が、嫌そうな表情でその様子を眺めている。

が、それだけだった。二人とも、その光景を当然のように受け入れていた。私は……言葉を発することができなかった。次々と撃ち落とされる魔物たち。あるいは、爆撃用魔道具に誘爆し空中で大きな爆発が起きている。一つくらいの街ならば滅ぼせそうな規模の魔王軍が、なす術《すべ》もなく蹂躙《じゅうりん》されている。これが……フリアエ様の守護騎士。悔しいが、魔人族の戦士が数百人束になっても同じことはできまい。

「ちょっと！　私の騎士！　いつまで魔法使いさんと引っ付いてるのよ！　そろそろ離れなさい！」

「そーだよ！　もうキスしなくてもいいよね!?　高月くん！」

「あら、ダメよ。もっと同調《シンクロ》してなきゃ。ね、マコト？」

「あ、うん。えっと、どうしようかなー」

上空の惨状とは真逆の、のん気なやり取り。しかし、私には仲間と会話をしながらも、一本も魔力連結《マナリンク》を切らずに魔法を操っているのが視え、その事実が恐ろしかった。

こうして数千の魔物の群れは、一匹たりとも月の国《ラフィロイグ》の大地を踏むことなく焼け落ちた。

◇高月マコトの視点◇

六国連合軍の定例報告会議にて。

「……獣の王ザガンの強襲部隊と交戦したと？」

声の主は六国連合の総大将であり、太陽の騎士団のユーウェイン総長だ。

「はっ、敵は空爆を目論《もくろ》んでおりそれに気づいた勇者マコト殿が単独でこれを撃破しました」総長の問いに、オルト団長が答えている。

「敵の数は？」

「正確なところはわかりませんが、報告によると五千体は超えていたようです」

「それを退けたということか」

「いえ、殲滅しました」

「…………殲滅《せんめつ》？」

「全ての敵は、撤退すらできずマコト殿によって撃墜されました」

ユーウェイン総長が、眉間にしわを寄せ顎に手をあてて何かを考え込む仕草をした。が、それ以上深くは聞いてこなかった。

「それで、我が軍の被害は？」

「ゼ、ゼロです」

「……そうか、わかった。詳細はあとで聞こう」

「はっ！」

ユーウェイン総長とオルト団長だけの会話で、報告は終わった。俺は口を挟まず、それを聞いていた。一応、今回の俺の行動も作戦には反しているので作戦無視である。が、どうやら大賢者様がこっそり『好きに動け』という命令を投げてくれているらしく、不問になるだろうとオルトさんには言われている。

「「「…………」」」

その会話の間に、こちらに視線を向ける人たちがいる。

忌々しげな表情の女神教会の教皇。興味深そうな顔をした運命の巫女《エステル》さん――もとい運命の女神《イラ》様。剣呑《けんのん》な目をしているジェラさん。ニヤニヤとしている大賢者様。苦笑している光の勇者桜井《さくらい》くん。そして、じーっとこっちを猫のような目で見つめるソフィア王女様。毎度、心配かけてすいませんね。

続けて他の人の報告は、昨日と変わらず敵の陽動に惑わされず戦力を温存するというものだった。ただし、『獣の王《ザガン》』の本陣が海を渡り始めているということで、いよいよ本格的な戦争を感じた。恐らく二、三日後には魔王軍の本陣との戦闘に入るであろう、という総長の言葉で軍議は終わった。


「あら、おかえりマコト。あー、よく寝た」

「高月くんー、お疲れ様」

「ほら、ツイ。これが煮干しって言うらしいわよ。食べなさい」

「なうなう」

テントに戻ると、仲間たちが昼寝をしてたり、甘味を食べたり、猫に餌をやったりとのんびり過ごしていた。ちなみに甘味や煮干しはふじやんが置いていった。猫に煮干しって、あげてもよかったっけ？　まあ、うちの黒猫は魔獣らしいから、いっか。

「そろそろ主力部隊は、魔王軍の本陣との戦闘に入りそうだよ」

「「！」」

俺がそう言うと、流石《さすが》に三人の表情が真剣になる。ついでに黒猫にもその空気が伝わったのか、姿勢を正している。可愛《かわい》い。

「じゃ、俺は修行してくるから」

「えっ、マコト。今から？」

「オルトさんに休んでおけって言われてたよ、高月くん」

ルーシーとさーさんに驚かれた。まあ、派手な火魔法を使ったばっかりだから、オルトさんの言い分はわかる。けど……。

「何か修行してないと落ち着かなくて」

桜井くんたちがもうすぐ魔王と戦うってのに、こんなのんき気にしてていいんだろうか？

いや、よくない。仲間たちに文句を言われつつ、テントを出た。

俺は日が暮れて薄暗い野営地の中を進んだ。野営地の端っこにある小さな泉。そこが俺の修行場所である。俺は泉の前に跪《ひざまず》いて、短剣を両手で握り、女神様《ノア》へお祈りした。修行前のルーチンだ。

「×××××××××××（精霊さん、精霊さん）」

いつものように水の精霊に呼びかける。が、反応が悪い。

（（（（（（（……………）））））））

おっと、昼間に火の精霊と遊んだので水の精霊の機嫌が悪いですね。

「×××××××××××（ごめん、ごめん）」

それをなだめたり、笑わせたりして、ご機嫌をとって、しばらく過ごしていた。地道な作業だが、精霊使いにとっては必須の作業である。

ふと夜空を見上げた。今日も雲が無く、星がよく見える。

そして大きな月も。誰かの足音が近づいて来た。振り返るとそこには。

「何か用？　姫」

「ねぇ、私の騎士。ちょっと、いいかしら」

やってきたのは月の女神《ナイア》の巫女《みこ》であるフリアエさんだった。

◇フリアエ・ナイア・ラフィロイグの視点◇

——西の大陸にはこんな言い伝えがある。

千年よりはるか以前。救世主アベルの活躍した頃より前の時代から語り継がれている昔話。それはとある国の姫と騎士の物語。


舞台は、この大陸のどこかで栄えた小国。

その国に、東の大陸から一人の魔女がやってきた。魔女は、凄《すさ》まじい魔法の使い手であった。魔女は身体《からだ》の悪かった国王の病気を治した。妻を亡くし悲しみに暮れていた宰相の心を癒した。足を失った将軍に、魔法の義足を与えた。

魔女は、国王を、宰相を、将軍を、国の重要人物を少しずつ籠絡していった。気付いた時には、その国は魔女のものになっていた。国を支配した魔女は、民から搾取し、贅《ぜい》の限りを尽くした。

その国には聡明《そうめい》な姫がいた。

魔女に国を乗っ取られた姫は、幼馴染《おさななじ》みの騎士とたった二人で国を追われることになる。途中、様々な苦難に見舞われながらも、各地で味方を集め。最終的には悪い魔女を倒し、国を取り戻した。

姫は偉大な女王となり、彼女を支えた騎士は救国の英雄と称《たた》えられた。西の大陸で救世主アベルの話と並んで人気がある『姫と守護騎士』の物語である。守護騎士契約の成り立ちは、この話が元となっている。私は、この話が好きだった。月の国《ラフィロイグ》の民は、救世主アベルの話が好きではないから話したがらないということもあるが。

幼い頃から何度も聞かされてきた。

『姫と守護騎士』の物語で、私の好きなセリフがある。騎士が姫に向かって言う言葉だ。

――我が姫。世界中があなたの敵となっても、私だけはあなたを護《まも》り続けます。

呪われた巫女として大陸中の民から疎まれている身として、非常に心に響くセリフだった。いつか私にこんなことを言ってくれる守護騎士が現れないかしら、と夢見ていた。しかし、現実は違った。

「巫女様」「フリアエ様」「月の女神《ナイア》の巫女様」「美しき我らが巫女様」「何でもお申し付けください」「あなたへこの命を捧《ささ》げます」

私の周りは、私に魅了された人々で溢《あふ》れかえっている。月の女神ナイアが私にかけた祝福《のろい》。この世の全ての生物は、私の美しさに魅了される。

おかげで、出会う男は勿論《もちろん》、女でさえも私を一日見れば好意を抱く。

だから、周りの人々は私を護ってくれる。ただし『姫と守護騎士』の物語のような忠誠心に溢れてではなく、ただ私に魅了されただけだ。見た目がいいから、私を好いてくれるのだ。それが私には酷《ひど》く薄っぺらいものな気がした。でも、現実はそんなもんだろうと、諦めていた。


——ある日、一人の男と出会った。


桜井リョウスケ。

彼は異世界から来た『光の勇者』だった。最初、私を捕らえにきた彼は、私の身の上話を聞き、私に同情し、そして好意を向けてくれた。そして何より『光の勇者』には私の

『魅了』が効きづらかった。『魅了』されてない状態でも、私の味方をしてくれた。

「フリアエ、困ったことがあれば助けに行くよ」

「……そう」

うれしかった。

初めて人を好きになった気がした。だけど、彼は『光の勇者』。婚約者は、大陸最大の国家ハイランドの王女ノエル。他にも大勢の婚約者が居るらしい。

それに月の国《ラフィロイグ》の民は、太陽の国《ハイランド》を嫌っている。太陽の国《ハイランド》の勇者である桜井リョウスケと私が結ばれる事は望まないだろう。

つまり叶《かな》わぬ恋だ。

（……ま、初恋は実らないって言うしね）

そもそも全ての人を魅了してしまう私が、人を好きになれたのは僥倖《ぎょうこう》だった。忘れよう……と思った。苦く、甘酸っぱい思い出。それだけだ。


――次に変な男と出会った。

高月《たかつき》マコト。

彼もまた、異世界からやってきた人物だ。その名前は、リョウスケから何度か聞かされていた。とても信頼できる、凄《すご》いヤツなんだと。『光の勇者』のリョウスケからこれほど慕われるとは、一体どんな人なんだろう。さぞ、立派な傑物だろうと想像していた。

だが、実際に会ってみると、気弱そうで、身体もひょろくて、押せば倒れてしまいそうだ。魔法使いなのに魔力《マナ》がそよ風程度しかない。仲間の魔法使いのエルフの女の子や、異世界から来たという戦士の女の子のほうがよっぽど強い。

少々、がっかりした。

しかし、彼は一応水《ローゼス》の国の国家認定勇者だ。そこで、私は高月マコトと『守護騎士』契約することで、太陽《ハイランド》の国から逃げ出そうと試みた。が、ここで想定外の事態になった。

高月マコトには、私の『魅了』が一切通じないのだ。

話が違うわよ！　月の女神《ナイア》！　全ての生物は、私に魅了されるんじゃなかったの！

勿論、過去に一度しか会話をしたことがない月の女神《ナイア》が応えるはずもなく。だけど、高月マコトは私の『守護騎士』になってくれた。どうやら彼は、お人好《ひとよ》しらしい。

太陽《ハイランド》の国を出たら、適当な理由をつけて『守護騎士』契約は打ち切ってしまおう。

私は魔人族の血を引いていて人族から嫌われている『月の巫女』。救世主アベルの物語の悪役『厄災の魔女』の生まれ変わりだ。そのうちパーティーを追い出されるだろう。

そんな風に考えていた。

『邪神の使徒』であった高月マコト。『魔族とのハーフ』の魔法使《ルーシー》いさん。魔物である

『ラミア族』の戦士《アヤ》さん。みんな、ひと癖あるパーティー仲間だった。

でも、みんないい人たちだった。誰も私のことを疎んだりしなかった。

私はパーティーを抜け出すタイミングを逃し、気が付くと居着いてしまっていた。

（しばらくは、ここに居てもいいかな……）

そう思った。平和だった。たまに、高月マコトが魔物の群れに突っ込んだり、石化したりした。生まれた時から月の国《ラフィロイグ》の薄暗い地下で育った私にとって、水の国《ローゼス》、木の国《スプリングローグ》、火の国《グレイトキース》を巡るのは楽しかった。あまり好きではなかった『運命魔法』や『呪い魔法』を使って、水の街マッカレンで魔法使いさんがピンチになるのを知って駆けつけたり、木の国《スプリングローグ》で石化されたエルフ族を助けたりした。大変だった。でも充実していた。いつか月の国《ラフィロイグ》に戻らなきゃ、と思いつつ一緒に過ごしていた。


しかし――――最近、イライラすることが多い。

原因は多分……私の騎士――高月マコトのせいだ。高月マコトは『魅了』されない。

それだけでなく『未来視』もできない。何を考えているのかわからない。月の巫女の『守護騎士』なのに、私の側《そば》に居ない。いつも修行しているか、どこかで女と会っている。

別にいいわ。

私と高月マコトの関係は、守護騎士の契約関係。仕事上の付き合いだ。気にする必要はない。気にする必要はないのだが、最近の高月マコトを見ているとイライラする。

今回の戦争では無駄な戦闘を避けるという作戦なのに、一人で勝手に戦うし。

私の言う事全然、聞かないし！　気が付くと女とイチャイチャしているし！

最後のはいいか。私に関係ない。いや……、もしかして私は高月マコトが好きなのだろうか？　でも、これはリョウスケを思う気持ちと全然違う。

ただただイライラするのだ。

高月マコトのことを好きなのは、魔法使い《ルーシー》さんや戦士《アヤ》さんだ。

そこで彼女たちに聞いてみることにした。

「ねえ、魔法使いさん、戦士さん。あなたたちってどうやってあの男を好きになったの？」

「突然ね、フーリ」

「どうしたの？　ふーちゃん？」

きょとんとした顔で、二人が振り向く。高月マコトは軍の会議に参加しているので不在。

聞き出すには絶好の機会だ。

「ま、知りたいなら教えるわ！　私は大鬼《ビッグオーガ》に襲われてる所を助けてもらった時かしら。そのあとグリフォンに襲われた時なんて、魔物が私を狙ってる所を瀕死《ひんし》になってまで助けてくれたの！　あの時には、マコトにならなら抱かれてもいいって決めてたもの！」

「そ、そう……戦士さんは？」

魔法使いさんのテンションが一気に上がった。高月マコトの話になるといつもこうだ。

「私は高月くんと一緒に遊んでた時からかなー。あ、前の世界の話ね。中学の時から放課後は高月くんの部屋に入り浸ってたんだけど、なんか一緒に居ると落ち着くんだよねー。でも最近は二人っきりになれる時間が減っちゃったなぁ。あー、この前はおしかったなー。もうちょっとだったのに」

「抜け駆けはダメよ。アヤ」

戦士さんの言葉に、魔法使いさんが睨《にら》んだ。

「はーい、反省してまーす」

「絶対してないわね」

魔法使いさんと戦士さんがほっぺたを引っ張り合っている。仲良しだなぁ。

うーん、と私は考えた。

危機《ピンチ》を助けて貰《もら》った魔法使いさん。昔から一緒の時間を過ごしてきた戦士さん。

どちらも私には無いものだ。参考には、ならないみたい。

「ま、アヤと比べると私の方がドラマチックよね」

ふふん、と魔法使いさんが胸を張って言った。

「わかってないなー、るーちゃん。こーいう日常から好きになるのがいいんだよ。それに付き合いの長さは私が一番だもんねー」

やれやれと、首を振る戦士さん。

「そんなこと言ったら異世界に来てからの付き合いは私が一番よ。それにやっぱり男は女の子のピンチを助けたいものよ。ヒーロー願望っていうらしいわよ」

「はぁ……るーちゃん。それで惚《ほ》れるのチョロインって言うんだよ。残念ながら、るーちゃんはそれだね」

「はぁ!? それを言うなら幼馴染みヒロインは負けヒロインだって昔、マコトとふじやんさんが話してたわよ」

「あのオタクたちめ……。残念でしたー、幼馴染みヒロインは小学校からなんですー。中学からの友人は幼馴染みヒロインじゃありませんー」

「うぐぐ……異世界のルールは面倒くさいわね。じゃあ、アヤはモブヒロインね」

「はぁ!? 喧嘩《けんか》売ってるの、るーちゃん」

「先に売ってきたのは、アヤでしょ!」

魔法使いさんと戦士さんが鼻先をくっつけて睨み合っている。ああ、喧嘩になっちゃう! と出会った頃なら心配してたかもしれない。でも、この二人の言い合いはただのじゃれ合いだ。それにしても『チョロイン』とか『ヒロイン』って何なのかしら。

異世界用語は、よくわからないわ。

「じゃあ、今日の夜マコトのベッドに忍び込んで決着をつけるわよ、アヤ!」

「望むところだよ、るーちゃん。可愛《かわい》い下着を選んでおいてよ」

「どうせ脱ぐのに？」

「高月くんに脱がしてもらうなら、可愛い下着がいいでしょ？」

気が付くと話が盛大に脱線していた。ていうか、なんて話してるの！

「ねぇ！　私も同じテントに居るってわかってる!?」

「やんっ！」「きゃん！」

流石《さすが》に会話の内容を看過できず、私は魔法使いさんと戦士さんの頭をはたいた。放っておくと、どこまでも暴走する二人だ。しかも冗談じゃなくて、本気で実行するから困る。

「「……」」

魔法使いさんと戦士さんが、こちらをじっと見つめてきた。

「最近、フーリがマコトの事だとマジになるのよね」

「ねー、すぐ怒るよね」

「な、なにがよ！　そんなことないわよ！」

私はふんと、顔を逸《そ》らした。魔法使いさんと戦士さんは、顔を見合わせている。

「どー思う、アヤ？」

「ま、ふーちゃんがそう言うなら、そーなんじゃない？　ふーちゃんの中では」

く、何よ、全然信じてなさそうな会話は！

「そうだ。話が変わるけど、るーちゃん。太陽の騎士団の女騎士さんが高月くんに声かけようかって、言ってたよ」

「えっ!? なにそれ！」

「噂話《うわさばなし》を聞いたんだけど、高月くんが狙われてるみたい」

「まだ戦争中なのに、危機感が足りないんじゃないかしら！」

「だよね！」

プンプンと、二人して怒ったような態度をとっているがあんたたち二人も色ボケしてるわよ。今は二人して好きな男のことを、あーだ、こーだ文句を言っている。

やれ鈍感だの、すぐフラグを立てるだの。文句を言いながらも二人とも楽しそうだ。

（……にしても）

二人を見て思う。やっぱり私は、この二人とは違う。高月マコトが好きってわけじゃない……はずだ。だってイライラするだけだから。

それから、しばらくして私の騎士が戻って来た。会議の内容を共有して、早々にまた修行に行ってしまった。魔法使いさんと、戦士さんはおしゃべりして、しゃべり疲れたのか寝てしまった。私は――寝れなかった。

あの男は、まだ修行をしているんだろうか？ もしかしたら、またどこかの女に言い寄られたりしてないだろうか。私の守護騎士なんだから、私の側に居なさいよ。

……イライラする。

気が付くと、私は高月《たかつき》マコトが修行している泉に向かって歩いていた。

◇高月マコトの視点◇

「ねぇ、私の騎士」

月の光に照らされたフリアエさんは、手を後ろに組んで俺の周りを回るように歩いている。そちらを向くと、眼《め》をそらされた。

いつも通りの綺麗《きれい》な顔だが、口はへの字で目つきも悪い。ご機嫌斜めのようだ。

これはあれだな。守護騎士として、ご機嫌をとらねば。

「どうしました？　姫。ご機嫌麗しくないようですが」

「その口調やめなさいよ、気持ち悪い」

「ひどい」

なぜか罵倒された。

「…………」じぃっと睨まれる。

「…………？」

フリアエさんは何も喋《しゃべ》らない。仕方なく俺は修行を続ける。精霊と話したり、水魔法で蝶《ちょう》を作って舞わせた。その間も、フリアエさんがこちらをじっと見つめている。

……落ち着かない。見られながら、修行を続けた。

「ねぇ、私の騎士。水魔法って蝶以外は作れないの？」

「作れるよ。何を作ろうか？」

フリアエさんが話しかけてきた。

「大きい生き物が見たいわ」

「おーけー」

俺は水魔法でクジラを作って飛ばした。

「どう？」

「まあまあね。じゃあ次は……」

今日のフリアエさんは注文が多い。ただ、魔法を見せているうちに機嫌が直っていったのか声が明るくなった。なんだかんだ、ずっと水魔法で色々な生き物を作り続けた。

（……結構、疲れた）

「そろそろ帰る？　姫」

「そ、そうね！　遅くなったし帰るわよ、私の騎士」

俺とフリアエさんは、一緒に天幕《テント》への道を歩いた。時間は深夜0時を過ぎている。

隣を歩くフリアエさんは、鼻歌を歌っている。機嫌は直ったようだ。

「何か話があったんじゃないの？」

と俺はフリアエさんに聞いたが「何でもないわ」という返事をされた。天幕の前に戻った。ルーシーとさーさんはきっと寝ているだろうから、起こさないように入らないと。

（……隠密《おんみつ》スキル）

「やめなさいよ」

フリアエさんに頭を叩《たた》かれた。

「なに？」

俺が非難するように睨むと。

「女の子が寝てるテントに隠密スキル使って入っていくのは、犯罪臭がするわ」

「……確かに」

普通に入るか。俺がテントの入口に手を伸ばすと、

「待って！」

フリアエさんに腕を引っ張られた。

「うわっ」

巫女《みこ》の力で引っ張られると、俺の貧弱ステータスでは抗《あらが》えるはずが無く。一瞬、宙に浮くほどの勢いで引き寄せられた。

「おい、姫。いきなり何するん……」

ドン！！！！

その時、巨大な影が降ってきた。同時に地面が大きく揺れた。数メートルはある、人間ではありえない巨体。

「よくぞ避けたな！　水の国《ローゼス》の勇者！」

俺とフリアエさんの目の前に現れたのは、巨大な喋る魔物だった。いや、魔族だ。身体《からだ》を覆う瘴気《しょうき》と魔力《マナ》が、かつて木の国《スプリングローグ》で出会った魔王ビフロンスの配下、シューリやセテカーを思い出させた。

「我こそは魔王ザガン様の側近、十爪が一人疾風《しっぷう》のハヤテ！　水の国《ローゼス》の勇者の暗殺に参った！　その命、頂こう！」

なんだその頭痛が痛いみたいな名前は。あと暗殺ならもっと忍べ！

というツッコミをする間もなく、魔族が襲いかかってきた。

◇太陽の騎士団、拠点天幕内◇

本日の定例会議にはルーシーやさーさんと共に参加した。各国の要人や、大陸各地の軍事拠点の様子が通信魔法で映し出されている。

「オルトよ。もう一度言ってもらってもよいか？」

画面の向こうではユーウェイン総長が、頭痛がするかのようにこめかみを押さえている。

「はっ！　獣の王《ザガン》の腹心が一人、十爪のハヤテを討伐しました！」

「……聞き違いではなかったようだ」

ユーウェイン総長の渋面が、通信魔法でアップされている。他の面々の表情を見ると。

((((……また、こいつか))))

という心の声が聞こえてくるようだ。今回は俺じゃないんですけどね。

──『獣の王』ザガンの幹部、十爪のハヤテ。

奇襲を得意とする有名な上級魔族だったらしい。

実際、俺の危険感知やフリアエさんの未来予知をすり抜け襲ってきた。フリアエさんがとっさに助けてくれなければ、危ないところだったと思う。

奴《やつ》の狙いは水の国《ローゼス》の勇者、つまり俺だ。

近接戦闘力がゼロに近い俺にとって、敵に間合いに入られることは死を意味する。初撃は回避したが、次の攻撃で致命傷を負う恐れもあった。魔族にとっての最大の不幸は、天幕で寝ていた『火の国の国家認定勇者《グレイトキース》』の存在だろう。天幕の近くで騒ぎ過ぎたため、さーさんが起きてきた。

寝起きで機嫌が悪かったさーさんが「うっさいなー！」と言いながら『無敵時間《スーパースター》』スキルを使い、カウンターでぶん殴った。哀れな魔族は、頭を地面にめり込ませることとなっ

た。

　が、流石に魔王軍の幹部。

　その時点ではまだ生きていたが、ルーシーによる追撃の『隕石落とし《メテオ》』を食らわされて、完全に沈黙。残りの処理は、太陽の騎士団のみなさんにお任せした。

（強い魔族は、死んだと思っても復活したりするらしい）

　――という話をオルト団長が、通信魔法の向こう側の人々に説明している。

「ふむ、我が国の国家認定勇者アヤ殿。よくぞ倒してくださった。かの魔族は、奇襲・暗殺を得意としており今回の作戦でも対策に頭を悩ませておりました」

「はーい、どういたしましてー」

　タリスカー将軍の言葉に、さーさんが照れるように頭をかいている。隣のオルガさんは、面白くなさそうな顔をしている。

「ルーシー、やったわね！　でも、あんまり無茶しないでね。ロザリー義母様《かあ》みたいに魔王軍に一人で突っ込んで行っちゃダメよ？」

「そんなことしないって、フローナお姉ちゃん」

「心配だわー。ルーシーって性格がロザリー義母様に似てるもの」

「あそこまで戦闘好きじゃないわよ」

　木の巫女フローナさんとルーシーの会話は、もはや親戚同士の会話だ。一応、ここ軍議なんだけど……。

「おい！　俺たちはいつまで待機なんだよ！　こいつらばっかり好き勝手し過ぎだろ！」

切れ気味に怒鳴るのはジェラさんだ。うん、連日ずっと待機だしストレス溜《た》まってそう。

「こうも待機が続くと身体が鈍るわね」

大人しくしているが、同じくストレスが溜まってそうにぼそりと言うのは灼熱《しゃくねつ》の勇者オルガさんだ。さーさんが魔王の幹部をぶっ飛ばした話に感化されているようだ。

他の人たちにも伝染したのか、少し会議がざわつき始めた。その時。


「明日が決戦です」


運命の女神《イラ》の巫女エステルの言葉で、皆が押し黙った。

「明日『獣の王《ザガン》』が西の大陸に侵略してくる。そうですね、エステル様」

ユーウェイン総長の言葉は、質問でなく確認だった。巫女エステルが静かに頷《うなず》く。ついに魔王自らが攻めてくる。

「では、作戦を伝えよう。と言っても今回の作戦は、巫女エステル様の予知が主となっている。ご説明いただけますか、エステル様」

「わかりました」

運命の巫女エステル――に降臨している運命《イ》の女神様《ラ》が口を開く。

「明朝『獣の王《ザガン》』率いる魔王軍が商業の国《キャメロン》沿岸へ上陸します。魔王軍は商業の国《キャメロン》の街々を破壊しようとします。商業の国《キャメロン》の流通が止まれば、六国連合に甚大な影響がある。そのため我々はこれを迎え撃つ必要があります。しかし、奴らの本当の狙いは『光の勇者』の命です」

巫女エステルの透き通った声が通信魔法から響く。皆静かに耳を傾けている。

「魔王軍の歩みは遅いでしょう。なぜなら、奴らの作戦は我々を疲弊させることと時間を稼ぐこと。決戦に見せかけ、日中は決して本気ではぶつかってきません。魔王軍は戦を可能な限り引き延ばし、日が落ちるまで小さな攻めを繰り返します。そして、日没と同時に『海魔の王』フォルネウスの軍と共に、総攻撃を仕掛ける。その時、疲弊した我々はその勢いに勝てず敗北する。これが私に視《み》える運命です」

「「「「「……」」」」」

おいおい、負けてるじゃん。勿論《もちろん》、そうならないために運命《イ》の女神様《ラ》がいるわけで。皆、巫女エステルの次の言葉を待っている。

「ですから、我々は裏をかきます。連中が日没まで戦を引き延ばすなら、こちらは短期決戦です。『光の勇者』桜井《さくらい》リョウスケ」

「は、はい！」

巫女エステルに呼ばれ、桜井くんが返事をする。

「あなたは少数精鋭を率い、魔王軍の奥に陣取っている魔王を直接叩くのです」

「お、お待ちください！　それはあまりに危険では!?」

声を発したのはノエル王女だ。たしかに作戦と呼ぶには、乱暴すぎる気がした。

「大丈夫です。魔王へ挑むタイミングは正午。太陽が最も高く昇った時、『光の勇者』を傷つけられるものはいません。それに、太陽の国《ハイランド》には空間転移《テレポート》の使い手がいる。魔王との戦いの前に、消耗する心配もない」

「光の勇者くんの付き添いは我が請け合おう」

大賢者様がクールに答えた。いつも通りの落ち着いた声。頼もしい。

（でも、ヴァンパイアの大賢者様が日中に出て大丈夫なんだろうか……？）

少々、心配だ。俺の視線を感じてか、「心配するな」と言いたげに大賢者様がふっと笑った。余計なお世話だったか。仮にも千年前、世界を救った英雄だ。

「太陽の騎士団からも、団長クラスとオリハルコン級冒険者を何名かつけます。しかし、肝心の魔王の位置は戦の混乱の最中で把握できるものでしょうか？」

ユーウェイン総長が質問した。敵は二十万を超える大軍。簡単に見つかるものじゃないだろう。が、巫女エステルは自信に満ちた顔を見せた。

「問題ありません。やつらも大将である魔王が討たれることを恐れ、軍の編制を変えているようですが、私が常に魔王の位置をお伝えしましょう。私は魔王の位置を把握していますから」

「わかりました、エステル様。しかし、魔王と戦うタイミングは現場で判断します。戦局によっては光の勇者殿が敵陣に取り残される危険もある。退路を確保したうえで、魔王の首を狙います」

　巫女エステルの自信を含んだ言葉に、慎重な意見を返すユーウェイン総長。

「ええ、それで構いません。初日に上手《うま》く事が運ぶとも限らない。仕掛けるタイミングは、ユーウェイン総長の判断に任せます」

「わかりました。では、魔王の位置情報についてはエステル様の予知を信じます」

　話がまとまりそうだ。いよいよ明日、魔王との決戦。

　俺はその場に立ち会えないのが少々心残りだが……。

「つまらなそうですね、水の国《ローゼス》の勇者」

「!?」

　突然、巫女エステルがこちらを向いて発言した。

「い、いえいえ。ちゃんと聞いてますよ」

「当たり前です」

　はぁー、とエステルさんがため息をついた。

「水の国《ローゼス》の勇者と太陽の騎士団・第一師団。明日以降、月の国《ラフィロイグ》に魔王軍は現れません」

「「え？」」

俺とオルト団長の声が重なった。

「驚くことでもないでしょう。『海魔の王』フォルネウスの配下一万を撃破、『獣の王』ザガンの空戦部隊五千体を殲滅《せんめつ》、さらに『獣の王《ザガン》』の幹部『十爪』の一人を討伐、それで人族側の被害はゼロ。流石《さすが》に、あなたたちに手を出すのは割に合わないと気づいたのでしょう」

「はぁ……、そっすか」

今日のエステル様――運命の女神様《イラ》は優しい？　水の女神様《エイル》が話をつけてくれたからかな。

「ですが」

巫女《みこ》エステルが、真剣な目で軍議の参加者を見渡す。

「明日の決戦で大陸の各地、月の国《ラフィロイグ》以外で魔王軍の攻撃が激化します」

「「「！」」」

参加者に緊張が走る。

「それは、我々本軍への合流を防ぐためですね？」

「そうです、魔王軍はなるべく『光の勇者』の近くに戦力を集めたくない。やつらの狙いは、大魔王イヴリースを滅ぼしうる『光の勇者』の命を奪うことですから」

「……」

ちらりと桜井くんの方を見ると、緊張した顔が見えた。あんまり友人をビビらせないで欲しいけど……。でも、連中の狙いが桜井くんなら警告しておくことは重要か。頑張ってくれよ、桜井くん。

「つーことは、こっちにも魔王軍が攻めてくるんだな？」

「ふーん、やっとかぁ」

「民には指一本触れさせません」

「「……」」

稲妻の勇者ジェラルド・バランタイン、灼熱の勇者オルガ・ソール・タリスカー、風樹の勇者マキシミリアン・ラガヴーリンさんたちの気合が入っているのがわかる。

何を考えているのかよくわからないハイランドの国家認定勇者アレクのぼんやりした顔も映っているが。あいつは桜井くんと一緒じゃないのか？

あとは氷雪の勇者レオナード王子の緊張した顔が心配だが、マキシミリアンさんがついてるしきっと大丈夫だと信じよう。

その後、いくつかの確認事項が話され決戦前の会議が終わった。

俺はちらりと幼馴染《おさなじ》み《》の『光の勇者』の顔を見た。その横顔は緊張を含んでいて、ユーウェイン総長と何やら話し込んでいる。桜井くんが俺の視線に気づくことはなかった。

（気を付けて。怪我《けが》するなよ）

と心の中でエールを送り、俺は通信魔法が切れるまで画面を見続けた。

寝泊まりしている天幕《テント》に戻り、留守番していたフリアエさんと会議の内容を共有した。

フリアエさんは「そう……」と静かに話を聞いていた。

明日桜井くんが魔王軍と戦うわけだが、どんな心境なんだろう、と思っていたのだが。

途中「私の騎士、不安なの？」と逆にツッコまれた。俺はそんな不安気な表情をしていたんだろうか？

「まあね」と曖昧に返事した。

「落ち着かないから、修行してくるよ」

そう言って俺は天幕を出た。

「また、魔族に狙われるよ。マコト。大人しくしておきなさいって」

「そうよ、高月《たかつき》くん」

ルーシーとさーさんに止められたが。

「大丈夫大丈夫。エステルさんがもう魔王軍は来ないって言ってたから」

実質、運命の女神様《イラ》の太鼓判だ。きっともう来ないんだろう。

明け方近くまで修行した。

翌日は、巫女エステルの言う通り平和な一日だった。

俺は落ち着かないながら一日を過ごし——そして、夜になった。

◇

その日の会議は始まる前からざわついていた。まだ、会議は始まっていない。ぽつぽつと、通信魔法の接続画面が立ち上がる。しかし、今日の参加者の一部は『何か』を知っているのか、落ち着かない様子だった。

（……何かあったのか？）

何かあったなら、それは六国連合軍と魔王軍の戦いについてだろう。

俺は『聞き耳』スキルを使って、人々の会話に耳を傾けた。

……その話は、本当なのか？

……いくらなんでも早すぎるのでは？

……信じられん、こんなに上手くいくとは。

そんな会話だ。そして、誰かがぽつりと言った言葉が耳に届いた。

——光の勇者《さくらいくん》が、魔王ザガンを討ち取ったらしい。

六章　高月マコトは、不穏になる

「魔王ザガンは、光の勇者様によって討ち取られました！」

会議の開始直後、若い騎士が興奮気味に報告をした。

その報告にその場に居た全員が、歓喜に沸いた。

「流石は光の勇者殿だ！」「まさに救世主様の生まれ変わり！」「こちらには大きな被害もなかったらしいぞ」「それにしても運命の巫女《エステル》様の予知は素晴らしい！」「これで魔王を倒したのは、我が太陽の国《ハイランド》の勇者と水の国《ローゼス》の勇者か」「いや、水の国《ローゼス》の勇者が倒したのは死にかけの魔王。比較にならんよ」「その通りだ。この大陸の盟主はやはり太陽の国《ハイランド》だ」「他の勇者はどうだった？」「稲妻の勇者ジェラルド様や、灼熱《しゃくねつ》の勇者オルガ様も魔王軍の幹部を討ち取ったらしい」「流石は女神様に選ばれし勇者殿。まさに英雄！」

『聞き耳』スキルからはこんな声が聞こえる。素直に喜んでいる声と、政治的な思惑を含んだ声が入り混じっている。俺はふと画面に映る『光の勇者《さくらいくん》』と目が合った。

（やったよ！　高月くん）

実際に声が届いたわけではないが、そんなセリフが聞こえた気がした。ニカッと笑顔が眩《まぶ》しい。大きな怪我もしてなさそうだし、無事でよかった。

「リョウスケさん、お疲れさまでした。本当によかった」

「ノエル、ありがとう」

桜井《さくらい》くんにノエル王女が労《ねぎら》いの言葉をかけている。

「王都シンフォニアにはいつお戻りになるのですか？」

「うーん、まだ魔王軍が大陸近くに布陣しているから……」

ノエル王女は早く桜井くんに会いたいのだろう。ただ、桜井くんの言葉からまだ戦争は継続しているのだと知った。

「ノエル王女、魔王を失ったとはいえ獣《ザガン》の王の残党は数が多い。それに『海魔《フォルネウス》の王』の姿はまだ確認できていません。魔王軍が完全に撤退するまでは油断できません」

「そう……ですよね。では引き続きよろしくお願いしますね」

ノエル王女は少ししょんぼりしたあと、真剣な表情に戻した。

「でも、最近王都シンフォニア近くの魔物共がうるさいんだよね。太陽の騎士団の一部だけでも、戻ってこれないの？」

不満を口にするのは、ハイランドの第二王子だ。

「王子、王都の防衛は神殿騎士《テンプルナイト》が担っております。確かに太陽の騎士団が出払っているのは不安がありますが……」

やんわりと第二王子を諭すのは女神教会の教皇だ。

「王都の護《まも》りが不安であれば、そこで暇そうにしている水の国《ローゼス》の勇者を戻せばよいのではないですか？　月の国《ラフィロイグ》には、今後魔物は襲ってきませんよ」

「バカな！　邪神の使徒を頼るなどあってはならぬ！　いくらエステル殿のお言葉でも、それは許容できませぬ！」

エステルさんの言葉に教皇が猛反発する。

「我が戻ろう」

発言したのは、大賢者様だった。

「現在の王都シンフォニアには、女神の巫女が集まっている。他にも各国の要人が大勢居る所を狙われる可能性は高い。幸いにも魔王は倒すことができた……からな」

「大賢者様自らが!?　魔王との戦いでお疲れでしょう、ご無理はいけません！」

教皇が慌てて止める。大賢者様が魔族であることは知っているだろうに、千年前の英雄その人には頭が上がらないようだ。

「別に構わぬ。夜のうちなら空間転移《テレポート》を繰り返せば、半日で王都まで戻れる。太陽の騎士団では、移動に数日かかるであろうから我が適任だ。……それはいいのだが……」

「大賢者様。何か気になることがあるんですか？」

大賢者様の態度が気になる。らしくなく歯切れが悪い大賢者様に、思わず質問をした。

「ふむ、精霊使いくん。今回の戦で、光の勇者くんが『獣の王』ザガンを倒した。その姿は、千年前にアベルが魔王を倒す姿さながらであった。相手は千年前に見た魔王ザガンに間違いなかった。間違いなかったのだが……どうも、弱すぎた気がしてな」

「それこそが『光の勇者』桜井殿が救世主である証《あかし》でしょう！　伝説の通り、魔王を一刀両断に！」

大賢者様の言葉を打ち消すように、桜井くんを讃《たた》えるのはハイランドの宰相（だった気がする）。彼も魔王討伐の話を聞いて、だいぶテンションが上がっているようだ。

「桜井殿の強さは私も疑いませんが、大賢者様の懸念は気になります。大賢者様は今回倒した魔王を影武者と考えておられるのでしょうか？」

ユーウェイン総長が疑問を口にした。そうか、影武者というのはあり得る話だ。

「……いや、それはないだろう。あれほどの巨体と瘴気《しょうき》を持つ魔族は他におらん。千年前の記憶にもある通りの姿だった。千年の月日で老いてはいたが……」

「ユーウェイン総長殿。ご心配はわかりますが運命魔法で獣の王ザガンの命が尽きたことは、私にはわかっています。今日倒したのは間違いなく獣の王ザガンです」

ユーウェイン総長の言葉を、やんわりと大賢者様が、きっぱりと巫女エステルが否定した。その言葉に、会議に参加する面々も安心したようだ。

その後、各戦地からの報告があった。結果としては、全て人族側が勝利。つまり完勝である。

「ちっ、物足りねーな」

稲妻の勇者であるジェラルドさんのつぶやきが聞こえた。戦闘好きは相変わらずのようだ。灼熱の勇者オルガさん。風樹の勇者マキシミリアンさん。氷雪の勇者レオナード王子も勿論《もちろん》勝利している。よかった、よかった。

「では魔王軍が撤退するまで気を抜かず、何か気付いたことがあればすぐに報告をするように。また、翌日に」

ユーウェイン総長の締めの言葉で会議は終わった。


「へぇ……そう。魔王、倒したのね」

天幕内で待っていたフリアエさんに、魔王が倒された話をした。もっと喜ぶかと思ったが、意外に反応は薄かった。

「冷静だね」

「光の勇者が、魔王如《ごと》きに負けるはずないわ。倒さないといけないのは大魔王イヴリース。それ以外は雑魚よ」

「はぁ……」

魔王が雑魚か。言い過ぎな気もするけど、光の勇者は対大魔王《イヴリース》の切り札なのでここで気を抜くわけにもいかない。気を緩めるなという意味だと、フリアエさんが正しい。今回の戦は、前哨戦《ぜんしょうせん》だ。

「ねぇ、マコト。私たちはいつ帰るの？」

「もう魔物って来ないんだよね？　高月《たかつき》くん」

ルーシーとさーさんは、帰宅モードになっている。

「西の大陸から魔王軍が完全に撤退するまでは、警戒態勢を維持するんだって。俺たちもしばらくは待機かな」

「ふうん、わかった。じゃあマコトと一緒に修行するわ」

「りょーかい、高月くん。私は何か差し入れ作ってるね」

俺たちの居る太陽の騎士団・第一師団は魔物が来ないので暇である。ルーシーは俺と修行。さーさんは、ふじやんに貰《もら》った材料でクッキーなどの甘味を作って兵士さんたちに配っている。勇者お手製とあって、戦士の間で密《ひそ》かな人気なんだとか。俺も食べてみたが、メチャ美味《おい》しかった。あれは売れるレベルだ。

「じゃあ、修行に行こうかな」

「待って、私の騎士」

俺が天幕を出ようとしたところで、フリアエさんに手を摑《つか》まれた。

「姫、どうしたの？」

「運命の巫女《みこ》は、何か言ってなかった？　今後の魔王軍の動きや大魔王《イヴリース》の復活について」

「エステルさんが？　いや、魔王軍が撤退するまでは気を抜くなとしか……」

何か気になることがあるんだろうか。

「そう……。まあ、私の『未来視』はそんなに精度が高いわけじゃないから、運命の巫女が何も言ってないなら大丈夫だと思うけど、何か嫌な予感がするのよね」

「オルト団長には伝えておくよ」

「あまり気にしないで。引き留めて悪かったわね」

そう言うとフリアエさんは、黒猫《ツイ》を膝にのせて喉をごろごろ言わせている。平和だ。

天幕《テント》にはさーさんが居るし、万が一敵が来ても安心。俺はルーシーと一緒に、修行に明け暮れた。


――その日の夕刻。

「通信魔法が繋《つな》がらない？」

「ええ……原因が不明でして……」

定例会議に参加するためオルトさんの居る大きな天幕に行ったところ、なぜか会議の準備中だった。聞いたところ通信トラブルが起きているらしい。

「申し訳ありません！　すぐに復旧いたしますので……」

魔術師らしき人たちが、オルト団長に詫《わ》びている。

「おい！　魔導器に不備はないのか！」

「毎日点検をしています！　昨日までは問題ありませんでした！」

「天候は？　嵐で大気中の魔力《マナ》が荒れれば、通信が悪くなるだろう」

「嵐でも大陸中の通信が悪くなるなんて考えられませんよ」

「そもそも我々の近くは晴れてますからね」

「一体どうして……」

色々な意見が飛び交っているが、解決には至っていないようだ。

「どうしましょう？　オルト団長」

「申し訳ありません、マコト殿。会議が始まれば呼びに行かせます。一度ご自身の天幕までお戻りいただき、しばし待機でお願いできますか？」

「ええ、それは構いませんが……、うちの姫がいやな予感がすると。これは敵の攻撃の可能性はありませんか？」

「月の巫女殿《フリアエ》が……？　確か運命魔法の使い手でしたね」

俺の言葉に、オルトさんの視線が鋭くなる。

「確かに気になりますが、もし我々の通信魔法を妨害できるなら決戦の前に行うはず。魔王は既に倒されている。タイミングがおかしいでしょう」

そう言うオルトさんも、不安を感じている様子だった。

しかし、その日会議が開かれることはなかった。

俺は仲間たちのいる天幕に戻り、連絡を待った。

「ええ、ご迷惑おかけします」

「では、俺は戻りますね」

翌日の朝、そろそろ通信魔法が復旧してるかなーと思いオルト団長の天幕に顔を出した。

が、天幕内はバタついており復旧は未《ま》だのようだ。魔術師たちの眼《め》の下にクマができているところを見ると徹夜で作業していたのだろう。

「まだ、直らないんですね」

「マコト殿！　どうやら今回の通信魔法の不具合は作為的なモノである可能性が……」

「え？」

オルトさんの話では、通信魔法は空間魔法を使っている。長距離を魔法でリンクさせるには、途中に中継させる通信魔法の魔導器を設置してあるらしいのだが、昨日それが破壊されていることに気付いたらしい。

「通信魔法の魔導器は、地中深くに設置してありその場所は国家機密。太陽の騎士団以外で知るものは居ないはずですが……。今、急ぎ王都シンフォニアとの接続だけでもできないか試しています」

「オルト様！　そろそろ繋がりそうです」

「わかった！　急ぐのだ！」

「はっ！」

昨日よりも緊迫感を含んだやり取りがなされている。魔王は倒したんだよな……？　なのに何か嫌な感じがする……。モヤモヤしたまま、俺はオルトさんの隣で通信魔法の復旧を待った。その時。

「私の騎士！」

「姫？」

突然、フリアエさんが天幕に飛び込んできた。後ろにはさーさんと、ルーシーだ。ついて来たらしい。フリアエさんの顔は青ざめ、額に汗をかいている。こんなに焦っているのを見るのは、初めてだ。

「フーリ？　どうしたの？」

「ふーちゃん、顔が真っ青だよ」

ルーシーとさーさんも只事《ただごと》ではないと思ったのか、心配そうに声をかけた。

「このままだとリョウスケが……」

フリアエさんが、何かを言おうとした時。

「繋がった」

誰かの声が聞こえた。と、同時に一つの『通信魔法』が発動する。最初に目に飛び込んできたのは、運命の巫女《エステル》さんの顔だった。美しい銀髪と整った顔。しかし、その表情はいつものように余裕のある表情でなく苦々しく歪《ゆが》んでいた。

「今すぐ動ける戦力は誰が居ますか!?」

開口一番の言葉がそれだった。

「こちらに太陽の騎士団・第一師団と水の国《ローゼス》の勇者マコト殿が」

オルトさんが短く答えた。

「……だけ、ですか？」

「はい。我々は通信魔法が妨害されており、たったいま繋がったところでして。一体何が起きているのですか？」

巫女エステルは、数秒頭が痛むかのように指で額を押さえた。そして、俺たちのほうに視線を向けた。

「……このままでは『光の勇者』が命を落とします」

運命の女神《エステ》の巫女《ル》さんが、はっきりと口にした。

「はぁっ!?」

思わず声が上がった。何でそんなことに。勝ち戦じゃなかったのか。

「どーいうこと！　桜井《さくらい》くんが!?」

「うそでしょ……光の勇者様が……？」

悲鳴を上げるルーシーと、呆然《ぼうぜん》とするさーさん。フリアエさんは、青い顔をしたままだ。

「ご説明ください、エステル様」

オルト団長の声が硬い。

「………………それは」

巫女エステルは、少しの沈黙のあと口を開いた。後ろにはノエル王女をはじめ、女神の巫女たちが揃《そろ》っている。

「……魔王が代替わりしました」

代替わり？　魔王が？　俺を含めて、仲間のみんなも理解できない顔をしている。

「精霊使いくん、どうやら『獣の王』ザガンは、自分の息子に魔王の座を『継承』したらしい。地位だけでなくその力も」

忌々しげに大賢者様が語った。その顔色は青白く、機嫌が悪いというよりは体調が芳しくないように見える。

「大賢者様、王都シンフォニアに戻られたのですね」

「調子が悪そうですが、大丈夫ですか？」

「無理して戻ったらこのザマでな。だがまさか魔王の代替わりとは……。だからザガンは弱っていたのか」

「魔王の代替わりってよくあることなんですか？」

「いや、我の知る限り……少なくともここ千年は一度もなかった」

じゃあ、予想しようも無いか……。

（マコト。魔族、特に魔王クラスは寿命が長いから数千年以上生きるわ。地上の民にとっては、稀《まれ》な出来事でしょうけど、神族からしたらよくあることよ）

え？　じゃあ、運命《イ》の女神様《ラ》は予想してなきゃダメじゃん？　俺が胡乱《うろん》な目を、エステルさんに向けると目をそらされた。おいおい、ちゃんとしてくれ、運命《イ》の女神様《ラ》。

「運命の巫女よ。打つ手はあるか？」

俺の心境に反応するように、大賢者様が尋ねた。

「……現在、六国連合の主力部隊と次代の『獣の王《ザガン》』が率いる魔王軍が交戦中です。兵力は三十万対三十万で互角ですが、敵は聖神族の加護を弱める結界を張っている。そして、それが『光の勇者』の力を著しく削《そ》いでいます。詳しいことは私の『神眼』でも視《み》えない……くそっ！」

最後は、巫女らしからぬ言葉と共にドンッ！　と机に拳が打ちつけられた。

「援軍は出せないのですか？　たしか主力部隊の近くには、ジェラルド様の北天騎士団やタリスカー将軍の紅の騎士団が布陣していたはずです」

「通信魔法の妨害で、その情報を伝える術《すべ》が無いのです。すでに伝令を送っていますが到着には時間がかかるようで……」

オルト団長の疑問に答えたのは、ノエル王女だ。その声は、不安のためか震えている。

「直ちに援軍部隊を組織し、ユーウェイン総長と桜井殿のもとへ向かいます。おい！　飛竜《ワイバーン》部隊と天馬《ペガサス》部隊の全員を招集しろ！　歩兵部隊は待機、ここの指揮は以後一任する！」

オルト団長は、副官の騎士に指示を出している。焦りのためか、口調が荒い。

「我も少し休み戦場へ戻ろう。日中の移動は厳しいのだがな……。運命の巫女《みこ》よ、猶予期間はどれくらいだ？」

「…………光の勇者は、今夜を乗り越えられないでしょう」

「そ、そんなっ！」

巫女エステルの声に、ノエル王女が悲痛な声を上げる。後ろを見ると、フリアエさんはさっきから俯《うつむ》いたまま何も喋《しゃべ》らない。

「姫、運命魔法で何か視える？」

「…………沢山の魔物に喰《く》われるリョウスケが視えるわ。詳しく聞きたい？」

「止《や》めておくよ」

聞くんじゃなかった。駄目だ、いい情報が無い！

「じゃ、邪神の使徒や月の巫女が居るからだ！　そのような呪われた者たちを抱えるからこのような事態になるのだ。太陽の女神様《アルテナ》の加護が尽きることなどありえぬ。やつらが背信者だ！　こいつらが魔王軍に情報を流したに違いない！　今すぐ捕らえ火刑にするのだ、オルト団長！」

とんでもないことを言い出したのは、教皇だ。どうやら光の勇者が死ぬということで、パニックになっているらしい。

「そんな場合では無いでしょう……、教皇猊下《げいか》。水の国《ローゼス》の勇者と月の女神《ナイア》の巫女は関係ありません。ただ私の『未来視』を誤魔化せるほどの運命魔法の使い手が魔王軍に居る……、それは間違いありません」

「どうだかな！　エステル殿の『未来視』も、もはやあてにならぬ！」

「…………」

教皇は運命の巫女にも当たっている。今はそんなことを考えている場合じゃないが。

「マコト殿！　これから光の勇者殿の救援に飛竜部隊《ワイバーン》と共に向かいましょう！」

オルト団長は、既に援軍の編制を終わらせかけている。

『オルト団長と共に光の勇者の援軍に加わりますか？』

　　はい
　　いいえ

『RPGプレイヤー』スキルが問うてきた。

（ここで選択肢か……）

「オルト団長、ここから桜井くんのところまで行くのにどれくらいかかりますか？」

「通常であれば、丸一日。しかし今回は非常時。飛竜《ワイバーン》や天馬《ペガサス》に限界まで無理をさせますが半日で到着する見込みです」

　遅すぎると感じた。桜井くんは、今夜には命を落とす可能性が高い。なら半日かけては駄目だ。

「俺は別の方法で向かいます」

「「え？」」

　俺の言葉に、オルト団長と何名かが反応した。

「ルーシー、頼みがある」

「え、マコト？　わ、私？」

「高月《たかつき》くん……？」

　さっきから不安そうに俺たちの会話を聞いていたルーシーとさーさんの方へ向き直った。

「空間転移《テレポート》で俺を桜井くんのところまで跳ばしてくれ」

「そんなことが可能なのですか！」

　俺の言葉にオルト団長が反応した。が、当のルーシーが青い顔でブンブン首を横に振った。

「む、無理よ！　私はその場所に行ったことが無いし、そんな超長距離の空間転移《テレポート》なんてママじゃないと！」

「そういえばロザリーさんは、参加してないんだっけ？」

「紅蓮の魔女殿《ロザリー》は、この戦に参加していません。カナンの里に応援要請は送ったのですが不在とのことで……」

　月に修行へ行くって言ってたもんなー。月に居るんだろうか？　来てくれないかなー。

でも、居ない人は頼れない。

「ルーシー、頼む。ダメ元でいいから助けてくれ」

「……でも、上手《うま》くいくかどうか……。いや、わかったわ！　やってみる！」

　最初は自信なさそうだったルーシーだが、やる気になってくれた。

「ルーシー殿。もしそれができるなら我々も」

「やめておけ、オルト団長。我がそこの赤毛のエルフの面倒を見てきたが、こやつの空間転移《テレポート》は失敗する可能性のほうが高い。唯一成功するとすれば、仲間である精霊使いくんか、そっちの火の国《グレイトキース》の勇者くらいであろう。自分でなく、他人を空間転移《テレポート》させるには相手のことをよく知っておく必要がある。気軽にはできん」

「……そうですか。わかりました。では、我々は予定通り飛竜《ワイバーン》で向かいます。マコト殿、向こうで合流しましょう」

「わかりました、オルト団長」

方針は決まった。

「ルーシー、やってくれ」

「うん。すいません、誰か地図を見せてもらっていいですか？」

「どうぞ、ルーシー殿」

ルーシーが言うと、すばやくオルト団長の部下が、地図をくれた。

「戦場の位置は？」

「ここです。商業の国《キャメロン》の、ダンネット沿岸地域。目印はナイードの丘が……」

「私は、行ったことが無いから目的地のイメージができないわ。方向と距離だけ教えて」

「その方法は魔力《マナ》の消費が激しいですが……。相当な距離ですよ？」

「大丈夫、魔力《マナ》は足りているわ！」

ルーシーの言葉が頼もしい。本当に仲間でよかった。

「マコト。私は光の勇者様がいる戦場に行ったことがないわ。だから正確な位置には送れないと思うの。いえ、間違いなくある程度の誤差は出るわ」

「わかった。それは何とかするよ」

ルーシーの言葉に、俺は頷《うなず》いた。

「じゃあ、行くわよ」

ルーシーが杖《つえ》を両手でぎゅっと摑《つか》む。同時に、膨大な魔力《マナ》が高まっていくのを感じる。

ルーシーの口から呪文が紡がれる。

――天におわす運命《イ》の女神《ラ》様。

――私はあなたへ祈ります。

――私はあなたへ奇跡を願います……。

空間転移《テレポート》は運命魔法の一つ。それを統べるのは勿論《もちろん》運命《イ》の女神《ラ》様である。俺はちらっとエステルさんの方を見た。その視線に気づいたのか、気まずそうな目を向けられた。成功率上げてくれませんかねぇ、運命《イ》の女神《ラ》様。

(無理よ、マコト。今のイラは人間レベルに魔力《マナ》を落とし神気《アニマ》を持っていない。奇跡は起こせないわ)

そうですか、残念。折角降臨しているのに。そうしている間に、空中に次々と大量の魔法陣が浮かぶ。ビリビリと大気中の魔力《マナ》が震え地面が揺れる。

「おお……なんという魔力《マナ》だ」

「信じられん……。一人の魔法使いに扱える魔力《マナ》ではないぞ」

そんな声が聞こえてきた。ルーシーの話だと、最近ますます魔力《マナ》が増えてきてるらしい。

まだ、成長期なん？　俺の魔力《マナ》は『4』で止まってるんですけど。格差酷《ひど》くない？

「私の騎士……気を付けて」

「勇者マコト、ご武運を」

「ありがとう」

フリアエさんと、通信魔法の画面の向こうからソフィア王女がエールを送ってくれた。

「マコトさん……リョウスケさんをお願いします」

「わかりました」

ノエル王女が祈るように両手を組んでいる。

「るーちゃん、頑張って。高月くん、私もこの後追いかけるね」

「いや、さーさんは姫とルーシーと一緒に居てくれ。特に姫の護衛に」

「んー、そっか。わかった。こっちは任せておいて！　気を付けてね」

さーさんの返事に、俺は小さく頷いた。

「マコト、行くわよ」

「ああ」

ルーシーの薄く赤色に輝いた髪が揺れている。

風ではなく、吹き荒れる魔力《マナ》に髪が流されている。その姿は、紅蓮の魔女《ロザリーさん》のようだ。

「空間転移《テレポート》！！！」

ルーシーの声が耳に届くと同時に魔法が発動し、俺は光に包まれた。


体感時間は、ほんの数秒だろうか。真っ白な光の中、俺は奇妙な浮遊感に包まれた。上下左右の感覚が無くなり、無限に広がる空間に放り出された気がした。次の瞬間、ストンと地面と足がくっついた。そして、視界が開ける。

「冷たっ！」

俺の顔にシャワーのように大量の水が叩《たた》きつけられた。嵐のような大雨だ。

「水魔法・水流」

俺は水魔法で雨の動きを操った。それで何とか、前を見ることができた。

「……ん？」

目を開いた時、最初に感じたのは違和感だった。

……暗い。

今は昼前だ。こんな夜明け前のような暗さのはずが無い。俺は周りを見渡した。土砂降りの雨で、すぐに気付けなかったが、違和感の正体は上にあった。俺は空を見上げた。

（……これが原因か）

空を覆っているのは、どこまでも広がる漆黒の雲だった。雨と風が強い。嵐のような暴風雨。でもこれは予想通り。

桜井《さくらい》くん――光の勇者の能力は『太陽光を魔力《マナ》や闘気《オーラ》に変える力』。なら光の勇者を倒すには、太陽の光を遮ればいい。子供でもわかる。だから魔王軍は、天候を操って来るだろうと読んでいた。その点、俺は『精霊の右手』があれば雲《水》を操って晴れさせることができる。俺が空を晴れさせて、太陽光が復活する。太陽光で強化された桜井くんが魔王を倒す。

が、空に広がる『そいつ』は俺の目論見《もくろみ》を打ち砕いてくれた。

「…………暗闇の雲」

俺は思わず口に出した。

千年前、世界が大魔王《イヴリース》と九人の魔王に支配されていた時代。

当時、空は決して晴れぬ黒雲に覆われ、太陽の光は地上に届かなかったという。

そのため、救世主アベルが大魔王《イヴリース》を倒し、黒雲が晴れるまでの期間は『暗黒時代』と呼ばれる。異世界に来て間もない時、水の神殿での修行時代に、何度も聞かされた大魔王《イヴリース》を倒す救世主アベルの伝説。実物を見るのは初めてだが、これは大魔王《イヴリース》が扱っていたという神級魔法・暗闇の雲だ。授業で何度聞かされたかわからないくらい、有名な伝説の魔法。

空を見つめると黒雲に強い魔力《マナ》が渦巻いているのがわかる。この伝説の魔法を精霊魔法で吹き飛ばす事ができるだろうか……？　そして気になる点は、それだけじゃない。

俺は目を閉じ『聞き耳』スキルを使った。耳に届くのは大粒の雨が地面を打ちつける音。

雨音はうるさいくらいだが、それだけだ。運命の巫女《エステル》さんは、人族と魔族がそれぞれ三十万の大軍で交戦していると言った。大勢の軍勢が鳴らす地響き、声、武器のぶつかる音。いずれも聞こえない。つまり、ここは戦場ではなく、どこか離れた位置に空間転移《テレポート》した。

ルーシーの心配した通りの結果だ。

「ノア様！」

俺は空を見上げ大声で叫んだ。

(はーい☆　呼んだ？　マコト)

そのゆるい声が、俺の心を落ち着けてくれた。

「桜井くんが居る場所を教えてください」

(北西に約七十キロ。今マコトが向いている方向の右斜め前に真っすぐ進みなさい)

答えはすぐに返って来た。

「水魔法・水の不死鳥《フェニックス》」

ノア様の言葉が終わらないうちに、俺は精霊魔法で魔力《マナ》をかき集め、水魔法を発動させた。巨大な水の不死鳥《フェニックス》が発現するやいなや、俺はその背に飛び乗り北西を目指した。

横殴りの雨。荒れ狂う暴風。そして常夜のような、不気味な空。その中を全力で『水の不死鳥《フェニックス》』で飛ばす。

（そのスピードならあと一時間くらいで到着するわね）

話しかけてくるノア様の口調は軽い。

「ノア様、いくつか質問があります」

（いいわよ、聞いて）

俺は小さく深呼吸をした。

「大魔王は復活してますか？」

（してないわ）

回答は明快だった。

「じゃあ、この神級魔法・暗闇の雲は……」

伝説によると大魔王《イヴリース》が使っていた魔法のはずだ。

（それは本物の暗闇の雲じゃないわ。蛇の教団が信者の寿命を犠牲にして、生贄《いけにえ》術を使ったんじゃないかしら。その黒雲は一日もすれば晴れると思うわよ）

「なるほど」

よかった。大魔王《イヴリース》は復活していない。暗闇の雲を見た瞬間、嫌な予感がしたが今回の敵はあくまで魔王。それは変わっていない。

「じゃあ、次です。暗闇の雲は俺の精霊魔法で吹き飛ばせると思いますか?」

(……やってみないとわからないけど、多分無理ね)

「そう……ですか」

これも予想通りだが、少々落胆した。やっぱり無理か……。もしかしたら、という期待があったのだが。流石《さすが》に伝説の魔法は、個人で何とかならないようだ。俺は自分の青く細い腕に視線を向けた。

その右手に宿る精霊の魔力《マナ》は力強いが、今回はどこまで役に立つだろうか?

(あら、随分と弱気ね。マコトらしくないわ)

「ノア様……、随分、機嫌がよさそうですね」

(ふふっ、マコトもわかってるでしょ? 聖神族の女神イラがポカをやらかした。今、光の勇者を助けられるのはマコトしかいない。これ以上ないくらいの恩が売れるわよ)

「今の状況はノア様の希望通りと……?」

ノア様はこの未来を予見していた?

(何言ってるのよ。イラが見落とした未来が、封印されている私にわかるわけないでしょ)

「そう……ですよね……」

この状況は、誰にも予想できなかった。

「水の女神《エイル》様は何と？」

ノア様とよく一緒に居る水の女神《エイル》様は現状をどう思っているんだろう。

（エイルなら慌てて天界に戻っていったわよ。緊急の女神会議があるんですって。まあ、内容は光の勇者が死んだ時の今後の方針と、イラの処遇でしょうね）

「……桜井くんはまだ生きてるんですよね？」

諦めが早すぎないだろうか。光の勇者は、女神の道具なのか？　死んだ時の話なんて、するな。

（聖神族にとって地上の民は、全て駒よ。勿論、私は違うけどね）

「信じてますよ、ノア様」

と言いつつ、少しずつ不安が募る。今までは色々とラッキーが続いて、俺の周りで身近な人が命を落とすことは無かった。しかし、今の状況は過去最悪だ。

運命の女神《イラ》様が桜井くんは今夜死ぬと断言している。

（大丈夫よマコト。危なくなったら逃げればいいだけよ）

「それは……そうなんですが」

ノア様は優しい。

俺が負けないように、色々な情報をくれる。俺が死なないように、力を貸してくれる。

俺がたった一人の信者だから。俺が居なくなれば、ノア様は地上との繋《つな》がりを失う。

だから、ノア様にとって俺は最重要な駒だ。だが、俺以外の人間は？

桜井くんは、太陽の女神様《アルテナ》の信者だ。この大陸で最も信者人口が多い女神様。

ノア様にとっては、居ても居なくても大きな問題は無い。

だけど、俺は何とかして助けたい。

異世界に来てすぐの頃、最弱のスキルとステータスで途方に暮れていた時。

いつも通りに接してくれたのはふじやんと桜井くんだけだった。当時の俺などただの役立たずとしか思えなかったろうに、一緒に行こうと言ってくれた。
（マコト）
ノア様の声が優しく響いた。

「なんでしょう？」

（気負い過ぎよ。もっと気楽になさい）

「そんなことは……」

（はぁー、仕方ないわね）

次の瞬間、ふわりと俺の隣に光が現れその中からノア様が現れた。

「え？」

暗闇の雲と暴風雨で薄暗い中。

夢でなく、現実の世界。女神様《ノア》が俺の隣に座っている。

「の、ノア様？　どうしてここに!?」

「ま、誤解するのも仕方ないけど。これはただの『幻術』よ？　実際にはここにはいないわ。マコトの頭の中にだけいる姿よ」

俺の頭？　イマジナリーフレンドみたいなもんだろうか？

「ちょっと違うわね。この会話は私が海底神殿から声を届けてるから。ただ、この身体《からだ》は実際に存在しないってだけよ」

「へぇー」

そう言われても目の前のノア様は、実物にしか見えない。夢の中よりも、さらに現実感《リアリティ》がある。

「じゃあ、触ろうとしてもすり抜けたりするわけですね」

と言って俺がノア様の腕に手を伸ばすと、

――むにゅ

という感触が手に伝わった。

「え？」

何度かむにむにと指を動かすと、ノア様のぷにぷにとした二の腕の反応が返ってきた。

というか、ノア様柔らかっ！　なんだこの肌！　天使の柔肌か!?

「天使なんかと一緒にしないで貰《もら》える？　神界一だって言ってんでしょーが」

ジトッとした目で、ノア様が俺の頬をつねった。

痛くは無いが、確かにつねられている感触が伝わる。

「これ、本当に幻術なんですか……？」

「神級の幻術なら、人族にとっては現実と大差ないわ。それより、いつまで私にセクハラしてるのよ」

「し、失礼を」

ぱっと手を離した。永遠に触っていたかった……。

「今度は緊張感がほぐれ過ぎたわね～……」

ノア様が頬をぽりぽり掻《か》きながらため息をついた。

その何気ない仕草ですら美しい。にしても。

「ノア様、こんなことができるならもっと前から」

「違うのよ。今は暗闇の雲で天界の力が弱まっている。代わりに魔族たちが信仰する魔界の力、そして私たちティターン神族が司《つかさど》る自然の力が『均衡』しているわ。だからこうやって『幻術』だけでも、マコトの前に出られたの」

「そうなんですか」

じゃあ、これは良いこととは限らないんだな。

「さあ、戦場に到着するまで三十分くらいあるわ。それまでに魔王対策を考えるわよ」

「魔王について知ってるんですか!?」

「新魔王については、詳しくないけどね。先代はわかるわよ。その子供ってことなら似たようなもんでしょ」

心強い。

「じゃあ、まずは……」

俺はノア様と対魔王戦について話し合った。

「そろそろね」

ノア様が立ち上がる。時間にして数十分。

『魔王との戦い方』について、多少の知識を得た。

「ありがとうございます、ノア様。では桜井《さくらい》くんを助けに行ってきます」

「私は一緒に行けないけど、無理しちゃダメよ?」

「一緒はダメなんですか?」

隣に居てくれると心強いんだけど。

「んー、私が隣に居て話しかけても、マコト以外には見えないから空中に話しかけている危ないやつになっちゃうわよ？」
「……やめておきましょうか」
変人認定されても困る。
「じゃ、いってらっしゃい」
頭をぽんぽんとたたくと、ノア様はふっと消えた。憂鬱は消え去った。
残された俺の周りは、再び雨音だけになる。大勢の叫び声、金属同士がぶつかる音。
遠くから、何かの音が聞こえてきた。大軍の移動による地響き。戦場が近い。
魔法による爆発音。そして、大軍の移動による地響き。戦場が近い。
俺は音のするほうに真っすぐ飛んだ。
（見えた！）
波のような人の群れ。いや、人族と魔族がぶつかる戦場が見えてきた。
ただ、予想したような劣勢ではなくその様子は拮抗《きっこう》しているように見えた。
決して魔族側が優勢ではなく、一進一退の攻防のように思える。
まあ、俺は素人なので見ただけでは判断がつかないが。
（……あれが気になる）
多くの人族、魔族や魔物たちが争う戦場で異彩を放っている奇妙な物体。
それは半円形の黒いドームだった。色は真っ黒で中は見えない。

敵の魔法だろうか？　嫌な感じをうける魔力《マナ》から味方のものとは思えない。

が、どうにも情報が少ない。もっと近づいて情報を集めたい。

戦場の様子を上空から眺める。そして周りの精霊たちの様子を。

雨のためか、暗闇の雲による聖神族の加護の弱体化の影響か、水の精霊は多い。

そして、もう一度戦場を眺める。

(混戦だ……)

魔族だけで集まっていれば、戦の始まる前なら月の国《ラフィロイグ》に魔物が攻めて来た時のようにまとめて攻撃できるのだが、こう敵と味方が入り混じっていては、攻撃は難しい。

そもそもここに居るのは、魔王軍の中でも精鋭。月の国《ラフィロイグ》を襲った、陽動のための雑魚魔王軍ではない。俺の攻撃力の低い精霊魔法が通じるかはわからない。

じわりと、再び焦りが忍び寄ってくる。

(………『明鏡止水』スキル)

落ち着け。ノア様と話したことを思い出せ。俺が今できることをやる。

何ができるかはわかっている。あとは、いつ、どこでやるかだ。

「ガアー！」「ゴォオ！」

こちらに向かって獰猛《どうもう》な獣による威嚇の声が聞こえた。

あれは……ドラゴン!?　しかも、気性の荒い火竜が二匹。こいつらを相手すると精霊魔法を消費してしまう。が、敵の数を減らすなら相手をしたほうがいいはず。

少し迷った末、俺は『精霊の右手』を前に突き出した。

「……水魔法」

「聖剣技・ソニックスラッシュ！」

俺の魔法より先に、二本の閃光《せんこう》が走ったかと思うと火竜の翼がバラバラに切り裂かれた。

翼を失った火竜は悲しげな鳴き声を上げながら、落下していった。

代わりにこちらへ近づいて来たのは、天馬《ペガサス》に跨《また》がった白い鎧《よろい》を着た女騎士だった。

そしてその女騎士には見覚えがあった。

「高月《たかつき》くん!?　助けに来てくれたの！」

女騎士は、クラスメイトの女の子だった。

横山《よこやま》サキさん——桜井くんの嫁兼副官だ。

桜井くんと同じ部隊、てことは桜井くんも近くに居るはず！

「ああ、桜井くんはどこ？」

「リョウスケが、リョウスケを助けてっ！」

前に会った時の気丈な表情でなく悲痛な声を上げる姿から、危機的な状況が伝わってきた。

「落ち着いて、桜井くんはどこに？」

「……あそこよ。もう一日以上閉じ込められて出てきていないの……もう生きているかどうか……」

横山さんが指さしたのは、戦場の中央で異様な存在感を放っている黒いドームだった。

やっぱ、あれに入らなきゃダメかー……。

「こっちに来て！　高月くん」

「ああ、わかった」

現れた横山サキさんが指さす方向——黒いドームに向かって俺たちは移動した。近づくほどにその巨大さに圧倒される。東京ドームほどと思ったが、もっと大きいかもしれない。

そして黒いドームを中心に、人族と魔族が争う様子を見て違和感に気付いた。

人族——太陽の騎士団を中心とする六国連合軍が黒いドームを護《まも》るように戦っているのだ。

「横山さん、なんであの黒いやつをみんなで護ってるの？」

桜井くんが閉じ込められているなら早く壊すべきでは？　俺が聞くと横山さんは、悔しげな表情で語った。

「あの黒いドームは光の勇者だけを閉じ込める結界なの。だけど、人族は外からは入れない一方通行の結界。そして、一番やっかいなのは魔族や魔物は入ることができる……だから」

「なるほど、『条件付き』の結界か。にしても『光の勇者のみ』を対象ってのは思い切ったな。そのためだけに魔法術式を組み上げたのか」

横山さんの話を聞いて、昔の記憶を掘り起こした。昔、水の神殿で習ったことがある。

結界魔法は、敵の攻撃を防いだり、敵を閉じ込めたりするのに使う魔法だ。強力な攻撃魔法を防いだり、強い敵を封じるには膨大な魔力《マナ》が必要になる。

だがそれでは燃費が悪いので、効率よく強い結界を作るには『条件付き』という方法がある。簡単に言うと『火魔法』には強いが『水魔法』には弱い、みたいな『偏り』を結界魔法に付けることができる。そうすることで必要な魔力《マナ》は同じでも、より『火魔法』だけに強い結界魔法が使えるというわけだ。

今回、敵が用意したのは、
・『光の勇者』のみを閉じ込める
・『人族』の戦士、魔法使いの侵入を防ぐ（脱出はできる）
・『魔族と魔物』は出入り自由
こんな結界であるらしい。

「でも、結界魔法は時間さえあれば壊せるはずだよ。太陽の騎士団には優秀な魔法使いが大勢いるだろ？」

「ダメなの！　太陽の騎士団の魔法使いたちでも結界破壊に二日はかかるって！　この結

界は『聖級』クラスらしくて、壊せるのは大賢者様か太陽の光を浴びた光の勇者くらいだって……」

「なんてこった……」

大賢者様は、王都シンフォニアから引き返し中。光の勇者は、閉じ込められてしまっている。しかも『暗闇の雲』で太陽光は遮られている。こりゃあ、確かにマズいな。

「中に居るのは桜井くんだけ？」

「いいえ、リョウスケを護衛する部隊が少なくとも百名は常にいるわ。だから、一人ってことはないはずだけど……既に閉じ込められて丸一日が経《た》っている。みんな無事かどうか……」

「そっか……」

厳しい状況だ。楽観的なことは、とても言えない。話している間に黒いドーム改め、漆黒の結界の近くまでやってきた。結界の表面は、真っ黒で中の様子は視《み》えない。

どれ、一発魔法でも打ち込んでみようかな？　と思ったら先に横山さんが動いた。

「聖剣技・ライトスラッシュ！」

横山さんが、先ほど二匹の火竜を倒した時よりも巨大な閃光を剣から放った。巨大な光斬が結界に迫る。が、漆黒の結界に触れた瞬間、光斬がスッ……と、消えた。

「吸収された……？」

「わからないの……。魔法使いの人たちも初めて見る結界だから、解析から行わないとって……」

迂闊《うかつ》に攻撃してよかったんだろうか？　しかし横山さんの横顔からは冷静とはとても言えない切迫したものを感じた。ただ、一つ気になった点が。

「横山さん。解析はできてないのに、よく結界の特性が判《わか》ったね。光の勇者だけ閉じ込めるとか」

「それは……あの結界にリョウスケが閉じ込められた時、『蛇の教団』の大主教イザクってやつが、笑いながら説明してきたの。あの結界は『光の勇者』を封じるためだけにゼロから創った魔法だ。お前たちには絶対に破れないって、……くそっ！」

「また、あいつか……」

本当に説明が好きな奴《やつ》だなー。未《いま》だに顔を見たことが無いけど。

「ねぇ、高月くん！　あなた魔法使いでしょ……？　なんとか、できない……かな？」

泣くような声で、こちらを見る目の下にはわずかなクマがあった。

おそらく桜井くんが閉じ込められてから、一睡もしてないんだろう。

「俺にできるとしたら……」

俺は腰のノア様の短剣を抜き、結界に近づいた。この『神器』ならもしかしたら……。

その時、水の不死鳥《フェニックス》の翼の部分が、黒い結界に触れた。次の瞬間、水の不死鳥《フェニックス》が急にかき消えた。やっぱり、魔力《マナ》吸収の結界か!?

「わっ!」

「大丈夫!?」

落ちそうになったところを、横山さんに摑《つか》んでもらった。足首を摑まれたので宙吊《ちゅうづ》り状態になる。あぶねー。

「ありがとう、横山さん。ちょっと、待ってて」

そう言うと俺は結界に短剣を突き立てる。が、何の反応も返ってこなかった。短剣の刃は、結界に吸い込まれるように簡単に刺さった。

「あれ?」

「す、凄《すご》い! その武器なら結界を破れるんじゃ!」

「待って、この反応は……」

俺は喜ぶ横山さんに待ったをかけ、短剣を持っていないほうの手で結界を触ろうとした。

俺の左手は、すかっと音もせずに結界を通過した。

「は?」

「えええええっ!?」

そもそもこの結界は、俺を拒んでないいんですけど?

「なあ、横山さんや」

「は、はい。なにかな？　高月くん」

　少しテンパりおかしな口調になった。

「この結界、人族は入れないいんじゃなかったっけ？」

「え、えーと……確か大主教イザクってやつは『人族と亜人の戦士や魔法使いは入ることが出来ない結界』って言ってたような……」

「あぁ～……、だったら俺は魔法使い見習いだから……」

『魂書《ソウルブック》』に書かれている俺の職業は魔法使い『見習い』。正式な魔法使いではない。

「えっ……、高月くんって……勇者じゃないの？」

「そっちはローゼス王家に貰《もら》った称号で、この世界での職業は魔法使い見習いだよ」

「そ、そうなんだ……た、大変だね」

　横山さんから、非常に気の毒な人を見る目を向けられた。

（魔法使い見習いの国家認定勇者なんて想定してなかったんでしょうねー、結界を作った魔法使いも）

　ノア様の声が頭の中で響いた。えー俺、一応国家認定勇者なのになぁー。職業は、調査されてないの？　んだよ、それくらい想定しろよ。

（いいじゃない、おかげでマコトは結界内に入れるわよ？）

　ま、そーなんですけどね。

「じゃ、横山さん。俺は行ってくるよ。手を離していいよ」

俺は横山さんに足首を摑まれて宙吊りのままだ。

「え、う、うん……。リョウスケをお願いね」

「ああ、桜井《さくらい》くんを助けて来るよ」

「気を付けて」

こちらに真剣な目を向ける横山さんに、俺はひらひらと手を振った。横山さんが、俺の足首を放す。俺は空中に投げ出され、漆黒の結界に飲み込まれた。

（……暗い。ほとんど視界が利かない…………………『暗視』スキル）

結界の中は、闇夜の如《ごと》き暗さだった。しかし、居る。何ものかが、うごめいている。

（…………『索敵』スキル）

敵は多い。どいつもこいつも『災害指定』クラスの凶悪な魔族や魔物。

ざっと千体以上、結界内にひしめいている。

（…………『隠密《おんみつ》』スキル）

気配を殺す。ここにいる魔族連中とやり合う気は無い。まずは、桜井くんを捜さなければ。

（…………『聞き耳』スキル）

聞こえる。戦闘音だ。誰が戦っているかわからないが、少なくとも桜井くんの味方のはずだ。俺は、音のする方に静かに移動した。

（…………『明鏡止水』スキル１００％）

密集している魔物の横をすり抜ける。恐怖を感じている暇はない。何も考えず、ただ敵を避け、音のする方へ向かう。徐々に音が近づいて来た。

（…………視えた！）

一人の剣士が戦っている。灰色の鎧《よろい》。黒い剣。誰だ……？　周りには、沢山の魔物。それを一人でさばいている。相当な手練《てだ》れだ。徐々に、剣士の姿が見えてきて……気付いた。

——全身が血まみれの桜井くんがそこに居た。

「桜井くん！」

俺は、周りの魔物に気付かれるのも厭《いと》わず大声で叫んだ。

「……………」

桜井くんからの返事は返って来ない。まるで夢遊病者のような、虚《うつ》ろな瞳だった。灰色だと思った鎧は、白い鎧に乾いた血が付着したものだった。いつか見せてもらった魔法剣も同様だ。べっとりと血に塗《まみ》れている。しかし、それでも剣を振っていた。押し寄せる魔族や魔物相手にたった一人で戦っていた。

「水魔法・大鯨！」

俺は『精霊の右手』を使い、巨大な水の鯨をつくり、魔物たちを弾《はじ》き飛ばした。攻撃用の魔法ではない。時間と敵との距離を稼ぐための魔法だ。

「桜井くん！」

俺はもう一度叫んだ。

「…………………たか……つきくん？」

今度は反応があった。よし！

「桜井くん！　怪我《けが》は!?」

俺は駆け寄り、どれくらい傷を負っているのか見ようとした。しかし、桜井くん自身は傷を負っていなかった。桜井くんが身に纏《まと》っている血、それが全て返り血だと気づいた。

「……どうやって……ここに？」

「そんなのはどうでもいい！　他に味方は!?」

横山《よこやま》さんから護衛の騎士団の人たちもまとめて閉じ込められたと聞いた。

なら、桜井くん一人ってことは無いはずだ。

「……………………全員、死んだ」

「え？」

返って来たのは乾いた声の返事だった。

「第七師団は全員が若い騎士で構成されていて……その任務は、僕の身代わりになって死ぬこと。でも、そうさせないように……みんなで生き残ろうって約束をしていたのに……みんな僕の盾に」

「…………」

絶句した。よくそんな中で、正気を保てたものだ。足音が近づいてくる。さっき吹き飛ばした魔物連中だ。さらに数は増えている。この結界は、魔物や魔族は自由に侵入できる。増えることはあっても、減ることはない。

「僕の魔力《マナ》もそろそろ尽きる。太陽の光がないと、救世主の生まれ変わりとかおだてられても、こんなもんだよ。高月《たかつき》くんはもしこの結界から出れるなら逃げてくれ……僕と一緒に居ると逃げられなくなってしま……むぐっ！」

「とりあえず、これ飲め！」

会話の途中だったが、魔力《マナ》が尽きるという言葉を聞いて俺はすぐにふじやんにもらった『最上回復薬《エリクサー》』を桜井くんの口に突っ込んだ。

「……ぐっ、高月くん急に何を……え？」

桜井くんの身体《からだ》の周りが青く光り、みるみる魔力《マナ》が満ちていく。流石《さすが》は『最上回復薬《エリクサー》』。

「体力と魔力《マナ》が……凄い勢いで回復していく……」

「体調、マシになった？」

「う、うん……」

「よしよし……、おっと水魔法・大鯨！」

もう一度、近づいてくる魔物たちを水魔法で吹き飛ばした。が、二回目なので学習しているのか回避をしたり、水魔法をよけずに耐える魔物もいる。

「聖剣技・ライトスラッシュ！」

それを桜井くんの放つ光斬が切り飛ばした。横山さんと同じ技かー。嫁とおそろいとは、オシャレだね。

「高月くん、魔力《マナ》が回復したのは助かったけど僕が結界から出られない状況は変わってない！」

桜井くんの声に多少の元気が混じってきた。そう。横山さんの話では、この結界は聖級クラス。絶望的な状況は変わっていない。俺はノア様との会話、そして過去に学んできた魔法の授業を思い出す。

その中に結界の破り方もあった。少々、乱暴ではあるが。

（まあ、やってみるか）

俺は『明鏡止水』スキルを解いて、ため息をついた。

「××××××××××××××××（精霊さん、精霊さん、おいで）」

精霊語で声をかけた。わっと、周りで出番を待っていてくれた水の精霊たちがはしゃぎだす。俺が青く光る『精霊の右手』を前に掲げると、水の精霊たちがどんどん集まってきた。

「とりあえず、この結界をぶっ壊そうか」

俺は桜井くんのほうに振り向き、そう提案した。

◇桜井リョウスケの視点◇

二年前、僕はクラスメイトのみんなと共に異世界へ迷い込んだ。

水の神殿でスキルを調べられ、僕が『光の勇者』と判明した。あっという間に『救世主の生まれ変わり』として担ぎ上げられた。でも悪いことばかりではなかった。

太陽の国《ハイランド》は最高待遇で迎えてくれると言うし、友人も一緒に連れて来てよいと言ってくれた。全員、国賓としてもてなすとも。僕が『光の勇者』として活躍すれば、一生分の生活の保障をしてくれるらしい。クラスメイト全員を呼ぼうとしたけど、強いスキルを得た人たちは「自由にやる」と言って去っていった。できれば一緒に来てほしかった高月くんにまで断られたのは残念だった。

それから、この世界について学び。剣と魔法を覚え。色々な人たちと出会った。そして、魔王軍との戦い。戦闘は、優勢だった。作戦通り、魔王を倒すことができた。大きな被害を出すことなく。

「さらに魔王軍に追撃を！」

という声も上がっていたが、指揮を執るユーウェイン総長は深追いを禁じた。しかし、魔王軍が完全に撤退するまで軍を下げるわけにはいかず、様子見となった……ところを強襲された。魔王を倒したという油断もあったんだろう。

気が付いた時、僕を含む第七師団の騎士だけが、結界内に分断された。『光の勇者』を閉じ込めるためのみに開発されたという結界は強力で、僕の攻撃が通じないのは初めてのことだった。それに『光の勇者』スキルの根源である太陽の光が弱まっている。おそらくこれも敵の策略だろう。仲間は、一人、また一人と倒れた。

そして、最後に立っていたのは僕だけだった。

（……僕は……いつまで……戦える？）

剣を振るいながら思った。

まだ耐えられる。

あと一時間は大丈夫だろう。

あと二時間も、気力を振り絞ればなんとかなる。

あと三時間は、考えるだけで苦しくなる。

四時間は、……おそらく無理だ。

ここに助けは来ない。仲間たちはすでに身代わりとして倒れた。回復薬はとうに尽きている。黒い結界からは逃げられそうになく、絶え間なく魔物たちが襲ってくる。気が狂いそうだった。剣を振るっているのは、勇者としての使命感ではなく死にたくないという恐怖感からだった。もしくは、自暴自棄な心か。それももうじき終わる。

…………………………やがて何も考えなくなり、機械のようにひたすら敵を切った。

そして、もう膝を突こうかという時、いきなり頭から冷水をぶっかけられた。

(攻撃された!?)

しかし、傷一つついていない。殺気の無い、というか攻撃かどうかよくわからない水魔法。相手を確認しようと振り向き。

(あ…………)

泣きそうになった。

魔法の使い手は、——幼馴染《おさななじ》みの高月くんだった。

「とりあえず、この結界をぶっ壊そうか」

そう言って、とぼけた表情を見せる高月くんは昔と変わっていない。中学一年の時、困り果てていた僕を助けてくれたあの時と同じ顔だった。

「でも、どうやって？」

結界破りは何度も試みた。それに外にいるユーウェイン総長たちを含む、優秀な魔法使いも大勢いるはずだ。それでも丸一日、なんの打開策も出なかった。高月くんの返事は、質問の回答ではなかった。

「桜井《さくらい》くん、俺の身体を適当に摑《つか》んでおいて」

「え？」

「早く早く」

「わ、わかった」

僕は高月くんの肩のあたりを、ぎゅっと摑んだ。

「両手じゃなくていいんだけどね……、まあ、いっか」

そう言うと高月くんは、左手を高く掲げた。

「水魔法・大瀑布《だいばくふ》」

「うわっ！」

次の瞬間、プールをひっくり返したような大量の水が辺り一面をなぎ倒した。そしてそれが、ずっと続く。あっという間に、僕らが居る場所は水中に飲み込まれた。お、溺れる!?

「水魔法・水中呼吸。それと水魔法・水中会話」

そんな声が、耳に届いた。

（桜井くん、聞こえる？　息できる？）

（……うん、凄《すご》いね。こんな魔法があるんだね）

水中呼吸は大迷宮《ラビュリントス》攻略の時に覚えたけど、会話が出来る魔法があったとは知らなかった。ついでに言うと高月くんは、大瀑布という水を大量に発生させる魔法も使っている。三つの魔法の併用だ。三魔法が同時に扱える魔法使いは、太陽の騎士団でも稀《まれ》だった。その時。

(高月くん！　敵が来た！)

水中であるにもかかわらず、俊敏な動きでこちらへ迫る魔物が居た。

(水魔法・水流)

高月くんは、そちらに視線すら向けず魔法を放った。魔物たちが、錐《きり》もみされながら流されていった。

(そろそろ結界内を水で満たせそうかな～。魔法で生成した水は魔法攻撃扱いか。結界に吸収されてる……ふぅん、ま、予想通りか)

高月くんは、薄く笑いながら頬を指で掻《か》いている。しかし、それはマズいのでは？

(高月くん、結界に吸収されるなら意味が無いんじゃ……)

(大丈夫、吸収されるより先に水を生成し続ければいいから)

(……そんなことできるの？)

(できるよ。そう、精霊魔法ならね)

どやぁ、と勝ち誇る高月くん。ああ、この顔は悪戯《いたずら》を仕掛けるときの高月くんだ。

(じゃあ、そろそろ次行きますか)

つぎ？　一体、何を？

（……水魔法・深海）

その言葉が聞こえると同時に、ゾワリと背中を悪寒が走った。この魔法は……ハイランドで稲妻の勇者に高月《たかつき》くんが使った魔法だ。

（桜井くん、手を離すなよ）

僕は、こくこくと頭を縦に振った。そして、高月くんの声が——水魔法を介してではあるが——聞こえてきた。

（……水深一万メートル）

この世界の長さの単位は、メートルではない。だから、きっとこの魔法は高月くんのオリジナルなんだろう。確かもとの世界で最も深い海はマリアナ海溝。その水深が、約一万九百メートル。つまり深海一万メートルは、ほぼ世界最深だ。僕は理系じゃないので詳しくないが、1㎠に1トンの重さがかかる計算だった気がする。そんな中で生きられる生物は、居ない。僕は『索敵』スキルを使った。結界内に生きた魔物は……いなかった。

（た、高月くん……）

心配だった。これで五つ目の魔法。しかも、これほどの大魔法。魔力《マナ》や、制御は大丈夫だろうか？

（お、結界に入ってきた魔物が勝手にやられてくれた。ラッキーラッキー）

高月くんのはずんだ声が聞こえた。どうやらまだまだ余裕があるらしい。それからしばらく水の中で待っていたが、そもそも魔物が僕たちのところにたどり着けない。平和な時間が訪れた。

（暇だ）

高月くんが、飽きたように伸びをした。当然ながら『水魔法・大瀑布』は使い続けているし、入ってきた魔物は『水魔法・深海』で倒している。

普通なら、とんでもない集中力が必要なはずなんだけど……。

（高月くん、このあとはどうしようか……？）

結界から出られないという状況のまま、高月くんから衝撃の言葉が飛び出した。

（とりあえず二十四時間くらい待ってみようか）

（二十四時間!?）

驚いて手を離しそうになった。それって丸一日ってことじゃないか。

（運命の巫女《エステル》さんの予知だと、今日の夜を桜井くんが越えられないってことらしいから、それを防げば予知が変わるんじゃないかな～）

（しかし、いくらなんでも二十四時間なんて……）

そんなに集中できるはずが。

（ゲームだったら三徹いけるんだけどね）

（…………）

そういえばそうだった。高月くんの三日寝てない発言は、本当に三日寝てなかった。

（暇だから、世間話しようか、桜井くん）（いま!?）

つい数十分前の絶望的な心地との落差に戸惑いしかない。

（何か面白い話ない？）（えぇ……？）

酷《ひど》い話の振り方だった。高月くんらしい。

（じゃあ、前に土の国《カリラーン》で古竜《エンシエントドラゴン》と戦った時の事なんだけど……）

（お、いいね！　それは聞きたい！）

高月くんが喰《く》いついた。その後、高月くんが火の国《グレイトキース》で暴れた話を聞いたり。僕の婚約者の話について色々質問攻めにされたので、どうしたのかと思ったら「最近、女性関係で流されやすくてさ……、俺は硬派を目指してるんだけど」と相談された。それは僕に聞かないほうがいいと思うんだけど……。そんな話をしばらく、続けていた。その時――ピシリと、何かにひびが入るような音がした。これは……。

（高月くん！　結界が！）

（なんだ、思ったより早かったなー）

結界が崩れていく。

（一体どうやってあの結界を……）

（単に吸収できる上限を超えただけだと思うよ）

事もなげに高月くんは言った。結界破り。その方法は大きく二パターンあるらしい。結界の術式を理解し、術式を崩すスマートな方法。もう一つは、強力な結界に強力な魔法を正面からぶつけて壊す、力業の方法。高月くんが取ったのは、後者だった。

（もう少し保《も》つと思ったんだけどなぁ……）

違和感。高月くんの言い方では、まるで結界があったほうがよかったみたいな……。

「桜井くん、出番だよ」

「……ああ、わかった」

理由はすぐにわかった。結界が崩れ、高月くんの生成した水は巨大な龍の姿で天に昇って行った。一日ぶりに見る空は、黒い雲で覆われていた。しかし、それよりも目を見張るものがあった。巨大な銀色の獣が、僕らの目の前に立っていた。その姿には、見覚えがある。

しかし、記憶にあったその銀色の獣より、ずっと若々しくなっていた。

魔王――獣の王《ザガン》。

結界内で高月くんから聞いた話によると、先代から力を受け継ぎ、より強く代替わりした魔王がそこにいた。

◇高月マコトの視点◇

獣の王《ザガン》――その見た目は、一言で形容するなら『巨大な銀色の獅子《しし》』だった。

「つーか、デカすぎでは……？」

思わず口に出た。それほどの巨体。目の前のこいつに比べると竜《ドラゴン》や巨人は、子猫程度だ。体長は百メートル以上あるのではなかろうか？　予備知識が無ければ『魔王』というより『怪獣』である。

（説明したでしょ。獣の王《ザガン》は、大地の神獣『ベヒーモス』の血を引いているの。その辺の魔物や竜とは、存在の格が違うわ）

ノア様の声が響いた。ここに来る前に教えてもらった情報だ。なんでも、太古の神界戦争《テイタノマキア》が終わったあとも、地上に留《とど》まった神獣『ベヒーモス』がその辺の魔物を孕《はら》ませて、その子孫が魔王になったらしい。はた迷惑過ぎる……。ちなみに神獣『ベヒーモス』はどこにいるんですか？

（魔大陸で千五百万年くらい寝てるわ。起きないから気にしなくていいわよ。地図だとヘーゼル山脈って名前で載ってるわね）

山脈扱いらしい。リヴァイアサンといい神獣はでかすぎる。それはそうと。

「桜井くん、いけそう？」

「ああ……と言いたいところだけど、先代の獣の王《ザガン》を倒した時は太陽光があった。今は……」

空は黒雲に覆われている。太陽の光は全く届かない。どうしたもんか。その時。

……××××××××××

獣の王ザガンが口を開いた。まるで声そのものに攻撃性があるかのように、大気が震える。

低く威厳のある声で、魔王が何かを喋《しゃべ》っている。……が。

「桜井くん、魔王は何て言ってるの？」

全然、言葉がわからん。人族の言葉じゃないし、勿論《もちろん》、精霊語でも無い。

「……魔族の言葉らしいけど、僕もわからないんだ」

桜井くんが申し訳なさそうに答えた。魔王はさらに言葉を続ける。

……××××××××××

いや、こっちにわかるように話せよ！　一応、人間側に何かを言ってるような気がするが……。ビフロンスさんも、セテカーも人族語を喋ってくれたぞ！

（ビフロンスやセテカーは千年前に西の大陸を支配してたからねー。人族の言葉を覚えな

いと管理できないでしょ。獣の王《ザガン》は、ずっと魔大陸に居るから魔族の言葉しかしゃべらないのよ）

なるほど、そーいうことですか。ちなみに、ノア様って魔族語がわかったりします？

（まあ一応……まさか、私に通訳させる気？）

あ、すいません。ダメですよね。

（もう、仕方ないわねー。マコトってば。今回だけよ）

通訳してくれるらしい。

（えっとね、『愚かな人間共よ。千年前の雪辱を果たし、再び魔族が地上を支配する』的なことを長々しゃべってるわ。あと『光の勇者よ、魔王ザガンとの決闘を受けよ』ですって）

大した事は言ってませんね。

あと、罠《わな》にかけておいて何が『決闘』やねん！

「おい、桜井《さくらい》くん。魔王が演説している間に、奇襲かけよう」

「え、えぇ……いいのかな？」

俺の提案に、困った顔をする桜井くん。おいおい、お人好《ひとよ》しにも程があるぞ。

「ちなみに、さっきから『暗闇の雲』を無くして晴れさせようとしてるんだけど、上手《うま》くいかない。雲を操っても戻されるんだ」

俺の『精霊の右手』を使った天候変化。やっぱり『暗闇の雲』には効かない。とは言っても、三十秒くらいなら一時的に天候を回復できそうだけど。それくらいだと焼け石に水かなぁ……。

「一昨日に先代の獣の王《ザガン》を倒した時は、ユーウェイン総長や太陽の騎士団の団長たち、大賢者様たちとの連携で何とか倒したんだ。だけど……」

桜井くんが、遠くに視線を向ける。そちらでは、六国連合軍と魔王軍が激しく戦っている。

こっちの援軍に来る様子は無い。というか、黒い結界は消えたけど、桜井くんが無事であることは味方側には伝わってないからなぁ。俺たちがいる付近で、一番目立つのは巨大な魔王だ。元気いっぱいの魔王に向かって突っ込んでくる阿呆《あほう》はいない。

「いっそ、仕切り直すために逃げる？」

「……それを許してくれるならいいけど」

俺たちは、目の前にいる巨大な銀色の獣に目を向ける。巨大過ぎて視線もよくわからないが、おそらくこちらを見ている。

（マコト！　返事が無いのならこちらから行くぞ、ですって！）

何が返事だ！　こっちにわかる言葉でしゃべれ！

「桜井くん！　くるぞ！」

「あ、ああ！」

俺たちは、敵の攻撃に備える。獣の王ザガンが、大きく口を開いた。何をする気だ……？

獣の王ザガンの口に光が集まる。げ……まさか。

カッッッッッッッ！！！！！！！！

魔王の口から巨大な閃光《せんこう》が放たれた。太陽が突っ込んでくるような錯覚をした。

え？　これ死んだんじゃ……？

「聖剣技・エクスプロージョン！」

桜井くんが剣を振るうと、獣の王ザガンの攻撃が相殺された。空中で二つの衝撃がぶつかり、爆発する。

「桜井くん！　すごいな、これなら……」

「はぁ、はぁ、はぁ、……」

いつも余裕の表情だった桜井くんが肩で息をしている。

「桜井くん……。大丈夫？」

「太陽の光が無いと、魔力《マナ》も闘気《オーラ》も補充ができないから……、さっきのがあと数回くると苦しいかも」

それはマズイ。

「いったん、姿を隠そう」

「わかった」

俺と桜井くんは、『隠密《おんみつ》』スキルを使って獣の王《ザガン》と距離を取った。

――水魔法・霧
目くらましになるかわからないが、あたり一帯に濃霧を発生させる。

うまく逃げられないだろうか。

オオオオオオオオオオオオオオオオオオ！！！！！

獣の吠《ほ》える声が響いた。次の瞬間、地面がひっくり返るような地震が起きる。

「高月《たかつき》くん！　摑《つか》まって！」

「ありがとう！」

立ってられなくなったところを、桜井くんに支えられなんとか凌《しの》いだ。

その時、視界におかしなものが飛び込んできた。壁がある。

巨大な壁に囲まれている。逃がさない気か。

つーか、一瞬でこんな壁を作るとか巨神のおっさんクラスでは？

（魔王ザガンは、大地の神獣ベヒーモスの血を引いてるわ。大地全てがザガンの武器だと思いなさい）

ノア様、解説ありがたいのですが、何か攻略方法は無いですか？

（魔王を倒すとしたら、女神の加護を持つ勇者が一番よ。だから光の勇者くんの力を借りるしかないのだけど……）

その言葉に、ちらりと桜井くんを見る。桜井くんも、こちらを見つめる。

「桜井くん、今から一瞬だけ空を晴れさせる。それで何とかできないか試してくれ」

「わかった！」

――『精霊の右手』

……ズズズズズと、黒雲に穴が空き、太陽の光が差す。桜井くんが剣を掲げると、その刀身と桜井くんの周りが光に包まれる。だが。

（押し返される！）

魔力《マナ》で構成されていると思われる『暗闇の雲』は、普段の雲のようには水魔法で操れない。

『暗闇の雲』自体が、他の魔法使いによる魔法と考えたほうがよさそうだ。

いくら熟練度が高くても、流石《さすが》に他人の魔法までは操れない。

「高月くん！　魔王がこっちに気付いた！」

「げ」

再び、魔王が口を開きさっきのレーザーみたいな攻撃をしようとしている。

おまえ、そんな巨体ななりで、遠距離砲台タイプかよ⁉　〇ジラか⁉

カッ！　再び閃光が走り。

「聖剣技・グランドクロス！」

桜井くんの剣から放たれる光斬が迎えうった。爆発が起きる。

「うわっ」

そして、俺が吹っ飛ばされる。

「高月くん⁉」

なんとか桜井くんに摑んでもらえた。ダメだな、この方法は。それに俺が足手まといになってる。別行動を取ったほうがいいかも……？　そう思っていた時。

頭上に大きな影が落ちた。巨大な獅子の顔が、こちらを見つめていた。大きな足が振り上げられ、こちらに落ちてくる。その足についている巨大な爪は、マグマのように燃えていた。マズイ！　桜井くんは、俺を摑んだので体勢を崩している。

避けられない。覚悟を決めたように、桜井くんが剣を構えるのが視界の端に見えた。

これは……失敗したかも。『明鏡止水』１００％。

何か手は無いか一瞬考え、俺は無意識にノア様の短剣に手を伸ばし……。

「おい」「え⁉」「わっ！」

急に後ろから誰かに声をかけられ、俺と桜井くんは引っ張られた。そして、一瞬景色が暗転する。

「精霊使いくんに光の勇者くん、随分な危機《ピンチ》だな？」

呆《あき》れたような、声が響く。気が付くと、俺と桜井くんは、猫のように首元を摑まれ宙に浮いていた。さっきまで俺たちが居た場所は、巨大なクレーターができ、地面は燃えている。

なんちゅう、攻撃だ……。あそこに居たら死んでた。が、間一髪逃れることができた。

この感覚は知っている。ルーシーにここへ送ってもらった時の魔法だ。

しかし、その時より数十倍は洗練された魔力《マナ》。無詠唱の『空間転移《テレポート》』。無詠唱の使い手は、大陸中を探しても数人といない。俺は首を回し、なんとか後ろに視線を向けた。真っ白な髪に、白いローブ。淡く輝く深紅の瞳。

「来てくださったんですね……」

桜井くんの安堵《あんど》の声が聞こえた。俺もほっと、ため息をついた。はぁ……助かった。

「倒すぞ、魔王を」

その頼もしい声に安心する。俺は改めてそちらを振り向き、偉大な魔法使いの顔を見た。

そして気付いた。気付いてしまった。

「大賢者様……顔色、悪くないですか?」

大賢者様は吸血鬼《ヴァンパイア》なので青白いのはいつものことだが、それにしても血色が悪すぎる……。心なしか表情も硬い。

「ああ、相当無理してここまで来たからな……。精霊使いくん、悪いが『いつもの』を頼む」

「は、はい」

俺は襟を開き、首元を差し出した。すぐさま大賢者様が「カプリ」と噛《か》み付き、コクコクと音がする。……なんか、いつもより吸う勢い強くないですか? 貧血になりそう。

「大賢者様!? 吸い過ぎでは!」

桜井くんが慌てたように叫ぶ。

「ぷはっ! くぅ、長距離を移動した後の血液は格別だな」

「……俺のことをスポーツ飲料と思ってません?」

「いやぁ、生き返った生き返った」

あなた不死者《アンデッド》ですよね?

「大賢者様、僕の血も吸ってください」

「あー、それはありがたいんだが……」

桜井《さくらい》くんの言葉に、大賢者様が言葉を濁す。なんだよ、俺ばっかり。桜井くんの血も飲めよ、と思って思い出した。もしかして、あれか？　童貞とか処女じゃないやつの血は不味《まず》いから嫌だって前に言ってたっけ？

「大賢者様、流石にそんなこと言ってる場合じゃないのでは？」

俺は苦言を呈した。

「いや、しかしだな。一回試したんだが、信じられんくらい不味かったんだぞ？　あれほどの味は、ジョニィ以来だぞ……」

「……そんなに？」

大賢者様の表情が本気過ぎてそれ以上言うのを止《や》めた。それに雑談をしている場合じゃない。空間転移《テレポート》で距離を取ったが、魔王も俺たちに気付いたようだ。そして、ここに大賢者様が居ることにも。

「光の勇者くん。戦えるか？」

「……いえ、正直厳しいと思います。獣の王ザガンの攻撃をはじくので精一杯でした」

「……そうか。わかった、ここからは我に任せろ。お前たちは逃げろ」

「え？」

あれ？　一緒に戦わないのか？　桜井くんの話だと、先代の獣の王《ザガン》はみんなで協力して倒したらしい。だったら、今回もそうすべきではないんだろうか。でも、大賢者様だからなぁ。普通に一人で倒せてしまうのかもしれない。

『大賢者を残し、ここから逃げますか？』

はい
いいえ

『RPGプレイヤー』スキルが発動する。

選択肢がふわふわ浮いている。大賢者様を残し……、変な文章だ。どうもひっかかる。

「わかりました。高月くん、僕らは足手まといになる。ここを離れよう」

「大賢者様」

俺は桜井くんの言葉を無視し、質問した。

「何だ？」

「一人で、魔王に勝てるんですか？」

「……お前らに心配されるほど、耄碌《もうろく》しておらん」

そう言う大賢者様に、いつもの余裕を感じない。吸血鬼《ヴァンパイア》である大賢者様は、本来なら昼間は外で活動をしていないはず。しかも、一日がかりで商業の国《キャメロン》と太陽の国《ハイランド》を往復している。

相当な負担だったはずだ。

「高月くん……？」

逃げようとしない俺を、桜井くんが不安げに見つめてくる。

「いいから、さっさと行け！　ここで『光の勇者』を失うわけにはいかん。大魔王《イヴリース》を倒せるのは、光の勇者だけだ」

イライラとしたように大賢者様が言った。

（やっぱり、無理している）

もしかして、自分が犠牲になるつもりじゃなかろうか。俺は大賢者様に世話になってきた。大迷宮《ラビュリントス》で、太陽の国《ハイランド》で、他にもいろいろと。恩には恩で返す。

「大賢者様、ひとつ考えがあります」

「なに？」

「高月くん？」

「こーいうのは、どうですかね」

俺は、ついさっき思いついた作戦を二人に伝えた。

「……て、感じなんだけど」

「ほう、面白いな！」

「確かにその方法なら……」

俺の説明に、大賢者様と桜井くんが興味を示した。

――オォオオオオオオオオオオオオ！！！！！！

その時、大気を震わせる魔王の咆哮《ほうこう》が響いた。魔王の殺気が高まっている。

「我を警戒していたようじゃが一向に動きを見せぬので、しびれを切らしたようだな」

大賢者様の視線が鋭くなった。

「僕は時間を稼ぐよ。高月《たかつき》くん、頼んだ」

「我は、精霊使いくんを守ろう」

「桜井くん！　五分で準備が整う。合図は、大賢者様が送ってくれる」

俺たちは、それぞれの役割を確認し合う。

――ゴオオゴオオゴオオゴオオゴオオオオ！！！！！！

魔王が口を開くと、黒い炎が吐き出された。巨大な火炎放射のように、こちらへ迫る。

次の瞬間、景色がブレた。大賢者様の空間転移《テレポート》で、場所が変わる。が、魔王は攻撃を止めない。その場所に、桜井くんが残っているからだ。魔王の狙いは『光の勇者』。

桜井くんが、命がけで時間を稼いでくれている。だから、俺も最速で準備を整えないといけない。『明鏡止水』１００％。そして…………。

――『精霊の右手』

俺は右手を天に掲げた。ついでに、あたり一帯の水の精霊にも手伝ってもらう。火の国の王都《グレイトキース》を襲った、彗星《すいせい》を壊せる程度の魔力《マナ》が集まってきた。

「流石《さすが》に、気付いたか」

大賢者様の言う通り、魔王が桜井くんを攻撃する手がとまった。少し迷うように、こちらに向けても黒い炎を放つ。

「中途半端な攻撃だな」

大賢者様が、何かの呪文を唱えた瞬間、目の前に巨大な薄い鏡のような壁が出来た。魔王の放った黒い炎が、壁に当たった瞬間、黒い炎が跳ね返った。

(結界魔法の最上位『反射結界』!)

敵の魔法をそのまま相手に返す、最も高難度な結界魔法。大賢者様は、なんでもないようにそれを使いこなす。

「魔力《マナ》不足でな。こんなケチな魔法しか使えん」

大賢者様が不満げにつぶやく。反射結界は、聖級クラスのはずだ。魔王ザガンは、再び桜井くんへの攻撃を始めた。俺と大賢者様は、後回しにするらしい。

「少し邪魔しておくか」

と言うと大賢者様が、王級火魔法・不死鳥《フェニックス》を放った。魔王は、鬱陶しそうにそれを避ける。桜井くんは、なんとか攻撃を凌《しの》いでいる。

「くっ……魔王め。さっさと光の勇者に狙いを絞ればよいものを、迷っているな」

大賢者様の楽しげな声が聞こえた。というのも、大賢者様は致命傷にはならないが、適度にダメージが通る程度の魔法を魔王に撃ち続けている。魔王からすれば、イライラするに違いない。

「精霊使いくん、まだか？」

「……あと、三分くらいですかね」

俺は魔力《マナ》を集め続ける。桜井くんは、魔王の攻撃を受け流すことに集中している。あれなら、負けることは無いはずだ。しばらく、膠着《こうちゃく》状態が続き……、俺の準備が整った。

よし！　この魔力《マナ》ならいける！

「大賢者様！」

「やっとか！」

俺が大賢者様に呼びかけると、喜びが混じった声が返って来た。俺は魔法を発動させた。

――水魔法・水生成
膨大な魔力《マナ》をかき集め、俺が使った魔法は初級魔法ですらない『水生成』。魔力《マナ》を使って水を作っただけ。暗闇の雲のさらに上空で。

「大賢者様！　雲を何とかしてください！」

俺は大賢者様に声をかけ、次のアクションを促す。

「晴れろ」

大賢者様が声を上げると、暗闇の雲に隙間ができた。俺の時より、少し隙間は小さいかもしれない。

「ちっ、こーいう力業は苦手なんだ」

大賢者様がぼやくが、あれで十分。わずかな雲の隙間から光が差し込む。しかし、先ほどのようなわずかな光ではない。直径二十キロ圏内の光全てが、一点に集中する。

「精霊使いくん、よくあんなものが作れるな」

「…………」

呆《あき》れたような大賢者様の声が届くが、俺は『精霊の右手』と魔法の制御で返事ができない。が、雲の隙間から俺にも見えた。

――半径十キロに及ぶ水魔法で作った『巨大な水のレンズ』が。

◇桜井リョウスケの視点◇

――水魔法でレンズを作って、光を集める。

それが、高月くんの作戦だった。そんな方法思いつきもしなかった。この世界ではメジャーな方法ではない。その証拠に、何でも知っている大賢者様が感心したように頷《うなず》いている。

「採用だ、精霊使いくん。それでいこう」

「高月くん、頼んだ！」

僕と大賢者様は、高月くんの提案に乗った。

「おーけー」

すでにやる気になって、青い腕を天に向かって伸ばす高月くんが居た。その横顔は、昔から悪戯《いたずら》する時の表情だ。それから、僕は魔王の攻撃の囮《おとり》になってひたすら凌いだ。

大賢者様が来る前と状況は似ている。でも違う。確かな作戦がある防御だ。

作戦主は、高月くん。なら、何も疑うことは無い。しばらくして、急に目の前が真っ白になった。そして、それは太陽の光が僕に当たったのだと悟る。

（来た！）

僕の身体《からだ》に数キロ圏内から収束された光が集まっている。そして『光の勇者』スキルによって光が闘気《オーラ》に変換される。

『光の勇者』スキル——かつての救世主様のスキルが発動する。

魔王が巨大な手を振り上げた。一撃でハイランド城を粉砕するほどの威力だ。それを僕に向かって振り下ろしてくる。さっきまでなら、避ける事しかできなかった。しかし。

「…………光の盾！」

僕が右手を前に出すと、巨大な盾が魔王と僕の間に現れた。魔王の攻撃があっさり防がれる。

ォォォオオオオオオオオオオ！！！！！

魔王が叫び、さらに追撃を放つ。巨大な黒い炎が迫る。そのすべてが、ここには届かない。

その間にも、太陽の光は集まり続ける。僕の身体に、魔力《マナ》と闘気《オーラ》が戻ってくる。

高月くんが作ってくれた、このチャンスを逃さない。

（……身体が熱い）

燃えるようだ。ちらりと上空を見上げる。高月くんが作った、直径二十キロ以上という巨大な水のレンズが太陽の光をこちらに集めていた。その時、ぐにゃりと光が歪《ゆが》んだ。

高月くんの話だと、もって一分ということだった。僅かな時間。だけど十分だ。魔王を倒すのに十分な『太陽の光』が集まった。僕は、女神教会で教わった『救世主アベル』が使っていたという魔法の呪文を唱えた。

天使たちは詠《うた》う
尊き主の導きを

感謝の思いは天と地に満ちて
いと厳粛なこの日を喜ぼう
いと高き処《ところ》、女神に栄光あれ

――『光の熾天使《ウリエル》』の剣

僕の持つ剣が、白い炎の剣に変わる。銀の毛並みを持つ、巨大な獅子《しし》の獣。魔王ザガンが、びくりと震えた気がした。再び魔王が咆哮を上げた。こちらへ向かってくる。

「裁きの剣・罪《シン》」

僕は静かに、剣を振るう。その剣の軌跡は、ゆっくりに見えた。こんな速度では、魔王に避けられてしまう。その考えが見当違いだったことを知る。

風が、雲の流れが、音が、止まっていた。そして、こちらに向かう魔王も静止していた。

止まった時の中で、僕だけが動いていた。

そして、ゆっくりと振った剣が、光の斬撃を放ち、魔王に届く。

次の瞬間、巨大な光の柱が十字に立ち昇った。

◇高月マコトの視点◇

……なんだ、ありゃ？

桜井《さくらい》くんの放った一撃は一瞬、不発のように見えた。剣を振るったのに、光斬も何も発生しなかった。最初、失敗したのだと思った。太陽の光が十分では無かった？

という心配をした次の瞬間、眩《まばゆ》い光で視界が真っ白になった。

――ギギィャアアアアアアアァァァァ！

そして、身の毛もよだつような断末魔が響く。魔王の身体に白い線が入る。

ズルリと、魔王の身体が二つに裂け崩れ落ちるのが見えた。

……え？　た、倒した？

魔王の身体から白い炎が上がっている。あれは……もう、生きてない……よな？

獣の王――魔王ザガンを倒した。

「聖級の最上位『熾天使《してんし》』の力を借りるとは……」

大賢者様ですら呆然《ぼうぜん》とした顔をしている。

「流石、桜井くん。余裕でしたね」

「アホ言うな。あんなことが出来るなら最初からやっておるわ。もともと光の勇者くんは、第七位『権天使《プリンシパリティ》』までしか借りられなかったはずなんだが……土壇場でやってくれる」

どうやらここ一番で最高の一撃だったらしい。持ってる男は違うね。

「大賢者様は何位の天使の力を借りられるんですか？」

「我は吸血鬼《ヴァンパイア》だぞ？　天使の力を借りられるわけがあるまい。我が祈るのは『冥界の神《プルートー》』だ。もっとも我は神に祈らねば使えぬ『聖級』魔法があまり好きではない」

「そうなんですか？　使いこなせば強いと思いますけど」

「発動まで隙が多いうえに、信仰心が無ければ十分な威力が発揮されぬ。神頼みの魔法だ」

「へぇ……」

罰当たりなセリフだが、この世の理《ことわり》に反する不死者《アンデッド》の大賢者様らしいとも言える。

「にしても……『熾天使』とはな。いくらなんでも出来過ぎだ。どこぞの女神が干渉でもしたのではないか？」

「どこぞの女神……」

わりとちょっかい好きなエイル様や、裏工作が好きなノア様の顔が浮かんだ。いや、今回の予知に失敗した運命の女神イラ様が一番怪しいかな。ま、何にせよ魔王を倒せたのだ。よかったよかった。が、大賢者様が「ん？」という怪訝《けげん》な声を発した。

「む、いかんな。光の勇者くんが気絶しておる」

「え、それは不味《まず》いんじゃないですか!?」

「手を出せ」

俺と大賢者様は、桜井くんの居る場所に跳んだ。

――空間転移《テレポート》

「リョウスケー！」

俺と大賢者様が、気絶した桜井くんを介抱していると上空から声が聞こえた。

見上げるとペガサスに跨《また》がった女騎士がこちらに飛んできている。

見知った顔――横山《よこやま》さんだ。

「リョウスケは!? 無事なんですか！」

「案ずるな。『熾天使』の力を借りた魔法剣を扱った反動で、気を失っているだけだ。命に別状はない」

「……そう。よかったぁ」

大賢者様の言葉で、ほっとした顔をする横山さん。

「高月《たかつき》くん！ リョウスケを助けてくれてありがとう！」

「どういたしまして。結局、魔王は桜井くんが一人で倒しちゃったよ」

「でも結界を破ってくれたのは、高月くんでしょう。結界から出てくる二人が見えたもの。近くに魔王が居て近づけなかったけど……」

「まだ安心している場合ではないぞ、魔王が倒された魔王軍は撤退するかと思ったが、どうやら連中は最後まで戦う気らしいな」

大賢者様の言葉に、六国連合軍と魔王軍の戦いは未《ま》だ終わってないことに気付いた。

「私は……どうすれば……？」

「聖剣士くんは、光の勇者を連れて撤退しろ。今弱っている光の勇者くんを狙われるのが一番マズイ。我はもうひと働きするか……」

「大丈夫ですか？　調子が悪そうですが」

大賢者様の顔色は悪い。

「飲みます？」

俺が自分の首筋を指差したが。

「お前の体調も相当悪そうだぞ。フラフラじゃないか」

「高月くん、目の下のクマが凄《すご》い……倒れそうだよ？」

「え？　そう？」

自分じゃ、気付かなかった。『明鏡止水』スキルを使ってると自分の不調に気付き辛《づら》い。

「さっさと光の勇者くんを安全なところに連れて行け。精霊使いくんは……無理するな。我は魔王軍を追い払いにいこう」

「大賢者様、あまり無理は……」

「そうですよ。私は一緒に戦えます！」

しんどそうな大賢者様をこのまま行かせていいものか俺は迷い、横山さんは一緒に戦うと言った。その時。

——ドーン！！！

「「「!?」」」

俺たちの近くに、何かが降ってきた。敵襲か！

「はっはー！　わたしが来た！」

もくもくと立ち上る土煙の中から現れたのは、全身真っ赤な闘気《オーラ》で覆われたルーシーにそっくりなエルフ。紅蓮《ぐれん》の魔女ロザリー・J・ウォーカーさんだった。

「……ロザリーさん？」

「あれ？　ルーシーの彼氏くん？　まぁ、いいわ。さぁ、魔王を倒すわよ！」

振り上げた拳は火の精霊を纏《まと》っており、轟轟《ごうごう》と赤い魔力《マナ》が渦巻いている。

「おい……紅蓮の。魔王ならアレだ」

大賢者様が指さす方には、桜井くんの一撃で倒された魔王の遺体があった。

「…………………………え？」

振り上げた拳をそのままに、ロザリーさんがあんぐりと口を開けた。

「えええええええっ！　わざわざ魔界で修行して、戦争が始まったって聞いたから慌てて帰ってきたのに！　どーなってんの!?」

「ちょっと、タイミングが合わなかったですね」

もう少し早く来てほしかったなぁー。

「なんでよー！　この高ぶった気持ちをどこにぶつければいいのよ！」

いやいやする仕草がルーシーにとても似ている。流石《さすが》親子。

「紅蓮の小娘、力が余っているなら魔王軍を追っ払ってこい」

「えー、雑魚狩りなんて面倒なんですけどー！」

「魔王を失ったとはいえ、三十万の魔王軍だ。怖いなら無理にとは言わんがな」

「ハァ!?　誰が怖いなんて言ったのよ！　見てなさい！」

言うやいなや、真っ赤な闘気《オーラ》を纏ったロザリーさんが魔王軍に突撃した。

――カッッッッ！！！！！！

巨大な火柱が上がる。同時に、火の王級魔法・不死鳥《フェニックス》が十数羽、魔王軍に突き刺さった。

拮抗《きっこう》していた六国連合軍と魔王軍の戦いが乱れる。魔王軍の統制が崩れ始める。

が、魔王軍の真っただ中で暴れているロザリーさんが原因と敵も気付いたらしい。

「あのエルフを打ち取れ！」

「魔女を殺せ」

魔族の司令官らしき連中が、命令をしている。

あの数に囲まれれば、ロザリーさんも危険なのでは……。

「あはははははははははははははっ！」

ロザリーさんの高笑いが聞こえた。

「寄れ、火の精霊！　顕現せよ、炎の巨人！」

次の瞬間、ロザリーさんを中心に巨大な炎の巨人が現れた。近くにいた魔族や魔物たちが、悲鳴を上げて逃げまどっている。ついでに、六国連合軍も巻き添えをくらっては大変だと逃げている。あれじゃ、ただの天災だ……。

「紅蓮《ロザリー》の魔女様のほうが魔王みたい……」

横山さんがぽつりと口にした。炎の巨人が、ちらりとこちらに顔を向けた。炎の中にいるロザリーさんがこっちを見ている気がする。

「聞こえてるっぽいよ、横山さん」

「す、すごい！　紅蓮《ロザリー》の魔女様がいれば魔王軍なんて目じゃないわ！」

慌てて言い直す横山さん。炎の巨人が、ふふん、と胸を張った。それでいーのか。

「聖剣士くん、光の勇者くんと防衛拠点に行け。必ず回復士に見せておけ」

「は、はい！　わかりました！」

魔王軍は、ロザリーさんによって蹂躙《じゅうりん》されている。無理して戦う理由は無いだろう。

「じゃあ、大賢者様。高月くん。気を付けて」

横山さんは、ペガサスに桜井くんを乗せて去っていった。この場には、大賢者様と二人きりになる。

「ふぅ……」ふらりと、大賢者様が倒れそうになった。

「おっと」慌てて支える。

「お疲れさまでした、大賢者様」

「精霊使いくんもな。なんとかなったな」

大賢者様は、億劫《おっくう》そうに近場の岩に腰かけた。俺は少し迷い、隣に座った。遠くではロザリーさんの魔法――炎の巨人が暴れている。巨人に追われ、魔王軍が逃げまどっているのが見えた。

「これからどうします？」

「少し休んでから王都に帰る。軍の防衛拠点に戻れば『輸血』パックがあるからな。それを貰《もら》っておこう」

「俺の血を飲めば……」

「精霊使いくん」

俺の提案を、大賢者様が鋭い声で止めた。

「自分の顔を見ろ。魔法の使い過ぎだ。さっきの水のレンズを作る以外にも、長時間魔法を使っていただろう？」

「魔王軍の張った結界を破るのに、数時間魔法を使い続けてましたかね」

「もう少し自分の身体《からだ》を労《いた》われ。魔力《マナ》回路が相当、疲弊しているぞ」

「わかりました……」

自分では気づかないが、相当無理をしていたらしい。

「「…………」」

戦場の騒がしい音の中、しばらく無言の時間が続く。こっちに魔物が来れば危険だと思ったが、魔王を倒した光の勇者が居ると思っているのか誰も来ない。

「次は大魔王《イヴリース》ですかね？」

なんとなく世間話のつもりで話しかけた。

「そうだな……そろそろ、復活するだろう」

「そうですか」

一体、どんな姿なんだろう？　伝説によると、人型の魔族で、獣の王《ザガン》のような巨体ではなかったらしい。神級に届きかけた、恐ろしい魔法使いという言い伝えだ。

「大魔王《イヴリース》が怖いか？」

「え？　いや、今回は運よく魔王が見れましたけど、大魔王《イヴリース》を見れる機会はあるかなーと」

今回は戦場に行く機会があったけど、大魔王《イヴリース》戦だと主力部隊への配置はされなそうだしなぁ。

「……大魔王《イヴリース》に会いたいのか？」

大賢者様からは、変人を見る目をされた。

（マコト、この世界の人たちにとっては大魔王《イヴリース》は恐怖と忌避の対象だから、見たいなんてやつは居ないわよ。下手したら蛇の教団と間違われて、異端審問にかけられるわよ）

そうでしたね、ノア様。これは失言。

「えっと、いえ、世界を恐怖に陥れる大魔王《イヴリース》は許せないので、是非自分も直接戦いたいという正義の心でして……」

しどろもどろに言い訳を試みた。

「……世界の外からの視点」

「え？」

「精霊使いくんのスキルだろう？　恐怖を感じない代わりに、危機感を持てない」

「スキルのこと言いましたっけ？　あ、鑑定スキルですか」

「……まあ、そんなところだ」

大賢者様は、理解が早くて助かる。にしても『世界の外からの視点』って『魂書《ソウルブック》』にも載ってないんだけどなぁ……。自分ですらノア様に教えてもらうまで、知らなかったし。

大賢者様は、物知りだ。ふと、俺は千年前の話を聞きたくなった。大魔王《イヴリース》と救世主アベルが、戦った当時の話を。水の神殿で習った話は、おそらく色々な改変が入っている。大賢者様から実体験を聞いてみたい。

「大賢者様、聞きたい事が……」

俺が隣の大賢者様を見た時。

「…………すー、すー」

俺にもたれかかって可愛《かわい》らしい顔で寝ている大賢者様だ。あどけない顔は、十代前半の少女にしか見えない。仕方ない、話を聞くのは今度にしよう。その時、小さなつぶやきが聞こえた。

「…………ト様は変わってませんね」

大賢者様が何かを呟《つぶや》いた。

「え？　何か言いました？」

聞き返したが返事は無い。ただの寝言のようだ。

それからしばらくして、太陽の騎士団の人たちと合流した。魔王軍はその日のうちに、魔大陸へと撤退した。

——こうして、魔王軍との初の戦争は終わった。

八章　高月マコトは、光の勇者を見舞う

「桜井《さくらい》くん、居る？」

「お見舞いにきたよー、桜井くん」

「リョウスケ、身体は大丈夫だった？」

俺とさーさんとフリアエさんは、王立病院に入院しているという桜井くんのお見舞いにやってきた。ルーシーは光の勇者の前だと緊張してしまう、ということで留守番。

病院の回復士さんから部屋の場所を聞いて、個室だと聞いていたのでノックもせずに入った所。

「「「あ」」」

「「え？」」

ちょうど桜井くんと横山《よこやま》さんが抱き合っている現場に直面してしまった。

「「「「…………………」」」」

気まずい沈黙が流れる。

「出直します」

「待って待って待って待って！」

俺がドアを閉めようとすると、横山さんが慌てて引き止めた。

「ありがとう、お見舞いに来てくれたんだね。高月《たかつき》くん」

赤い顔の桜井くんが、俺の近くにやってきた。さっきまでベッドの上に居たはずだけど。

「寝てなくて大丈夫？」

「実はもう怪我《けが》は治ってるんだ」

どうやら『光の勇者《チートスキル》』スキルによって太陽の光を浴びると、外傷は治るらしい。

相変わらずの反則能力だ。

「アヤ、フリアエもリョウスケのお見舞いありがとう」

「果物持ってきたよー、なにか剝《む》こうかな？」

「暇だったから寄っただけよ」

さーさんは持参の果物を見繕っている。フリアエさんはいつもどおり《ツンデレ》だ。

「フリアエ、君の未来視で高月くんが駆けつけることができたんだろう？　助かったよ」

桜井くんがイケメンスマイルを向けると、フリアエさんが少しはにかむ。

「私が囚《とら》われていた時、助けてもらったから。これでチャラよ」

ぷいっとそっぽを向くフリアエさん。

「そうよ！　高月くんが来てくれたから、リョウスケは助かったんだもの。二人のおかげね」

横山さんが追い打ちのように、俺とフリアエさんに笑顔を向ける。

「はーい、果物召し上がれ～」

「ありがとう、さーさ……え？　これさーさんが切ったの？」

そこには千●屋のフルーツ盛り合わせができあがっていた。

「わー、凄《すご》い」「食べていい？」

横山さんとフリアエさんの目がキラキラしている。

「お茶淹《い》れるねー」

手際よく五人分のお茶とコーヒーを取り分けるさーさん。さーさんの家事スキルの上昇が止《とど》まる所を知らない。そのままお茶会がスタートした。しばらく、魔王との戦いに勝利できた話で盛り上がった。

「でね……」「そうそう！」「へぇ～！」

さーさん、フリアエさん、横山さんが女子トークで盛り上がっている。男は入りづらい。

「高月くん、少し外で風にあたらないか？」

「ああ、いいよ」

俺たちは王立病院の屋上へやってきた。俺たち以外の人影はなく貸し切りだ。屋上には爽やかな風が吹いている。髪をなびかせる桜井くんは、雑誌の表紙のように絵になった。

「高月くんにまた助けられたね」

「また？」

俺が桜井くんを助けたことなんてあったっけ？　大迷宮《ラビュリントス》や商業の国《キャメロン》では一緒に忌まわしき竜と戦ったりしたけど、助けたという感じじゃない。

そもそも桜井くんの方が圧倒的に強いんだから助けるというのはおかしな話だ。

「ちがうよ、小学生の時や中学の時だよ」

「そんな昔の話は……」

持ち出さなくたっていいだろう。しかし、俺の言葉に構わず桜井くんは昔話を語り始めた。

「そういえば、中学一年の時にさ……」

「中学一年？　何かあったっけ？」

桜井くんに言われ、俺は中学一年の頃の記憶を掘り起こした。

◇高月マコトの中学時代◇

キーンコーンカーンコーン。

その日の授業が終わるチャイムが響く。教室内、いや学校全体がざわつき始める。

（さっさと帰るか）

当時の俺は帰宅部で、特に親しい友人もいなかった。俗に言うボッチである。

小学校の低学年くらいまではこうじゃなかったんだけどなぁ……。誰かしらが遊びに誘ってくれたものだが、最近はまったく無い。どうやら友人とは勝手にできるものではなく、自分から作りにいくものらしい。

（……ただ、話が合うやつがいないんだよなぁ）

ゲームの話なら一晩中だってできるんだけど。特にＲＰＧ。生憎《あいにく》、クラスメイトにはウイニングサッカーやスカットブラザーズなど、みんなで遊ぶゲームが好きな人が多い。俺のようにソロゲーを好む人がいなかった。ま、いいさ。無理に人に合わせてもいいことはない。

俺は教科書やノートをカバンにしまい、まだ騒がしい教室を出ていこうとした。

「高月くん！　待って、一緒に帰ろう」

珍しく俺に声をかけてくる人物がいた。

桜井リョウスケ——近所に住んでいる保育園からの腐れ縁だ。

「桜井くん？　別にいいけど」

「えぇ〜、リョウスケ。今日は部活無いんでしょ？　私たちと遊ぼうよ」

俺の声に被《かぶ》せるように言い放つのは、クラスメイトの横山サキさん。クラスの女子の中心的な位置にいる美人な子だ。気が強そうで、ちょっと苦手。

「リョウスケ、今日は高月も誘うのか？」

「高月くんって私、話したことないなぁ～」

横山さんと一緒にいるのは、桜井くんの友人たちだろう。殆《ほとん》ど話したことがないので、どんな人となりか知らないが、すくなくとも俺とは話が合わなそうだ。

「ごめん、みんな。今日は高月くんと二人で帰るんだ。埋め合わせは今度」

「「「えぇー」」」

桜井くんの友人から不満の声が上がる。いや、俺は一緒に帰ることを了承してないんだけど。すでに決定事項なの？

「じゃあ、帰ろうか。高月くん」

「あぁ、うん……」

結局、一緒に帰る流れになってしまった。横山さん、そんな目で睨《にら》まないでくれ。


「久しぶりだね、二人で帰るのは」

「そーだね」

幼い頃は、家が近い事もあってよく一緒に遊んでいた。

小学校の高学年あたりから、身長が高くて、イケメンで、運動神経が抜群で、成績も優秀で、コミュ力の高い桜井くんは常にクラスの中心的な立ち位置になっている。

一方、俺はクラスの隅っこにいる暗いボッチ。明確な差がついてしまった。

「高月くんは、部活には入らないの？」

「んー、あんまり興味のある部活がないかなー」

「じゃ、僕と同じサッカー部はどう？　一年の夏ならまだ新入部員も歓迎だよ」

「………遠慮しておくよ」

「そっかぁ」

しょんぼりする桜井くんだが、うちの中学のサッカー部は運動部の中でもキツイと有名だ。運動神経はクラスの中でも最底辺な俺が耐えられると思えない。そう言えば。

「桜井くんは、レギュラー取ったんだっけ？」

クラスメイトたちが話しているのが耳に入った。一年でレギュラーを取ることは相当な快挙らしい。クラスの女子たちがキャーキャー言っていたのを覚えている。

「怪我をした三年生の代わりに運良くだよ。高月くんだって頑張れば」

「絶対無理だよ」

桜井くんは、未《いま》だに俺を同じ部活に誘ったり、一緒に遊びに行こうと声を掛けてくれる数少ない友人だ。ただ、あまりにも基本スペックや対人関係に差が有りすぎて話が合わない。いつしか、昔のようにつるむことは無くなっていた。だから、今日のように強引に誘われるのは少し珍しいことだった。

「で、今日は何で俺に声をかけたの？」

「それは……えっと、何て言えばいいのか……」

何事も如才なくこなす桜井くんが、言葉を濁している。言い辛《づら》い話だろうか。

「じゃあ、ちょっと寄り道しようか」

帰宅部の俺は、久しぶりに話す幼馴染《おさなじ》みにいきつけの店を紹介することにした。


帰り道の公園の藤棚の木陰になっているベンチ。そこに惣菜《そうざい》屋で買ったコロッケとラムネを並べる。帰宅部の俺がよく利用するコースだ。

「どう？　ここのコロッケ美味《うま》いっしょ」

「高月くん、学校帰りに買い食いは校則違反なんじゃ……」

「いいんだって。もう中学生なんだし」

「さっきの店主さんの話だと、高月くんが小学生の頃からのお得意さんだって言ってたけど」

「まあね」

「自由過ぎない!?」

真面目な桜井くんは、校則違反が気になるらしい。別に腹が減ったから、何かを食べるくらいいいだろ。どうせ、家には食事も用意されていないのだ。

「あ、でも美味《おい》しいね」

桜井《さくらい》くんがコロッケをかじり、ぽつりと言った。

「だろ？」

近所の店を一通り攻めて、一番コスパが良かったのがこのお店だった。それからしばらく、他愛ない会話をしながら過ごした。お互いの近況報告という感じだ。同じクラスだけど、最近はまったく交流がなかったからな。

桜井くんはリア充街道を突き進んでおり、俺はひっそりと陰の者として過ごしているが、二人だけなら昔のように気兼ねなく話すことができた。

「そう言えば横山《よこやま》サキさんとは付き合ってるの？」

ふと気になったことを質問した。さっき俺と桜井くんが一緒に帰ると言った時に、一番不満そうだったのが彼女だ。もしも、彼氏と過ごす時間を俺が奪ってしまったなら申し訳ないことをしてしまったと思う。

「いや、サキとは付き合ってないよ」

「ふぅん、じゃあ彼女は別に居るんだ？　別のクラスの子？」

桜井くんはモテる。昔からモテてたが、最近は磨きがかかっている。彼女が居なかったためしがないからこその、質問だった。

「いや……、今は誰とも付き合ってないんだ」

「へぇ……そうなんだ？」

　珍しいな、と思った。そして桜井くんの顔を見ると、何か言いたげな思いつめたような表情をしていた。

「何かあったの？」

　俺が尋ねると、桜井くんはパッと顔を上げた。

「何でわかるの？」

「そりゃね」

　それだけわかりやすい表情をしていれば誰だってわかる。

「実は……」

　そこから桜井くんは、ぽつぽつと悩みを語り始めた。

◇桜井リョウスケの視点◇

「ストーカーにあってる!?」

　高月《たかつき》くんが素っ頓狂な声を上げた。

「こ、声が大きいよ。高月くん！」

「あ、あぁ、ごめん。……今も見られているってこと？」

キョロキョロと辺りを見回している。

「ううん、いつも部活終わりにあとをつけられたりしているからこの時間は大丈夫だと思う」

「そ、そっかぁ……」

高月くんが、何とも言えない表情をしている。こんなことを言われても、迷惑なだけじゃないだろうか。でも、親や友だちの前で弱音を吐けなくて、誰にも相談できなくて、つい昔から助けてもらっている高月くんに言ってしまった。

「で、相手はどんなやつ？」

「えっと、多分年上で……」

少なくとも相談には乗ってくれそうなので、僕は知っている限りの情報を伝えた。
・ストーカーが始まったのは約一ヶ月前
・部活終わりの帰り道で、あとをつけられる
・たまに話しかけられたり、物を渡されたりする
・年上の女性
・前髪が長くて顔はよく見えない
・ボソボソしゃべって、何を言っているかわからない
こんな情報を伝えた。

「……警察に言うべきでは？」

高月くんがしごく真っ当なことを言った。うん、僕もそう思う。ただ……。

「その人は僕がサッカーしているのを純粋に応援してくれてるんだ。それに話す時も、そんな危険な感じはしないから。それを警察に言うとなると……」

「社会的にはその人の人生が終わっちゃうかもね」

「うん、あまり大事にしたくないんだ」

高月くんは、僕の言いたいことをすぐに察してくれた。

「危険が無いなら放置してもいいんじゃないの？」

その疑問はもっともだと思う。

「それが……、僕自身にはとても優しいんだけど、サキやクラスメイトの子たちと遊んでいる様子も見ているみたいで……。特に女の子と一緒にいると、その子との関係性をしつこく聞かれて……」

「もしかして、ストーカーにあってるから彼女と別れたの？」

高月くんに聞かれ、僕は小さく頷《うなず》いた。実は、一ヶ月前までは彼女が居たんだけど、ストーカーから何かされてはいけないから、僕から別れを切り出した。

「…………」

高月くんは、腕組みをして考えこんでいる。その様子を見て、僕は自分の浅はかさを悟った。どう考えても、中学一年生に解決できるような問題じゃない。高月くんの言う通り、警察か、少なくとも親や先生のような大人を頼る問題だ。

「ごめん、高月くん。困らせちゃって。人に相談したら冷静になれたよ。僕これからこの件を大人の誰かに……」

「よし、つまり大事にせずに件《くだん》のストーカーをやめさせるのが『目標《ゴール》』だね」

ぽんと高月くんが手を叩《たた》いた。その目は、ワクワクしていた。

あ、あれ……？　何かやる気になってる？

「た、高月くん。何かいい考えがあるの？」

「んー、まだ思いつかないけど、いくつかプランを検討してみるよ」

「そ、そっか……、でも無理には」

「よーし！　考えるぞー！」

た、高月くんにスイッチが入った。何がそんなにやる気を呼び起こしたんだろう。

「悩むなぁ……、でもコンティニューはできないから、一発クリアを目指さないと……」

「あの、高月くん、ゲームじゃないからね？」

「……勿論《もちろん》、ワカッテルヨー」

大丈夫だろうか。でも、少なくとも僕の相談を厄介事とは受け取らず、一緒に解決策を考えてくれることになった。

（……高月くんに相談してよかった）

ここ最近ずっと悩んでいた胸のつかえがおりた。僕は友人は多い方だと思うけど、本当に困った時に相談できる人は多くない。いや、こうやって弱みを見せられるのは、高月くんだけなのかもしれない。

また、明日の昼休みに話し合おうということになってその日は高月くんと別れた。

◇高月マコトの視点◇

家に帰って作戦を練っていると通話アプリにメッセージが届いた。

『新しいゲーム持って遊びに行っていい？　てか、来ちゃった☆』

という内容だった。同時に「ピンポーン」とチャイムが鳴る。

俺がドアを開くと、髪を二つくくりにした小柄な女の子が立っていた。

「い、いらっしゃい、佐々木《ささき》さん」

女の子の名前は『佐々木アヤ』さん。

クラスメイトで、近所の中古ゲーム屋でばったり出会い、ゲームについて話すうちに仲良くなった数少ない友人の一人だ。なんでも、家では四人いる弟たちにゲーム機を占領され、好きなゲームができないらしい。というわけで、結構な頻度で俺の家にやってくる。

「お邪魔しまーす」

と言いながら既に靴を脱いでいる。俺の両親は仕事で帰りが遅くなることを彼女は知っているので、勝手知ったるものだった。

「部屋に入ってて。お菓子とお茶を持ってくるよ」

「お構いなくー」

と言いながら俺のベッドにぴょーんとダイブしていた。なんでも、家は布団なのでベッドは珍しいらしい。……女の子にそんな気軽にベッドで寝転がられると、あとで恥ずかしくなるんだけど、ヤメてとも言えない。

それから佐々木さんが持ってきた新作ゲームを一緒に遊んだ。

ゲームタイトルは『魔物ハンター』（略称：マモハン）。

ファンタジーの世界で、魔物ハンターと呼ばれる戦士たちが大型の魔物の討伐依頼を受けて、狩っていくゲームである。

操作にクセがあり、慣れるまでやりこみが必要になるゲームだ。俺はアクションゲームはさほど得意ではないのだが、佐々木さんはアクションゲームが好きなので、一緒に遊ぶ時はだいたいアクションゲームになる。でも、俺がどうしてもやりたいＲＰＧがある時は、隣で黙って見ているという変わった子だ。

今日はアクションゲームの日だった。

「うーん、こいつ強いね、高月くん」

「装備が足りないのかも。前の魔物を周回する？」

「ううん、もう一回！　もう一回だけチャレンジしよう！」

「装備を固めたほうが楽だと思うよ、佐々木さん」

「それじゃあ、つまらないんだよ！」

そんなことを言い合いながら、プレイしていた。

だらだらとした時間を過ごしていた時、ふと思い出したように佐々木さんが言った。

「高月くんって、桜井くんと仲良かったんだね」

「……どうして？」

「だって今日、一緒に帰ってたでしょ？　サキちゃんが羨ましがってたよ」

「それは怖いなぁ」

クラスの女子のリーダー格である横山サキさんには、目を付けられたくない。

「サキちゃんは怖くないよ？」

「美人で気が強い女子は、みんな怖いんだよ」

「ははは……」

俺の情けない意見に、佐々木さんは苦笑した。

「高月くんも話してみれば、案外気が合うと思うけどなー」

「無理だから。まともに会話ができる女子はさーさんだけだよ。俺はひっそりと生きていきます」

「あはは、高月くんって面白いこと言うよね」

笑われた。俺は真面目に答えたんだけど。佐々木さん的に、俺の回答はちょくちょくツボに入るらしく、楽しそうにしてくれる。

俺としても佐々木さんとの会話は楽しい。なので、今の状況にはとても満足している。

……とはいえ。もしかしたら、俺のことを好きなんじゃないかなー、とか少し期待していたりするんだが、うぬぼれてはいけない。

彼女は結構クラスでモテるのだ。横山《よこやま》さんのような派手な美人ではないが、クラスメイトたちから密《ひそ》かに人気があることを知っている。俺のような根暗なボッチにも優しいので、きっと天使のような性格なんだろう。

「ところで桜井《さくらい》くんから何の相談があったの？」

佐々木さんが、そんなことを言ってきた。

「……え？」

どうして相談があったってわかるんだ？

桜井くんは、ストーカーの話は誰にもしてないと言っていた。だから、さっきの話を佐々木さんが知っているはずがない。

「やっぱり、相談されたんだね」

「………………」

どうやらカマをかけられたらしい。

「どんな相談だったの？」

「………………それは、言えない」

桜井くんのプライベートな情報だ。しかも、内容的に大っぴらにできることじゃない。

一応、俺を信用して話してくれたはずだ。

が、佐々木さんはさっきまでと打って変わって真剣な表情だった。

「………………サキちゃんがね。最近、桜井くんが元気がないからって心配してるの。悩みがあるんじゃないか、って聞いているんだけど、桜井くんは大丈夫、心配しないで、としか言わないって」

「………………」

おいおい、桜井くん。めっちゃ周りにバレてるじゃないか。

「サキちゃんって桜井くんが好きなんだって。好きな人のことは心配じゃない？」

「……そうだね」

横山さんが桜井くんに惚《ほ》れていることは、見ればわかった。それに、桜井くんは数多《あまた》の女の子の心を奪ってきた魔性の男だ。……まさか、佐々木さんも？

「……佐々木さんも、桜井くんが心配？」

ついつい余計なことを聞いてしまった。が、佐々木さんはキョトンとしただけだった。

「え？　私？　私は桜井くんのことよく知らないからなぁー」

という言葉を聞いてほっとした。

「高月《たかつき》くん」

佐々木さんが、ぐいっと顔を寄せてきた。

「どうしても秘密？」

大きな瞳に射すくめられたように、俺は固まった。ここで断っては、佐々木さんに嫌われてしまうだろうか。しかし、桜井くんの秘密を勝手に言うわけには……、その時。

「ピロン」

と携帯が鳴った。画面には『桜井くん』と表示され、その下に『ストーカーの件』とメッセージの一行目が表示されていた。し、しまった！

「ストーカー!?」

佐々木さんが素っ頓狂な声を上げる。バレてしまった。

「えっと……どーいうこと？」

佐々木さんも想定していなかったワードなのか、戸惑っている。誤魔化したいが、こうもはっきり見られては無理そうだ。かくなるうえは。

「佐々木さん！」

「は、はい！」

「この話は誰にも言わないで欲しい」

「わ、わかったよ」

強引に約束をとりつけ、俺はさっきの話を佐々木さんと共有した。ごめん、桜井くん。


「……警察に言ったほうがいいと思うよ？」

佐々木さんも俺と同じ意見だった。ですよねー。

「でも、それは桜井くんの望む所じゃないんだ」

「お人好《ひとよ》し過ぎないかなぁ……」

佐々木さんは首をひねっている。俺もお人好し過ぎるとは思う。けど、それが桜井くんの美点だとも思う。

「何とか穏便に解決する方法はないかな？」

秘密は共有してしまったので、俺は知恵を借りることにした。今回の敵である『ストーカー』は、女性だ。ならば同じ女性である佐々木さんの意見は聞いてみたい。

「そう言われても……、相手は年上の大人の女性なんだよね？　それが中学一年の桜井くんをストーカーするなんて、絶対ヤバい相手だよ」

「まぁねー、ヤバいよね」

モテると言っても、限度があるだろう。桜井くんは将来、女性関係で苦労しそうだなぁ。

「ちなみに高月くんは何かアイデアはあるの？」

「いくつか考えてみたんだけど」

「聞かせて！」

俺は自分のプランを説明した。

「あのさ……、高月くん。『わざとストーカーに襲わせたところを写真に撮って弱みを握る』とか『プロのナンパ師に依頼してストーカーを口説いてもらう』とか、本気で言ってる？」

「駄目かな？」

「一つ目は危険過ぎるし、二つ目はそもそもプロのナンパ師なんて存在するの？」

「ＳＮＳで探せば、割と見つかるよ？」

「それ絶対詐欺師だよ！」

佐々木さんからＮＧをくらった。ま、俺もイマイチな案だと思っていた。

それから、佐々木さんとあーでもない、こーでもないと話し合ったが、解決の糸口は見えてこない。困り果てた時、……佐々木さんが言った。

「あ……この方法だったらどうかな？」

「佐々木《ささき》さん、何か閃《ひらめ》いた？」

「いや……でも、これは……うーん。やっぱり駄目かなぁ」

「教えてよ、佐々木さん」

「高月くんって私と身長同じくらいでしょ？　それに肩幅も狭いから、こんな方法はどうかなーって」

佐々木さんの口から聞かされた方法は…………。

◇佐々木アヤの視点◇

翌日の昼休み。

高月くんと桜井くんが、対ストーカー対策をするという話し合いに私も参加させてもらった。場所は人気のない屋上の隅っこのベンチ。

高月くんがよく昼寝をしている場所らしい。

「……えっと、佐々木さん。高月くんと仲が良かったんだね」

「ごめんなさい、通知メッセージをうっかり見ちゃって！」

「ごめん！　桜井くん！　佐々木さんにバレたから相談に乗って貰《もら》ったんだ！」

「いいよ、高月くんが信用してる人なら僕も信用するから」

さ、桜井くんから高月くんへの信用度が凄《すご》い！　桜井くんって言えば、クラスの中心人物だし、学年でも一番目立ってる人だ。それが高月くんとこんな仲が良かったなんて意外だなぁ……。

「佐々木さんなら信用できるよ。なんたって俺の友だちは佐々木さんしか居ないからね」

かたや高月くんの台詞《せりふ》は、どこかズレている。それって自信持って言うこと？　信用してくれるというのは嬉《うれ》しいけど……。ほら、桜井くんが微妙な顔してるし。

「あの……高月くん、僕は？」

「桜井くんのこと？　そりゃ、保育園からの付き合いなんだから信用しているに決まってるだろ」

「そ、そっかぁ……」

高月くん、多分、桜井くんは僕も友だちだよね？って言いたかったんだと思うよ。

変な空気になりそうだったので、私はスルーした。

「で、実は佐々木さんに例の問題を解決する案を持ってきてもらったんだけど……」

ここで高月くんは、少し天を仰いだ。私のアイデアを伝えた時と同じ表情だ。

正直、微妙なアイデアなんだよね。でも、他にいい考えが浮かばないということで、桜井くんにも聞いてみることにした。

「へぇ！　どんな案？」

桜井くんは、興味深そうに高月くんに質問した。が、高月くんは難しい顔をしたままだ。

「……佐々木さん、説明をお願い」

どうやら自分では説明したくないらしい。……そりゃ、そうだよね。

「私が考えた案はこんな方法なんだけど……」

私は、その案を説明した。

聞き終わったあと、桜井くんは複雑な顔をして、私と高月くんの顔を見比べた。

「えっと……高月くんは、いいの？」

「……これより良い案は、今の所無い」

高月くんは、真顔で言った。

「ただ……作戦を実行するには、準備が必要だね。僕が誰か知り合いに、必要なものの手配をお願いしてみるよ」

「大丈夫！　実は、私がもう準備済みです！」

と言って、家から持ってきた『計画』に必要な道具一式をトートバッグに詰め込んだものを高月くんに手渡した。

「佐々木さん、面白がってない？」

「まっさかぁ……、あ、桜井くん。写真は撮っておいてね」

「絶対に撮らせない！」

「えぇ〜」

残念。絶対に可愛《かわい》いと思うんだけどなぁ。

「あ、化粧はどうしようか？　高月くん、やり方をしらないでしょ？　私がやってあげ……」

「夜で暗いから不要だ！」

「ちぇー、じゃあ私はこっそり後から付いて」

「駄目だよ、佐々木さん。部活が終わる時間は、薄暗くなっているから女の子には危険だよ。あとで、結果は共有するから先に帰っておいてくれ」

桜井《さくらい》くんが真剣な表情で私に言った。おお、流石《さすが》学年一のイケメン。様になるなぁ。

「はーい、じゃあ、高月くん、桜井くん。気をつけてね」

「ありがとう、佐々木さん」

「大丈夫だよ、相手は女性だし」

桜井くんは素直にお礼を言い、高月くんは少しなめたことを言った。

「駄目だよ、高月くん！　油断しちゃ。いくらストーカーが女性だからって、刃物を持っている場合だってあるんだよ！」

「ふん……、想定済みだよ。ほら、お腹《なか》に雑誌を挟んでおく予定だから」

高月くんは、そう言って分厚い雑誌を取り出した。やるなぁ。このゲーム脳男。

「でも、首や動脈を狙われたら！」

「テーピングを巻いて、防御しておくよ。そもそも、素人が刃物を使ってそんな正確に狙いを定められるわけないだろ。あと注意すべきは目くらいかな。そっちは頑張って避けるよ」

「うーん、悔しいけど完璧だね」

「当たり前だろ。コンティニュー無しの一発本番だからね」

ニヤリと笑う高月くんに、この男は人生楽しそうだなぁ、と思った。

こんなに面白いのに、なんでクラスだと静かにしてるんだろ？

「佐々木さんて、高月くんと話が合うんだね……」

桜井くんが少し引いたような表情をしている。あ！　やば。

「ちがうよ！　私は高月くんほど変じゃないから！」

「失礼な、俺より佐々木さんのほうが大概だろ」

「ははは、羨ましいよ」

何故《なぜ》か羨ましがられた。こうして、私の案が採用されることになった。

その日は、私は早く帰宅して、後日結果を聞くことになった。

◇高月マコトの視点◇

「……ああ、こんな姿をもしクラスメイトに見られたら」

「大丈夫だよ、暗くて顔は近づかないとわからないから」

――俺は現在、佐々木さんに服を借りて女装をしている。

付髪《ウィッグ》に帽子。佐々木さんから借りた私服。俺と佐々木さんは体格が似ていて、俺でも着ることができた。なぜ、こんなことをしているかというと……簡単に言えば、佐々木さんの作戦は俺が桜井くんの『恋人のフリ』をするというものだ。

女の子には危険なので、させるわけにいかない。なので男の俺がやっているのだが、思った以上に恥ずかしい。女物の服など初めて着るし、しかもここは通学路だ。

いつ知り合いに出会うかわからない。俺はビクビクしながら桜井くんの隣を歩いた。

「にしても、佐々木さんはよく自分の服を貸してくれたね」

「絶対に面白がってるんだよ」

「それだけじゃ、女の子は自分の服を貸してくれたりしないんじゃないかな」

「どーいう意味?」

「高月《たかつき》くんは、案外鈍感だね」

などと雑談しながら、ゆっくりと歩く。時刻は20時。部活をやっていない生徒はとっくに帰っているし、部活でもここまで遅い時間までやっている部は殆《ほとん》どない。

俺と桜井くんは、なるべくゆっくりと歩きながらストーカーの登場を待った。

その時、タタタッ！　と誰かがこちらへ早足で近づいてきた。

(来たか!?)

俺は後ろを振り向かず、まずは桜井くんに対応を任せる手筈《てはず》になっている。

「リョウスケ！」

女性から名前を呼ばれた。ストーカーは年上と聞いたが、想像より若い声だった。まるで同級生のようだ。そして、その声には聞き覚えがあった。なぜなら、

「リョウスケ！　今日は用事があったんじゃないの？　隣の子は、誰？」

やってきたのは横山《よこやま》サキさんだった。って、クラスメイトじゃないか！

(桜井くん！　話が違う！)

(待って、高月くん。何とかごまかすから！)

「ねぇ……、リョウスケ。今は彼女は居ないって聞いたんだけど……、その子、もしかして」

横山さんの声は、いつもの勝気なものでなく弱々しい声だった。

「サキ、違うんだ。この子は僕の従姉妹《いとこ》で、来年、同じ中学に入学する予定だから見学に来たんだよ。今日は僕の家に泊まるから、迎えに行ってたんだ」

「……こんな遅い時間に？」

おい、桜井くん。早速、疑われてるぞ！

「マコは、千葉から来たから時間がかかったんだよ。電車を乗り間違えたみたいで、来るのが遅くなったんだ。そうだね？　マコ」

声を出すとバレてしまうので、コクンと頷《うなず》いた。帽子と付髪で、顔はバレてないはずだ。というか、『マコ』は仮名にしても安易過ぎないか？

「ふぅん、マコちゃんって言うんだ。よろしくね、私は横山サキよ」

「………………」

まずい、自己紹介されたらこっちも名乗らないといけない。しかし、声は出せない。どうしよう!?

「ごめん、サキ。マコは今日疲れてるのと、人見知りなんだ。また、今度紹介するよ」

「そっか……、うん。わかった。引き止めてゴメンね。それじゃあ」

完全には納得していないみたいだけど、それ以上追求されることはなかった。横山さんはトボトボと去っていく。

「待って、サキ！」

桜井くんが、横山さんの腕を摑《つか》んだ。って、なんで止めるんだ!?

「な、なに？　どうしたの？　リョウスケ」

「帰り道に気をつけて。この道は薄暗いから、一度大通りに出てから帰るようにしてくれ」

「う、うん。でも大丈夫よ？　この道は帰り慣れてるし」

「駄目だ！　こんな遅い時間なんだから、女の子一人で帰っちゃいけない。本当だったら僕が家まで送るべきなんだけど、今日は無理だから……」

「う、うん……心配してくれてありがとう。大通りから帰るね」

「気をつけてね。また明日、サキ」

「うん、リョウスケも！」

さっきのしょんぼりから一変、横山さんはにこやかに去っていった。この男……、いちいち行動が二枚目なんだけど。

「ごめん、高月くん。何とかバレずに済んだよ」

「……人生終わったと思ったよ」

その後、俺と桜井くんは再びゆっくりと夜の帰り道を歩いた。

が、その後誰とも遭遇しない。今日はハズレの日だろうか。桜井くんの住んでいるタワーマンションが見えてきた。今日は諦めようか、と思っていた時。

……コツ、コツ、コツ、コツ、コツ

夜道にヒールがアスファルトを叩《たた》く音が響く。俺たちの後ろから。こっちに早足で向かってくる。これは……どうやら本命が釣れたらしい。すぐ後ろで足音は止まった。

「リョウスケくん……部活、お疲れ様」

大人の女性の声だった。トーンは低い。横山さんや佐々木《さ さ き》さんみたいな明るいタイプでは無さそうだ。

「こんばんは、また会いましたね……」

桜井くんの声が震えている。また会ったというか、つけられていたのだろう。相手はストーカーだし。

「その子……従姉妹の女の子は、先に家に行ってもらえば？　私とお話ししましょう」

ストーカーの女性は、さっきの横山さんとの会話も聞いていたらしい。

「あの……、今日は貴女《あなた》に伝えたいことがあって」

「あら、何かしら？　でも、できれば二人きりでお話ししたいわ」

桜井くんが前置きをする。さて、ここからは俺の出番だ。うまく演技できるだろうか？

俺は覚悟を決めて、口を開いた。

「お姉さん、申し訳ないけど俺は桜井くんの従姉妹じゃないんだ」

と普段通りの喋《しゃべ》りかたで話した。もう女の子のフリをする必要は無い。

「………男の子？　でも、どうしてそんな格好を……？」

ストーカーのお姉さんは不審げに俺を見つめた。女装した男が目の前に居たら、そんな顔になるだろう。さて、ここからの台詞《せりふ》が大事だ。アレを言うしかないか……。

「あの俺は……」

「高月くんは、僕の恋人なんです！」

先に台詞を言われた。

「…………………は？」

ストーカーのお姉さんの目が、大きく見開かれる。うん、だろうね。

◇

「高月くんが、桜井くんの恋人になればいいんだよ！」

それが佐々木さんの作戦だった。俺は当初、作戦の意味が理解できなかった。

「えっと、女のフリをしろってこと？」

「違うよ。普段の高月くんのままでいいんだよ」

「そのままって……俺も桜井《さくらい》くんも男だよ？」

「だから、だよ！　いい？　ストーカーは女の人なんだよね？」

「らしいね」

「桜井くんが、男が好きだってわかればストーカーの女の人は諦めるしかないよね」

「…………いや、無理だろ。嘘《うそ》ってバレるって」

俺はすぐに佐々木さんの作戦を却下した。が、佐々木さんは食い下がった。

「高月くん、同性が好きな人って意外に世の中にいるんだよ？　うちの学校にもいるし」

「……え？　誰？」

「それは言えません」

プライベート情報なので教えて貰《もら》えなかった。

しかし、佐々木さん曰《いわ》く、珍しいことではないらしい。相手が大人の女性なら、理解してくれるはずだと佐々木さんは言った。

「でも、最初は女の子のフリしたほうがいいかな？　でないと、ストーカーの人が現れてくれないだろうし。だから、高月くんは最初は女の子のフリをして、あとで男って知らせるの。で、桜井くんの恋人だって宣言するってわけ」

「きっつ」

何か俺が身を切り過ぎじゃない？　気は乗らないが、他に案が思い浮かばない。結局、やれるだけやってみようという話になった。

◇

そして、目の前にはポカンとしたストーカーの人が居るわけで。

「りょ、リョウスケくん……本当なの？」

（信じたの？）

佐々木さんの言った通りだった。絶対に嘘がバレると思ったんだけどなぁ。

「本当です！」

桜井くんは真剣そのものの表情で演技をした。この男、何でもできるなぁ。

「そう……なの。あなたがリョウスケくんの恋人なのね……」

そんな目で見つめられると、「違いますけど」って言いたくなるが、ぐっと堪《こら》える。

「わかったわ……、リョウスケくんがそっちの人なら、私では満足させてあげられないということね」

女の人は、がっくりとうなだれ、去っていこうとした。よかった。これで解決だ。

「待ってください。どうして、僕のことを？」

桜井くんが女の人を引き止めた。おい、何をやってるんだ。

「もういいの……私なんて生きている価値は無いわ……消えてしまいたい……」

「僕は貴女と付き合うことはできませんが、話だけでも聞かせてもらえませんか？　今までは会話もきちんとできなかったので」

「こんな私の話を聞いてくれるの？」

「僕では貴女の恋人にはなれません。でも、生きる価値が無いなんて言わないでください」

なんやかんや、ストーカーの相談に桜井くんは乗っていた。

この男……、本当に聖人じゃなかろうか。

◇後日◇

「で、結局どうなったの？」

俺は佐々木さんにことの顚末《てんまつ》を報告した。

「ストーカーさんは、過去に男関係で酷《ひど》い目にあったらしくて、トラウマになってるんだって。同年代の男性は怖くて、年下の桜井くんなら上手《うま》くいくかもって思ったらしいよ。街で偶然見かけて一目惚《ひとめぼ》れだったんだって」

「へぇ……、そう聞くと少し可哀想《かわいそう》だね」

「今は桜井くんがストーカーさんと友だちからってことで、男性恐怖症を治す手伝いをしてるよ」

「…………え？　えええええっ！」

佐々木さんが驚きの声を上げる。驚くよね。ストーカーさんの世話してるんだから。

「お人好《ひとよ》し過ぎるだろ？　桜井くんは」

「高月《たかつき》くんだって十分、お人好しだと思うけどね」

「そう？」

「そうだよ。今回のストーカーさんは温厚な人だったけど、もしかしたら刺される可能性だってあったんだからね！」

「……、実際刃物を持ち出す女性なんてドラマか漫画くらいのものだろう？」

「いやぁ、……案外高月くんの身近にもいるかも知れないよ」

「それは怖いね」

佐々木さんと俺はあっはっは、と笑い合った。

◇

「……思い出したよ」

とんだ黒歴史だった。というか忘れたかった。

しばらくさーさんに女装姿がどうだったか、からかわれたのを覚えている。

あと、数年後にさーさんが本当に包丁を突きつけてくるようになったのは笑えない。

「やっぱり高月くんは、僕のことをいつも助けてくれるね」

「魔王とストーカーを一緒にされてもね」

獣の王《ザガン》も浮かばれまい。

「あ、リョウスケ！　ここに居たんだ」

「病室に戻っておいたら？」

「高月くーん。見つけたー」

横山《よこやま》さん、フリアエさん、さーさんが屋上にやってきた。おい、さーさん。果物ナイフを振り回してはいけません。

真っ青な空。ゆっくりと白い雲が流れている。

こんな天気なら、幼馴染《おさなな　じ》みとのんびりと昔話をするのも悪くない。

今回の戦いは、過去最高に危なかった。

でも、何とか乗り切ることができた。

こうして——魔王軍との最初の戦争は、勝利で終えることができた。

エピローグ　運命の女神

「ここは……」

すっかり見慣れた女神様《ノア》の空間だ。俺はキョロキョロとノア様の姿を捜した。

……居た、のだがいつもと様子が違う。

煌《きら》めく銀髪と白いドレスのノア様。輝く金髪と青いドレスの水の女神様《エイル》。

そしてもう一人。小柄な女の子が肩身が狭そうに俯《うつむ》いていた。

「あら、やっと来たわね、マコト」

「遅い～、マコくん☆」

「ノア様、エイル様。今日もお美しく……ところで、そちらのお方は？」

何となく予想がついたが、間違いだといけないので、質問した。

「ほら、マコトに会いにわざわざ海底神殿まで来たんでしょ？」

「もう～、黙ってちゃ駄目でしょ。イラちゃん」

――運命の女神様

別名、幸運の女神様とも言われる七女神様の一柱だ。そして、今回の北征計画で苦戦する要因を作った戦犯でもある。

「誰が戦犯よ！」

小柄な少女は、こちらをキッ！　と睨《にら》みつけた。早速心を読まれたらしい。

「マコトの言う通り、戦犯でしょ？」

「もうー、イラちゃんってば。マコくんに御礼《おれい》を言いにきたんでしょ？」

「うう…………そ、それは」

うぐぐ、と悔しそうな顔の少女が「キッ」とこちらを睨んだ。

「……ふん、感謝してあげるわ！」

そしてぷいっとそっぽを向く。これが御礼？

「こらー、何ですか。その態度はっ！」

「痛い痛いエイル姉さま！　ヤメて、頭が割れちゃう！」

水の女神《エイル》様が、運命の女神《イラ》様の頭を拳でグリグリしている。マジで痛そう……。

にしても、イラ様ってあんな感じなのかぁ。もっと、神聖で落ち着いた雰囲気を想像してたんだけど。

「ま、七女神の中じゃ、一番年下だし、女神になったのもつい最近だから」

気がつくとノア様が、すぐ隣で俺の肩に腕を乗せている。近い。

「じゃあ、お若いんですね」

確かに見た目は、中学生くらいだ。

「誰が中学生よ！」

イラ様に怒られた。エイル様の拘束から逃れ、俺のそばにぴょんとやってきた。

「ふぅ、高月マコト！　この度はよくやったわね。ノアの使徒にしてはやるじゃない！」

腕組みをしてこちらを見上げるイラ様。

……なんだろう？　ノア様は全てを惑わす美しさがあり、エイル様は全てを包み込むような母性と慈愛を感じるのだが……イラ様から威厳を感じない。

「あの……マコくん。私はノアよりずっと年下なんだけど……母性？」

「やーい、ババァ女神扱いされてるー」

「そこまで言われてないでしょ！　ノアが若作りなのよ！」

「高月マコト、御礼としてこれからは私が味方してあげるわ！　有り難く思いなさい！」

全員一緒に喋《しゃべ》られると、返事が追いつかない。一番気になる言葉に返答した。

「イラ様が俺を助けてくれるのですか？」

「そうよ！　これでも西の大陸じゃ、太陽の女神《アルテナ》お姉さまの次に信者が多いんだから！　頼りになるわよー」

それは俺も知っている。商業の国《キャメロン》の主神イラ様。キャメロン国内だけでなく、商人や冒険者にも人気がある女神様だ。幸運を司《つかさど》るというイラ様にあやかりたい者は多い。

「具体的にはどのように助けてくださるんでしょうか？」

「ぐ、具体的に？」

俺が聞くと、途端に戸惑うイラ様。特に考えがあったわけじゃないらしい。

「私は神器と精霊使いスキルをあげたわ」とノア様。

「私は水の国《ローゼス》の勇者の地位かな。あとはソフィアちゃんも☆」

エイル様、……ソフィア王女をそのように言ってはいけません。冗談だと思うけど。

ノア様、エイル様の言葉にイラ様が考え込むように視線を彷徨《さまよ》わせる。

「わ、私は未来視ができるわ！　これからの高月マコトに訪れる危機をきっと回避できるわ！」

おぉ！　と思ったけど……。

「俺はノア様の信者だから未来は視《み》えないんじゃなかったんでしたっけ？」

「そ、そうだけど大きな運命の流れを視ることはできるもの。本来なら巫女《みこ》のエステルにしか伝えてないことよ！　それを特別に高月マコトには教えてあげるわ！」

「……なるほど」

女神様直々に未来を教えてくれると。確かに心強い。

「ま、いいことじゃない。商業の国《キャメロン》は、西の大陸でも大きいほうだし。そこの信仰神であるイラが味方してくれるなら悪い話じゃないわよ」

ノア様の言葉に、俺は頷《うなず》く。

「では、さっそく一つお聞きしたいのですが」

「ふっ……、いいわよ。なんでも聞きなさい！」

イラ様の言葉に、俺は聞きたかったことを質問した。

「光の勇者は……、桜井《さくらい》くんは大魔王《イヴリース》に勝てますか？　死んじゃったりしないですか？」

今回は運良く魔王を倒すことができた。でも綱渡りだった。果たして復活する大魔王《イヴリース》には通用するのだろうか。

「「「…………」」」

俺の言葉に三柱の女神様は顔を見合わせた。そして、イラ様がずいっと前に出た。

「安心しなさい、高月マコト。今回の戦争で、私たちの陣営は大きく勝利に近づいたわ。それに最悪の事態に備えて、『切り札』だって温存してあるんだから！」

へぇ、切り札か。そんなものがあれば、さっさと今回出して欲しかった。

「大魔王《イヴリース》に勝てるってことですね？」

「そうよ！」

自信満々なイラ様の顔と言葉に、俺はようやく安心することができた。

なんせ曲がりなりにも、この世界の幸運の女神様のお言葉だ。

そりゃ、信じるってもんだろう。

でも、俺はもっと気にするべきだった。今回の魔王戦でどうしてピンチだったのかを。

それにしたって……あんな、ことに、なるなんて想像もしなかったんだ。